Heiko Thieß
Arschkarte

PIPER

AF640495

Zu diesem Buch

Frauen sind wie liebliche Weine – süß, aber sie verursachen Kopfschmerzen. Soviel steht für Timo fest. Er hat die Arschkarte gezogen, seit ihn seine Freundin Lena verlassen hat. Sie verbringt ihre Nächte inzwischen mit seinem Nachbarn Frank. Deshalb hat sich Timos Wohnung vom Liebesnest zur Folterkammer entwickelt. Die viel zu dünnen Wände lassen keinen Zweifel am nachbarschaftlichen Treiben. Doch Timo redet sich ein, dass er jetzt die Trauerphase überwunden hat. Sein neues Lebensmotto: Freundin verloren, Freiheit gewonnen. Ab sofort will er sich an die Fährte potenzieller Nachfolgerinnen heften – die Jagdsaison ist eröffnet! Vor sich sieht Timo das Paradies voll tabu- und hemmungslosem Sex. So weit, so theoretisch. Denn in der Praxis ist noch deutlich Luft nach oben. Timo muss eine ganze Reihe von Tiefschlägen einstecken, und nicht zuletzt seine Ex hat noch einige Überraschungen in petto. Als Timo schon alle Hoffnung auf ein glückliches Liebesleben aufgegeben hat, wird ihm klar, für wen sein Herz wirklich schlägt …

Heiko Thieß, geboren 1979, lebt als Single und Werbetexter in Hamburg. Nach unzähligen Songtexten, einigen Kurzgeschichten und einem frühen Roman – den man nach eigener Aussage niemandem guten Gewissens zumuten kann – hat er mit »Arschkarte« und »Dicke Eier« bereits zwei Romane um seinen hormonumnebelten Helden Timo Feuer veröffentlicht.

Heiko Thieß

Arschkarte

Roman

PIPER

Mehr über unsere Autoren und Bücher:
www.piper.de

Von Heiko Thieß liegen im Piper Verlag vor:
Arschkarte
Dicke Eier

MIX
Papier aus verantwortungsvollen Quellen
FSC® C083411
www.fsc.org

Ungekürzte Taschenbuchausgabe
ISBN 978-3-492-30795-6
1. Auflage September 2015
5. Auflage März 2021

Umschlaggestaltung: Atelier Zero, München
Umschlagmotiv: Finepic, München
Litho: Lorenz & Zeller, Inning am Ammersee
Satz: Kösel Media GmbH, Krugzell
Gesetzt aus der Minion Pro
Druck und Bindung: CPI books GmbH, Leck
Printed in the EU

Für mich

»Genial! Das lustigste Buch,
seit es Männerromane gibt!«

Lars Niedereichholz (Mundstuhl)

Teil eins

Ohropax – dann klappt's auch mit dem Nachbarn

Der Geschmack von Freiheit und Abenteuer

Frauen sind wie liebliche Weine – süß, aber sie verursachen Kopfschmerzen. Und dabei ist es völlig wurst, ob wir von billigen Tetra-Pak-Tussis oder edlen Jahrgängen sprechen. Kevin hat mit seiner Mandy genauso viel Stress wie Konrad mit seiner Mathilda. Frauen kosten Ressourcen, und das nicht zu knapp. Als Lena auszog, kam ich mir vor wie ein ausgebeuteter Tagebau, aus dem man höchstens noch einen trostlosen Baggersee machen kann, um sich darin zu ertränken.

Lena ist also weg. Beziehungstechnisch gesehen, sehr weit weg, immerhin ist sie vor einem Jahr und drei Monaten losmarschiert. Physisch betrachtet, hat sie es allerdings nur bis zur Wohnung meines direkten Nachbarn geschafft. Mit dem hat sie mich betrogen. Seitdem ist meine Wohnung vom Liebesnest zur masochistischen Folterkammer verkommen. Nicht nur, dass ich die beiden draußen viel zu oft Arm in Arm sehen muss. Noch schlimmer ist das, was ich drinnen hören muss. Sich jedes Mal einzureden, dass sie bestimmt nur laut aufstöhnt, weil sie sich den großen Zeh am Küchentisch gestoßen hat, funktioniert bloß ganz am Anfang. Irgendwann kann man nicht mehr ignorieren, dass der Küchentisch, das Stoßen und das Stöhnen doch anders zusammenhängen müssen. Richtig, man könnte sagen, meine derzeitige Wohnsituation ist semi- bis suboptimal. Vom »Wohnst du noch, oder lebst du schon?« zum »Lebst du noch, oder hängst du schon?«. Deshalb könnte man auch sagen: Dann zieh endlich aus, Timo! Aber das können die beiden dauergeilen Turteltauben vergessen! Immerhin, ein Brief ist mir geblieben. Den hat Lena unter meiner Wohnungstür hindurchgeschoben, nachdem sie ihre Sachen gepackt hatte und drei Meter weiter gezogen war. Geöffnet hab ich ihn bis heute nicht. Interessiert mich null, was sie noch unbedingt loswerden wollte. Kann sie behalten. Über das Trauerstadium bin ich schon lange hinaus. Prinzipiell zumindest. Nur manchmal lande ich wieder auf dem harten Boden der Singlerealität, springe in meinen Baggersee aus Selbstmitleid und ertränke die noch übrig gebliebenen grauen Zellen mit den bunten Erinnerungen an sie. An uns. Aber ich will nicht jammern. Ich will mich besaufen. Mit irgendeinem Fusel aus diesem auf edel getrimmten Supermarktregal, vor dem ich seit zehn Minuten stehe und auf die Deko starre. Als ob irgendjemand wegen so ein paar künstlicher Weintrauben in der Ecke bereit wäre, mehr für die edlen Tropfen ohne Nuss auszugeben. Für mich spielt Geld heute sowieso keine Rolle. Hauptsache, vergessen. Mit fünf Flaschen schwerem Roten stelle ich mich an Kasse fünf an. Konsequent war ich schon immer.

Ich komme mir unheimlich männlich und dramatisch vor. Ein Mann redet nicht, ein Mann schluckt's runter. Und das bestimmt nicht mit Milch. Kasse zwei und drei sind zwar auch geöffnet, und die Schlange an der drei ist sogar noch kürzer als an der zwei, aber das strategische Anstellen hab ich schon lange aufgegeben. Ich stehe grundsätzlich da, wo es am längsten dauert, altes Thema. Selbst wenn ich die Schlange im letzten Moment noch wechsle, weil vorn wieder eine EC-Karte streikt, will an der anderen Kasse garantiert einer was umtauschen. Das ist wie damals bei dieser Kindersendung »1, 2 oder 3« mit Michael-Plopp-Schanze. Ich stehe immer genau da, wo das Licht *nicht* angeht.

Aber was soll's, so kann's nicht weitergehen. Ab jetzt lege ich in meinem Leben grundlegend den Schalter um. Das Schicksal kann mich mal. Es hat keinen Sinn, darauf zu hoffen, dass sich mein Leben von allein zum Guten wendet. Freundin verloren, Freiheit gewonnen – wird Zeit, das auch zu nutzen. Mein neues Lebensmotto: Welcher du's heute kannst besorgen, die vertröste nicht auf morgen. Einem wilden und ungezügelten Singleleben steht nun nichts mehr im Wege. *Ich* stehe dem endlich nicht mehr im Wege. Ein einsamer Wolf auf der Jagd. Bereit, jede Menge junger Rehe aufzureißen. Vor mir liegt praktisch das Paradies voll tabulosem und hemmungslosem Sex. Es kann quasi überall passieren. Allein auf dem Weg zur U-Bahn kreuzen schon regelmäßig drei bis fünf potenzielle Kandidatinnen mein Revier. Ich müsste mich nur an ihre Fährte heften. Die Jagdsaison ist eröffnet!

Für die Extraportion Wahnsinn

Hamburg-Eimsbüttel, U-Bahn Haltestelle Emilienstraße, Punkt neun Uhr. Streng genommen, müsste ich um diese Uhrzeit bereits im Büro aufschlagen. Aber erstens verweigern in meinem Schädel gerade drei Aspirin ihren Dienst, und zweitens zwänge ich mich ja nicht aus purem Vergnügen jeden Morgen in eine versiffte Blechwurst mit Leuten, gegen die ich unter normalen Umständen einen gerichtlichen Mindestabstand von hundert Metern erwirken würde. Ergo zählt das hier für mich schon zur Arbeit, und die beginnt wie jeden Morgen um Punkt neun.

Gestern Abend hing ich um Punkt neun schon längst auf halb sieben. Mit anderen Worten: Ich war lattenstramm. Und weil, neben dem Mittagessen, noch so einiges mehr aus mir rauswollte, hab ich die Sache mit Lena in einem Song verarbeitet und ihn gegen die Wand gegrölt. Gebracht hat das natürlich wenig, von wegen therapeutische Wirkung und so. Aber zumindest fühlte ich mich dabei wieder mal sehr dramatisch. Als ob das irgendjemanden gekümmert hätte. Meine Ex am allerwenigsten. Die hatte bestimmt was ganz anderes im Kopf. Schätzungsweise den Schwanz meines Nachbarn. Was mir durch den Kopf ging, gehörte noch vor Kurzem einem wirklich guten französischen Winzer. Und einem italienischen. Und einem aus der Pfalz. Da es mit diesem vereinten Europa zwischen den Synapsen beim Komponieren etwas hakte, habe ich mir die Melodie ausgeliehen. Welcher Song hätte sich als Vorlage für ein Stück über ein Miststück wie Lena auch besser geeignet als »Leyla«, diese Unplugged-Nummer von Eric Clapton?!

Lena
Mein Bett ist kälter als dein Kühlschrank,
Meine Hose klinisch tot.
Durch meine Wand hör ich: »Oh Gott, Frank!«
Manchmal klingste dumm wie Brot!

Lena, Nachbar-Sex-Blues,
Lena, reicht's nich', wenn ihr schmust?!
Lena, Frauen wie du sind leider viel zu rar.

Turnt ihr das halbe Kamasutra?
Hört ihr irgendwann mal auf?
Du kommst wohl gleich, er ist wohl schon da,
Nur ich geh die Wände rauf.

Das Tollste an der Sache ist: Lena und ihr Stecher haben von meinen kreativen Ergüssen nichts mitbekommen. Und das nicht etwa, weil sie sich lautstark anderen Ergüssen hingegeben hätten. Nein. Als ich nur noch lallte, hörte ich, wie ihre Wohnungstür aufgeschlossen wurde. Sie waren also bisher gar nicht da gewesen. Erschöpft schlief ich auf dem Wohnzimmerfußboden ein. Bekommt man Rotweinflecken eigentlich am besten mit Salz oder mit Zucker raus?

Jedenfalls bin ich jetzt in der U-Bahn noch zu heiser, um mich über irgendetwas zu beschweren. Ich nehme es einfach hin. Im Großen und Ganzen gleicht diese tägliche Tortur meinem Leben: In der Regel kommt es für mich knüppeldick. Egal, welchen Sitzplatz ich mir aussuche – nach spätestens drei Stationen ist es immer der neben der fettesten, keuchendsten, schwitzendsten Frau im Zug. Gern mit einer fetttriefenden Papiertüte vom Zuckerbäcker in der Hand. Zimtschnecke, Streuselkuchen, Croissant – nur das Nötigste eben, um es irgendwie bis zum zweiten Frühstück zu schaffen. Sie selbst gleicht eher einem fleischgewordenen Big Mac – paradoxerweise mit Doppel-Whopper-Kinn. Wie eine dicke, fette Gewitterwolke schiebt sie sich zwischen mich und die blonde Sonne zwei Sitzreihen weiter. Neben *der* sitze ich natürlich nie! Stattdessen versuche ich verzweifelt, Luft in meine zwischen Fett und Fenster zusammengequetschten Lungenflügel zu ziehen. Der einzige Vorteil dieser beengten Lage: Mein Magen wird ebenfalls zusammengedrückt und damit auf mehr oder minder natürliche Weise geschlossen. So bleibt der Würgereflex angesichts des warmen Specks, der dabei an meine Rippen gepresst wird, ohne Folgen.

Das einzige Highlight dieser Fahrten – neben dem unbeschreiblichen Glücksgefühl beim Aussteigen, noch einmal davongekommen zu sein – ist Berater-Barbie. Zumindest wird sie von den anderen so genannt. Manche erinnert sie sogar an einen Pornostar aus den Neunzigern. Eine Einschätzung, die ich durchaus teile. Der fleischgewordene Traum meiner früh- bis postpubertären

Phase. Außerdem finde ich sie unfassbar hübsch! Pamela Anderson mit Stil. Leider ist sie viel zu schüchtern, um mich anzusprechen. Unsere erste Gemeinsamkeit. Berater-Barbie alias Viviane arbeitet bei uns als Senior-Beraterin. Auf dem kurzen Fußweg Richtung Agentur tun wir beide immer so, als hätten wir den anderen gar nicht gesehen. Was natürlich ein sicheres Zeichen dafür ist, dass eine gewisse Spannung in der Luft liegt. Mit kurzen Stromstößen im kribbeligen Amperebereich, wenn sich unsere Blicke aus Versehen doch treffen und wir sofort wieder angestrengt weggucken. Das mit uns wird also bis zum Ende der Paarungszeit nichts.

Egal, schließlich bin ich auf eine andere schon viel länger scharf: Florentine. Florentine Lecque. Ein Name wie ein Versprechen auf Ekstase bis in den roten Bereich. Sie spielt in einer dieser Vorabend-Soaps mit, die nur Leute mit geregeltem Feierabend gucken können. 90-60-90, die jeden in unter drei Millisekunden auf 180 bringen. Bei meinem Job als Werbetexter ist es gar nicht so unwahrscheinlich, dass ich ihr, zum Beispiel auf einem Dreh für einen Spot, irgendwann mal über den Weg laufen werde.

»Die ist doch garantiert dumm wie Brot«, meint mein Lieblingskollege Nils, als ich ihm beim Frühstück in der Agentur zum wiederholten Male von ihr vorschwärme.

»Woher willste das denn wissen? Die hat immerhin Abi und studiert nebenbei noch Kommunikationswissenschaften und Soziologie oder so«, protestiere ich.

»Sag ich doch, dumm wie Brot. Meinetwegen wie Vollkornbrot, wenn sie Soziologie studiert, aber dumm.«

»Auf dem Niveau bin ich nicht bereit, diese Unterhaltung fortzusetzen«, antworte ich affektiert und drehe ab in mein Büro. Zelle wäre das passendere Wort für dieses vergitterte und verdreckte Loch. Der Putz, soweit überhaupt noch vorhanden, bröckelt von den Wänden, Farbe scheint so knapp zu sein wie damals in der Zone, und die Scheiben sind im Laufe der Jahre praktisch zu Milchglas geworden. Ich öffne das Fenster und lasse mich auf meinen Stuhl fallen. Bei uns arbeitet vor zehn sowieso keiner. Frühstücken, Facebooken, Mailen, Kaffeekochen und online wie offline Chatten gehen vor. Mit müdem Kopf kann man sowieso nicht klar denken – kreativ sein schon gar nicht.

Gegen kurz vor zehn trudelt dann auch meine Kollegin Jule ein, mit der ich seit einem Jahr das Büro teile. Wir kommen ziemlich gut miteinander aus. Solange man akzeptiert, dass hier jeder irgendeine Macke mit sich durch die Gegend trägt, läuft's rund. Mein erster Büronachbar redete nicht mehr als unbedingt nötig und hing so dicht über dem Laptop wie jemand mit minus zehn Dioptrien, aber ohne ausreichend Plus auf dem Konto für eine anständige Brille. Seine Nachfolgerin telefonierte so oft mit ihrem »Chéri«, dass ich über deren Beziehung besser informiert gewesen sein dürfte als ihre beste Freundin.

Mein aktuelles Gegenüber dagegen ist liebenswert überspannt. Von ihr höre ich jeden Tag mindestens einmal etwas wie:

»Du, äh, kannst du das vielleicht übernehmen? Ich bin heut so whoohooo in meinem Kopf, da kann ich mich grad unmöglich drauf konzentrieren.«

Dank meiner tiefenentspannten Grundhaltung bin ich bislang mit allen wunderbar klargekommen. Wahrscheinlich bin auch ich so ein gestörter Kreativer, aber man selbst merkt das ja nicht. Zum Glück. »Sag mal, wann müssen die Sachen für Dr. Scheiß eigentlich raus?« Dr. Scheiler, Medikamente und Drogen aller Art, ist einer unserer größten Kunden. Bringt keinen Spaß, aber viel Geld. Zumindest meinen Chefs.

Fragend linse ich über meinen iMac. Apple ist in einer hippen Werbeagentur selbstverständlich Pflicht. Jede andere Marke wäre für 95 Prozent der Individualisten hier ein fristloser Kündigungsgrund. Microsoft ist unter ihrer Würde.

»Morgen um neun haben wir dazu die letzte Abstimmung«, entnehme ich ihrem mit Marmeladenbrötchen und Cola light gemixten Gemurmel. Mit diesem zucker- und geschmacksbefreiten Abwaschwasser fängt sie schon morgens vor der ersten Zigarette an. Wahrscheinlicher ist allerdings, dass sie gar nicht erst aufhört und sich rund um die Uhr damit betankt. Na ja, was Karl Lagerfeld am Laufen hält, sollte bei ihr auch funktionieren.

»Kinder, wir haben Stress!« Christian, unser Creative Director, in Fachkreisen auch CD genannt, stürmt in unser Büro. Wie immer wirkt er etwas gehetzt. Manche sollten den Kaffee als Wachmacher besser weglassen, die sind für meinen Geschmack schon wach genug. Könnte aber auch vom Koks kommen, wer weiß. Es sollen ja noch vereinzelte 80er-Jahre-Klischees frei rumlaufen. Er jedenfalls läuft immer auf höchster Drehzahl, auch wenn er mal wieder keinen Gang eingelegt hat und nicht vorankommt.

»Der Funki für Dr. Scheiß muss übermorgen aufn Sender, und wir ham noch nix! Noch gar nix!! Ham wir total verpennt.« Wir? Wohl eher die Beratung. Aber egal, ausbaden muss es immer die Kreation. Ob Headlines, Copys oder Funkis – sind ja schnell geschrieben, glauben zu viele zu gern. Die weit aufgerissenen Augen lassen keinen Zweifel an seinem aktuellen Paniklevel. Jule fährt sich gestresst durchs Haar. Mir ist klar, was jetzt kommt.

»Kannst du das übernehmen, Timo? Ich hab im Augenblick so viel aufm Tisch, da muss ich mich erst sortieren.«

»Logisch.«

»Super, Leute, dann schreibt fix was runter. Wir stimmen das auf Zuruf ab, und dann geht's ins Studio.« Und schon ist er wieder weg.

Ich werfe einen Blick auf das Briefing. »Oah, nee, für Fußpilzsalbe? Im Radio?«

Jule fällt vor lauter Grinsen fast der letzte Marmeladenbissen aus dem Kauwerk. »Na, das ist doch endlich wieder was für deine Mappe. 'ne echte Chance für dich als Junior.«

»Ja, du mich auch! Wenn ich mich damit irgendwo bewerbe, laden die mich höchstens zum Gespräch ein, um zu sehen, über wen sie da die ganze Zeit lachen. Und auf der Weihnachtsfeier erzählen sie sich dann: Ey, weißt du noch, der mit dem Fußpilzspot? Zu geil, oder?«

Ich brauche erst mal frisches Wasser aus unserem Bazillenspender. Das Hirn muss schwimmen, um Höchstleistung bringen zu können. Trotzdem hocke ich mit leerem Kopf über dem weißen Blatt Papier und denke an Füße. Aus dem Augenwinkel sehe ich was Blondes ins

Büro zwei Milchglasscheiben weiter huschen. Scheiße, ich hab Berater-Barbie um ein paar Sekunden am Wasserspender verpasst. Gut, steh sowieso noch mehr auf die aus der Soap, aber ein netter Anblick ist es trotzdem jedes Mal.

Zurück zum Fußpilz. Wie immer mache ich mir zuerst eine Stichwortliste, klassisches Brainstorming. Ideen gehören aufgeschrieben, sonst wird daraus nichts. Gedankenketten bilden sich bei mir nicht im Kopf, die muss ich sehen. Und am Ende bin ich immer überrascht, über welche Stichpunkte ich letztlich auf die entscheidende Idee gekommen bin. Also: Füße, Zehen, großer Onkel, Küchentisch, Lena – falsche Richtung. Noch mal von vorn: Ferse, Haut, Hornhaut, Hühnerei, Überbein, Achillesferse. Achillesferse, das könnte was sein, hat zumindest eine doppelte Bedeutung.

»Die Achillesferse für jeden Fuß? Fußpilz!« oder so ähnlich. Nee, zu fußlahm. Weiter: Schuhe, Strümpfe, Socken. Das ist es! Aus Socken lässt sich was zaubern.

Der Funkspot: ***One-Night-Stand***
(Soundeffekt: Schlafzimmer-Musik)
Sie: »Nimm mich!«
Er: »Komm her!«
(Soundeffekt: Geknutsche, Stöhnen)
Sie: »Sag mal, willst du deine Socken etwa anbehalten?«
Er: »Äääähhhhhmmmm …«
Off-Sprecher: »Fußpilz? Kein Problem, mit Pilzo forte von Dr. Scheiler – dem besten Rezept für den empfind-

lichen Fuß. Dr. Scheiler – ohne Fußpilz ist das Leben geiler.)
Zu den riesigen Nebenwirkungen blablabla …«

Mit stolzgeschwellter Brust renne ich sofort ins Büro von meinem CD.

»Boah, ist das schlecht! Ist mir übel! Genau das Richtige, super! Timo, auf dich ist Verlass. Casten, aufnehmen, und weg mit dem Dreck!«

»Wie? Muss das vorher nicht noch mit dem Kunden abgestimmt werden?« Es scheint wirklich extrem eilig zu sein.

»Nee, Dr. Scheiler persönlich lässt uns völlig freie Hand, weil's so eilt. Er hat da vollstes Vertrauen. Zu Recht, wie ich finde«, grinst er und widmet sich wieder seinem Facebook-Account.

Zufrieden gehe ich zurück in mein Büro und überlege: Ob ich noch einen Jingle dazu schreibe? Eigentlich gibt es die heute ja nur noch von Provinzhändlern, die werbetechnisch sowieso zwanzig Jahre hinterherhinken. So gesehen, würde es gut zu Dr. Scheiler passen. Wer jedenfalls ein Wort wie »Musterhausküchenfachgeschäft« von einer ewig hoffnungsvollen Nachwuchssängerin trällern lässt, muss schon ziemlich gar sein im Kopf. Zum Glück wird man mit schlechten Jingles meist nur im Radio belästigt. Die im Fernsehen hingegen liebe ich. Kult! »Waschmaschinen leben länger mit Calgon!«, ist so ein Klassiker. Und es wirkt. Warum und vor allem wie sollte man sich das sonst merken?

Oder der hier: »Mein Enkelsohn, der Fred, der ist so

gerne Steak, drum brat ich ihm mal eins, mal zwei …« Weiter weiß ich nicht. Hat mir aber in der Schule zusammen mit meiner Sitznachbarin über eine ganze Deutschstunde hinweggeholfen, indem wir ihn immer wieder angestimmt haben. Aber weil ich mich nicht mehr an die Marke erinnern kann, würde ich sagen: jingletechnisch ein Hit, markentechnisch ein Flop.

Der hier hingegen hat auf ganzer Linie funktioniert: »Kaum steh ich hier und singe, kommen sie von nah und fern und fangen an zu knabbern, sie ham halt Ültje gern. Sie singen, und sie tanzen, sie lachen, und sie schreien und wollen noch mehr Ültje, die leckren Knabberein. Komm auch du, greif zu, komm auch du, greif zu!« Den Mann mit Fliege und Bauchladen sehe ich bis heute vor mir. Nie gegessen das Zeug, aber hübscher Song.

Langnese, McDonald's und Coca-Cola spielen natürlich in einer eigenen Liga. Ich krieg sofort Gänsehaut, wenn ich an den Typen denke, der sein kaputtes Motorrad die Schnellstraße entlangschiebt und dann bei McDonald's ankommt, untermalt von: »Stell dir mal vor, da gibt's einen Platz, du weißt schon wo, da schenkt man dir ein Lächeln und so: Einfach gut, McDooonald's ist einfach gut, nanananana na na na, alles klar für den Tag, McDonald's ist einfach gut.« Ich liebe es! Nur konnte ich mir nie den ganzen Text merken. Außer beim Milka-Spot mit dem Alm-Öhi und »It's cool man«. Den konnte ich schon nach dem dritten Mal auswendig. War zwar kein Jingle, aber in meiner Klasse trotzdem ein Hit. Und kurze Zeit später wurde das sogar zu einem Eurodance-Song verwurstet, insofern war es weit mehr als nur ein Jingle.

Angesichts des knappen Timings wird die Welt auf einen Fußpilz-Hit aber wohl verzichten müssen.

Nach einer Stunde habe ich mir aus den Casting-Vorschlägen vom Tonmeister einen Sprecher und eine Sprecherin ausgesucht. Vier weitere Stunden später sitze ich bereits im Studio. Definitiv eine der angenehmsten Seiten meines Jobs. Man kommt mal raus, fühlt sich hinter den Reglern ein bisschen wie P. Diddy, nur ohne Kohle, und kriegt auch noch leckere Teilchen serviert. Marzipan-Rosinen-Schnecken, Schokocroissants, kleine Amerikaner – Kalorienbombenangriff. Kollateralschaden: Das Sixpack muss sterben. Okay, müsste sterben, wenn ich denn eins hätte.

»Hi, ich bin Timo. Ich hab das Ding geschrieben. Sorry dafür im Voraus. Einfach an die Kohle denken«, begrüße ich das Sprecherpärchen. Gute Laune verbreiten ist immer wichtig bei sensiblen Schauspielerseelchen, die eigentlich alle für den Hamlet geboren wurden. Oder für die Julia.

»Für dreihundert Euro nehm ich's dir nicht übel«, lacht Berthold, der männliche Part meines gleich in wilde Ekstase verfallenden Liebespärchens. Was muss der für eine schlimme Kindheit gehabt haben, bei dem Namen? Mit Schulhofsprüchen wie: »Bert, wo haste denn Ernie gelassen?« Wahrscheinlich konnte er damit überhaupt nichts anfangen, weil Eltern von einem Berthold grundsätzlich den Fernseher aus ihrem Bildungsbürgerhaushalt verbannen. Läuft doch nur Schund, der an allem schuld ist – von Gewalt bis Gehirnwäsche. Und so konnte Berthold bestimmt auch nicht bei fachkundigen Grundschulrezensionen über die letzte Folge »Knight Rider« mitreden. Arme Sau.

Die Sprecherin heißt tatsächlich Julia. Mit dem Schokocroissant in den Backen kann sie zwar im Moment nichts sagen, nickt aber zustimmend. Zu was eigentlich? Hab meinen dummen Spruch von eben schon wieder vergessen.

»Gut, also, ihr spielt gleich ein Liebespaar, das wild übereinander herfällt. Nur bei ihm wuchert der Pilz zwischen den Zehen, und deshalb will er die Socken lieber anbehalten. Lohnt sich ja eh nicht, die Dinger für die zwei Minuten auszuziehen«, beginne ich mit meinen Regieanweisungen. Ich denke, Spielberg macht es ähnlich. Brüder im Geiste.

»Vielleicht bringt er's ja länger als du«, grinst Julia, die ihr Schokocroissant mittlerweile durch eine Marzipanschnecke ersetzt hat.

»Das ist mir vorher noch nie passiert, das hab ich dir doch gestern Nacht gesagt«, versuche ich zu kontern.

»Das hättest du wohl gern«, stupst sie mich in die Seite.

Bill, der Tonmeister (Typ angehender Weltrockstar, den die idiotischen Plattenmulti-Ignoranten bisher übersehen haben, mit Dreadlocks und abgefahrenem Shirt), begleitet mein Traumpaar ins Aufnahmestudio und pegelt die Mikros ein. Seit Tokio Hotel wird das bei dem Vornamen Bill eh nichts mehr mit dem coolen Rockstarimage.

Wieder zurück, schaltet er das Mischpult ein und schaut mich an: »Gut, von mir aus kann's losgehn.«

Lässig hebe ich die Hand: »Okay, dann, Ton läuft, One-Night-Stand, die Erste – und bitte.«

Julias Takes klappen sofort. Nur Berthold kämpft etwas mit der Leidenschaft. Nach dem dritten Versuch breche ich ab: »Berti, geht das ›Komm her‹ noch etwas geiler? Das klingt noch ein bisschen wie so 'n Lehrer, der einen Schüler tadelt, und weniger nach Ekstase. Also, weniger Lehrer, mehr Lude.«

Berthold gibt alles. Und schafft es im elften Versuch. Zufrieden lehne ich mich zurück. »Wahnsinn! Ich weiß nicht, wie's euch geht, aber ich würde das Zeug sofort kaufen. Dann brauchen wir jetzt nur noch das Off, und dann ab damit.«

Zurück in der Agentur, klingelt mein Telefon, am anderen Ende ist Nils:

»Hey, Timo, wird Zeit, dass du mal wieder unter Leute kommst. Eine Bekannte hat Besuch von ihrer Freundin aus Zürich, und wir wollen heute Abend an der Alster noch was trinken gehen. Und du bist dabei!«

»Ach was, bin ich das? Wie sieht die denn aus?«

»Welche von beiden?«

»Egal, die, die du mir übrig lässt.«

»Franzi? 'ne glatte Zehn!«

»Ja sicher. Gehen wir zusammen hin?«

»Nee, ich muss die beiden vorher noch abholen. Würde vorschlagen, wir treffen uns am Alsterpavillon, so gegen acht, und dann gucken wir mal.«

»Läuft.«

»Super. Ich muss Schluss machen, hab 'nen Kunden auf der anderen Leitung. Bis acht.«

Eine glatte Zehn aus Zürich. In Wirklichkeit also eine Sieben bis Acht, die in ihrem Schwyzerdütsch überall ein »li« ranhängt. Egal, Hauptsache, ich hab keine Zeit, an Lena zu denken.

Die zarteste Versuchung, seit es Schweizerinnen gibt

Lena war perfekt. Bis sie mich mit Frank beschissen hat. Das war eher suboptimal. Trotzdem hatten wir bis dahin eine tolle Zeit. Mit ihr hat sogar das gemeinsame Kochen Spaß gemacht. Eigentlich kann ich das nicht leiden. Es sei denn, ich bin dafür zuständig, schon mal den Wein aufzumachen. Aber mit ihr in der Küche zu stehen und zu kochen machte aus unserer Wohnung ein Zuhause.

Mittlerweile kann ich über den Spruch »Liebe geht durch den Magen« nur noch lachen. Denn was wird aus Essen, sobald es den mit Liebe überfüllten Magen verlässt? Richtig: Scheiße! Am Ende geht alles den Abfluss runter.

Lena war anders. Selbst wenn wir ausgingen, schwammen wir essenstechnisch auf einer Gourmetwelle. Sie hätte niemals diese typischen Frauengerichte bestellt: Flammkuchen, Ofenkartoffel oder Falafel. Sinnloses Essen in meinen Augen. Und über diese ganze Panikmache beim Essen konnten wir beide nur lachen. Von wegen kein Süßstoff (mit tödlicher Sicherheit der direkte Weg zum Krebs!), aber auch kein Industriezucker (noch mehr Krebs!), keine Bratkartoffeln (sofort Krebs!), erst recht keine Chips (ist quasi Krebs mit drin!), keine Geschmacksverstärker (Glutamat: überall Krebs!), Vitamin D, bevor der Arzt kommt (hilft gegen alles – den Vitaminspeicher aber besser mit Tabletten statt mit Sonnenlicht auffüllen, sonst drohen eine UV-Überdosis und, richtig: Krebs!), niemals Spinat oder Pilze wieder aufwärmen (Tod!), und generell nur noch Bio (aber auch nicht von jedem Bauern, wegen der Pestizide – quasi ein Synonym für Krebs). Hab ich irgendwas vergessen? Transfette! Also Vorsicht vor Margarine – man ahnt, warum.

Jetzt also die Sieben bis Acht aus Zürich. Mit der will ich zwar nichts kochen, aber heißmachen darf sie mich schon.

»Na, pünktlich wie immer?«

Nils kommt mir mit den zwei Mädels im Arm entgegen. Die Brünette würde ich tatsächlich als glatte Zehn bezeichnen. Die Blondine als Elf.

Er deutet erst auf die Brünette: »Das ist Christina.« Und dann auf die Blonde: »Und das ist Franzi, aus Zürich.«

Es gibt einen Gott! Und er steht endlich mal auf meiner Seite – und offensichtlich genauso auf Blondinen wie ich, wenn er so was gebaut hat. Aus Angst, dass mir der Sabber die Mundwinkel flutet, nicke ich bloß und gebe beiden einen Hauch zu förmlich die Hand.

»Wo wollen wir hin?«, fragt Nils locker in die Runde. Eigentlich wäre er viel besser für meinen angestrebten Lebensstil als Womanizer geeignet als ich.

»Wie wäre es mit der Alster-Bar?«, schlägt die Brünette vor. Ihren Namen habe ich schon wieder vergessen. Überhaupt kann ich mir Namen erst nach mindestens fünfmaligem Gebrauch merken. Blöd nur, dass man nicht viermal nachfragen kann, wie der werte Name war. Also muss ich bei Gesprächen immer genau hinhören, in der Hoffnung, dass der Name noch einmal fällt. Oder besser vier Mal.

»Alster-Bar?«, fragt Nils in meine Richtung.

»Hm? Mhm«, nicke ich. Wenn ich die blonde Heidi, äh Franzi heute auf Betriebstemperatur bringen will, muss ich eloquenter werden, so viel ist sicher. Aber der Abend ist ja noch jung.

In der Alster-Bar findet Nils wie immer den besten Platz. Für so was ist er eine absolut sichere Bank. Mit ihm bekommt man grundsätzlich den Tisch mit der begehrtesten Aussicht. Wenn ich ohne ihn irgendwo hingehe, kriege ich meistens den Platz neben dem Eingang oder dem Klo.

»Timo arbeitet auch in der Werbung, als Kreativer«, versucht er mir den Ball zuzuspielen.

»Echt? Und was für Werbung machst du so?«, fragt Franzi interessiert. Werbung hat doch immer noch was Glitzerndes und kommt für Normalsterbliche gefühlt kurz vor Hollywood. Wenn ich jetzt sage, für Fußpilzsalbe von Dr. Scheiler, kann ich meine Socken heute Nacht wohl mit Sicherheit anbehalten.

»Äh, zum Beispiel für große Unternehmen aus der Pharmabranche. Anzeigen, Plakate, Radio, TV – die komplette Palette.«

»Echt? Cool! Trifft man dabei auch 'n paar Promis?«, will Franzi-Heidi wissen.

»Ja, klar, beim Dreh oder im Tonstudio bleibt das nicht aus«, sage ich so lässig, dass ich's mir fast selber glaube.

Tonstudio allein klingt schon nach Platin, Schampus und ganz oben. Und C- bis F-Promis sind auch Promis.

Der Abend wird richtig nett. Der beste, seitdem Lena bei mir rausgeflogen ist und sich lieber nebenan vögeln lässt. Für Momente wie diese lohnt es sich zu leben: süßlich duftende Sommerabende mit schönen Frauen in schicken Bars. Mittlerweile habe ich verbal zu alter Stärke zurückgefunden und flirte aufs Heftigste mit Franzi. Zum Glück sind Frauen lockerer, sobald sie in einer fremden Stadt fernab von Freunden und Bekannten sind. Man muss sie eben von der Herde trennen. Sonst befürchten sie ständig, dass schlecht über sie geredet werden könnte, nur weil sie mit einem fremden Typen die Bar verlassen. So wie Franzi hoffentlich nachher mit mir.

»Und, was machst du?«, frage ich meinen ersten potenziellen Abschuss der laufenden Jagdsaison.

»Ich studiere. Amerikanistik.«

»Aha, und warum?«

»Weiß ich auch nicht genau.«

»Sollte man nicht besser was studieren, wo am Ende auch 'n Beruf bei rauskommt?«

»Wahrscheinlich schon.« Lässig ist sie, da kann man nicht meckern. Meinen Charme versteht nicht jede Frau. Streng genommen, recht wenige. Zu wenige.

Als nach ein paar verplauderten Stunden langsam Aufbruchsstimmung aufkommt, verabschiede ich mich schnell auf die Toilette. Die Chili-Burger von heute Mittag fordern ihren Tribut. An Sex wäre da nicht zu denken. Vorher muss ich den Druck an der gegenüberliegenden Seite abbauen. In solchen Situationen ist man auf einer öffentlichen Toilette besser aufgehoben als zu Hause, wo *sie*, nur durch eine viel zu dünne Rigipswand getrennt, akustisch live dabei wäre. Warum man bis heute keine schalldichten Klos baut, ist mir ein Rätsel. Ich versuche, den Sound von zwei Chili-Burgern auf ihrem Weg in die Freiheit mit simultanem Spülen und Husten zu übertönen. Klappt nur bedingt. Mit falschem Stolz darf man auf öffentlichen WCs sowieso nicht an die Sache rangehen. Die anwesenden Zeugen sieht man eh nicht wieder, also was soll's. Und da ich mich beeilen muss, damit es wenigstens ansatzweise so aussieht, als ob ich nur pinkeln war, fehlt mir für behutsames Ventilöffnen die Zeit. Schleusen auf, und raus damit, fertig. Die zeitliche Ausdehnung überspielt man hinterher, falls nötig, am besten mit dem Spruch: »Ey, nur eine Toilette, und dann der Typ vor mir – fragt lieber nicht.«

Nach geschätzten drei Minuten komme ich zurück an den Tisch. Neuer Rekord. Die Blicke der beiden Typen am Tresen, die eben noch am Urinal standen und mir jetzt kopfschüttelnd hinterhergucken, versuche ich zu ignorieren. Wollte diesen Laden sowieso nie wieder betreten. Langsam werden die Läden knapp. Wir genehmigen uns dann doch noch eine letzte Runde Cocktails. Normalerweise kann ich dieses ganze Kokos-Sahne-Schirmchen-Zeug mit den ach so originellen Namen wie »Blowjob« (hihi), »Sex on the Beach« (hohoho) oder »Orgasmus« (ganz schön versaut!) nicht leiden. Die meisten zahlen jedoch für diesen Irrsinnsspaß bei der Bestellung anscheinend gern ein paar Euro zu viel. Außerdem will ich nichts in den Mund nehmen, das wortwörtlich bis frei übersetzt »Schwanzschwanz« heißt! »Cock« und »Tail« – sollte man mal drüber nachdenken. Ich bleibe beim »Tequila Sunrise«, der meiner Meinung nach kein Cocktail, sondern ein Longdrink ist. Auch wenn ich es einmal ertragen musste, dass das Licht in der Bar gedimmt wurde und der Kellner mit meinem Longdrink samt sprühender Wunderkerze um die Ecke scharwenzelte. Als ob nicht schon der halbe Obstsalat am überzuckerten Glasrand zu viel gewesen wäre. Mit Bier kann einem so was nicht passieren.

Eine knappe Stunde später verlassen wir die Bar. Diese eine Stunde war jedoch sehr produktiv, was meine Annäherungsversuche an Franzi angeht. Ihre Hand auf meinem Oberschenkel bedarf keiner weiteren Fragen.

»Ich bring Christina noch nach Hause«, sagt Nils, als wir etwas unschlüssig vor der Bar stehen. »Kannst du Franzi zu ihrem Hotel bringen, Timo?« Klar kann ich. Nils verschwindet mit der Brünetten im Arm in der Nacht.

»Wo ist denn dein Hotel?«, frage ich Franzi etwas nervös.

»Wo ist deine Wohnung?«, fragt Franzi.

Wir befummeln uns schon im Treppenhaus. Wenn ich mich nicht beherrsche, ist die erste Runde bis zum vierten Stock bereits vorbei. Plötzlich befällt mich leichte Panik. Was ist, wenn ich gleich versage? Schließlich ist das mein erster One-Night-Stand. Hier muss ich Leistung zeigen, schließlich kann ich eine vorübergehende Formschwäche nicht in der nächsten Nacht wettmachen. Was, wenn ich keinen hochkriege oder sie ihn zu schnell wieder runterholt? Zum Glück werden wir es mit Kondom machen. Das verlängert den Akt noch mal um gefühlte dreißig bis sechzig Sekunden, was in ganz schlimmen Fällen ja eine glatte Verdoppelung bedeuten kann. Das Raufziehen fühlt sich zwar an wie das Anziehen einer viel zu engen nasskalten Badehose, aber dafür wird die ganze Sache dadurch eben länger. Ein Hoch auf den Blutstau und Gummis mit Betäubungsmittel.

Wir stolpern in meine Wohnung und fallen in betrunkener Hemmungslosigkeit übereinander her. Kurz bevor ich meine Socken ausziehen will (kein Fußpilz, dank Dr. Scheiß!), flüstert sie:

»Hast du Gummis?«

NEIN! Habe ich nicht! Ich dachte, so was haben Frauen immer dabei. Das letzte Mal hab ich welche gebraucht, als ich frisch mit Lena zusammen war. Deswegen wollte ich in der Bar noch welche ziehen, das hätte mir aber die Rekordzeit auf der Toilette verhagelt. Wieso, Gott, wieso?

»Nee, du?«, frage ich etwas zu verzweifelt zurück.

»Nee, auch nicht. Fuck!«

»Tja, wohl eher nicht, wenn wir keins finden.« In meinem Hirn paart sich Verzweiflung mit Panik. Die akute Blutunterversorgung in meinem Kopf macht klares Denken kaum noch möglich.

»Moment, unten an der Straßenecke steht ein Kondomautomat!« Zum Glück ist der Teil meines Hirns mit dem Langzeitgedächtnis noch ausreichend durchblutet.

»An der Straßenecke?«

»Ja, ist mir neulich erst aufgefallen. Dachte immer, das wäre ein Zigarettenautomat, bis ich mich gefragt hab, warum der rosa ist. Bin gleich wieder da. Nicht weglaufen!«

Hastig springe ich in meine Jeans, klemme mir dabei fast die Weichteile im Reißverschluss ein, weil die Boxershorts auf die Schnelle nicht auffindbar sind, werfe mir die erstbeste Jacke über und stürze ins Treppenhaus. Wenn mich jetzt einer meiner Nachbarn sieht, wie ich mit ausgebeulter Hose und nacktem Oberkörper, aber dicker Winterjacke im Spätsommer zum Kondomautomaten hechte – egal. Blind vor Geilheit renne ich quer über die Wiese vorm Haus. Gewagt, angesichts der gleichmäßig verteilten Hunde-Tretminen. Reines Glücksspiel. Aber um solche Kleinigkeiten kann ich mich jetzt nicht kümmern. Wild kackende Hunde sind mir momentan scheißegal.

Der Automat klemmt. Natürlich. Da denke ich einmal, Gott steht auf meiner Seite, und dann hat er mich doch verarscht. Von Leidenschaft getrieben und Verzweiflung gezeichnet, prügle ich auf den Automaten ein. »Du verdammtes rosa Tucken-Teil, das kannst du mir nicht antun!« Als ob Anschreien bei einem Automaten mehr bringt als bei einem defekten Computer.

»Brauchen Sie Hilfe, junger Mann?«

»Nee, ich brauch 'n Gummi.« Ich drehe mich um und schaue in zwei grinsende Polizistengesichter.

»Tja, sieht ganz so aus«, lacht der dickere von beiden mit Blick auf meine immer noch deutlich ausgebeulte Hose.

»Könnten Sie mir dann vielleicht behilflich sein? Zum Beispiel freund-und-helfer-mäßig dieses Ding hier aufschießen oder so. Schließlich hat der meine drei Euro geschluckt. Das fällt eindeutig unter Veruntreuung von Kundengeldern!«

Sein dünnerer Kollege guckt mich mit großen Augen an: »Aufschießen??? Hermann, hast du das gehört?«

Der dicke Hermann schüttelt sich vor Lachen. »Na, ist doch verständlich, Klaus, wenn man zum Schuss kommen möchte.«

Die können mich mal! Wütend drehe ich mich um, gehe einen Schritt zurück und trete mit voller Wucht und lautem Gebrüll gegen den Automaten. Ein letzter Akt der Verzweiflung.

»Hey, es ist mitten in der Nacht. Was Sie da machen, ist Ruhestörung und Sachbeschädigung!«, ermahnt mich Klaus und packt mich an der Schulter. Auch Hermann ist das Lachen schlagartig vergangen. Geht doch.

»Wenn Sie sich nicht beruhigen, müssen wir Sie mit auf die Wache nehmen«, warnt mich der Dicke.

»Ich will auf die Heidi und sonst nix!«, rufe ich. Nur mühsam kann ich die Tränen, die mir vor Wut die Augen fluten wollen, zurückhalten. »Und wenn ich hier mit auf die Wache fahre, dann bestimmt nur, um Anzeige gegen diesen betrügerischen Automatenaufsteller zu erstatten!« Was interessiert mich denn, ob jemand im Umkreis von drei Straßen schlafen will. Ich will ja auch mit der unfassbar heißen Schweizerin in meinem Bett schlafen und kann nicht. Ausgleichende Gerechtigkeit.

»Müssen wir Ihnen Handschellen anlegen, oder beruhigen Sie sich von alleine?«

»Handschellen lasse ich mir heute Nacht höchstens von Heidi anlegen«, brumme ich.

Das Metall schmiegt sich kühl und erfrischend um meine Handgelenke. Vielleicht habe ich doch etwas überreagiert, aber wer hätte das nicht in meiner prekären Lage?

Auf der Wache schiebt mich Hermann an einem aufgebrachten Herrn im Anzug und einer Dienstleisterin aus der horizontalen Branche vorbei. Wenn ich das Streitgespräch der beiden mit dem Beamten hinter der Theke richtig deute, gibt es wohl Unstimmigkeiten über den Preis einer nicht ganz befriedigend erbrachten Leistung.

Er: »Wir hatten hundert ausgemacht für Französisch Natur bis Happy End, und dann wollte die nicht schlucken. Das kann ich auch zu Hause haben.« Schon sehr bald noch nicht mal mehr das, denke ich mir.

Das Vernehmungszimmer sieht fast genauso trostlos aus, wie man es aus dem »Tatort« kennt. Ein Tisch mit einem Mikro drauf, zwei unbequeme Stühle und eine von innen verspiegelte Glasscheibe.

»Sagt mal, könnte mir euer Kollege hinter der Theke vielleicht was zu trinken bringen? Ich bin schon fast wieder nüchtern«, versuche ich die angespannte Stimmung etwas aufzulockern.

»Nein, kann er nicht. Oder sieht er aus wie ein Kellner?«, schnauzt mich Hermann an.

»Nee, aber vielleicht möchte er umschulen.« Hat man als aufrechter Bürger denn gar keine Rechte mehr, frage ich mich. Ein Glas Wasser ist wohl nicht zu viel verlangt, wenn ich heute schon nicht mehr in den Genuss von etwas Quality Time komme. Die Dame beim potentiellen

Kellner scheint auch nicht die verlässlichste Alternative zu sein.

»So, jetzt ist aber mal Schluss mit dem Rumgekasper!« Hermann wird langsam richtig sauer. Fangen seine Schläfen an zu pochen, oder täuscht das?

»Vorname, Nachname, Alter, Wohnort. Da, ins Mikro!«, bellt er mich an.

Langsam beuge ich mich vor, so, wie es Schauspieler auf Preisverleihungen tun, wenn sie glauben, dass sie niemand hören könnte, sofern sie sich bei der Dankesrede nicht direkt bis zum Mikro auf Peter-Maffay-Höhe herunterbeugen würden:

»Timo F Punkt aus H Punkt an der E Punkt.« Können Schläfen eigentlich platzen?

»Im ganzen Satz, bitte!«

»Ich heiße Timo F Punkt und komme aus H Punkt an der E Punkt.« Subjekt, Prädikat, Objekt. Alles dabei, denke ich.

»Ich kann hier auch ganz andere Saiten aufziehen.« Hermann pumpt. Auch der Dünne kann nicht mehr an sich halten: »Wohl 'n Kasper gefrühstückt, wie?«

»Nee, noch gar nix.« Wäre mir jetzt auch noch viel zu früh, denke ich, sage es aber besser nicht.

Hermann fängt trotzdem an zu zittern. Gesund ist sein Puls bei dem BMI bestimmt nicht. Besser, ich schalte einen Gang runter. Aus meiner wilden und zügellosen Nacht mit Franzi wird jetzt eh nichts mehr.

»Na gut. Mein Name ist Feuer, Timo, wohnhaft in der Lindenstraße 12, Hamburg. Dann habt ihr's auch gleich in Beamtendeutsch.«

Hermann springt auf und knallt die Tür hinter sich zu. So viel Spritzigkeit in den dicken Beinen hätte ich ihm gar nicht zugetraut. Ich bleibe zurück mit Kollege Klaus.

»Wieso haben Sie den Präservativ-Vollautomaten beschädigt?«, will der nun von mir wissen.

»Was heißt denn hier beschädigt? Ich hab ein bisschen dran gerüttelt, mehr nicht. Das Ding hat meine drei Euro geschluckt, ohne irgendwas auszuspucken, voll war der offensichtlich nicht.«

»Beantworten Sie bitte meine Frage: Wieso sind Sie den Präservativ-Vollautomaten angegangen?«

»Angegangen? Den Kondomautomaten? Wenn, dann wollte ich die Heidi angehen – bis sie kommt. Aber dann mussten Sie ja mit Ihrem Kollegen dazwischenkommen.« Ich bin echt angepisst. »Also, warum steht man wohl nachts mit ausgebeulter Hose und zittrigen Fingern vor so einem Teil? Weil ich plante, mit einer mir flüchtig bekannten weiblichen Person blutjungen Alters den Geschlechtsakt in diversen, in manchen Ländern verbotenen Stellungen auszuüben, deshalb!«

Klaus schreibt tatsächlich alles sorgfältig in seinen Bericht.

»Gut, Ihre Personalien haben wir. Wir melden uns dann bei Ihnen.«

»Wie? Das war's jetzt?«

»Jep.«

»Und was ist mit meiner Anzeige gegen diesen Automatenbetrüger?«

»Können Sie sich abschminken.«

»Wie jetzt? Und dafür musste ich mit auf die Wache?«

»Sie mussten vor allem mit auf die Wache, damit Sie von der Straße kommen und sich wieder beruhigen. Aber Sie können gern jemanden anrufen, der Sie abholt. Das Telefon ist vorn am Empfangstresen.«

Fassungslos bleibe ich sitzen. In meinem Bett liegt eine Wahnsinns-Heidi, Modell »Leicht zu haben«, und ich hocke hier in diesem verdammten Polizeirevier. Mit demselben Puls wie Hermann stehe ich auf, schleudere die Tür hinter mir zu und rufe Nils an. Schließlich dürfte er die Nacht ebenfalls mit erhöhtem Puls und in Handschellen verbracht haben.

Alles super!

»Soll ich fragen?« Nils steht in der Eingangstür der Wache und schwankt zwischen Fassungslosigkeit und unfassbarem Vergnügen.

»Nee, lange Geschichte. Kann ich gehen?«

Hermann nickt und deutet mit beiläufiger Geste zur Tür. »Wenn Sie Ihre Lümmeltüten in Zukunft rechtzeitig in der Drogerie käuflich erwerben.«

»Lümmeltüten. Wer sagt denn heut noch Lümmeltüten?«, gifte ich ihn an.

»Komm, Alter, lass gut sein«, versucht Nils die Lage zu entschärfen und schiebt mich aus der Tür. Nicht, ohne Hermann ein devotes »Er hat's nicht so gemeint« ums Doppelkinn zu schmieren.

»Die haben dich mitgenommen, weil du auf 'nen Kondomautomaten eingehämmert hast?«, fragt er ungläubig, während wir zum Auto gehen.

»Ja, schließlich wollte ich eine absolute Hammerbraut nageln. Nicht zu fassen, was die deswegen gleich für 'n Fass aufgemacht haben, oder?«

Ich will Bestätigung. Ich will etwas hören wie: »Ja, nicht zu fassen, diese verdammten Bullenschweine!« Mit Sicherheit etwas anderes als: »Nicht zu fassen, dass du dermaßen heftig auf einen Kondomautomaten einprügelst, dass sie dich dafür gleich einbuchten. Bei dir herrscht echt akuter Notstand, was? Nur kann Franzi dir jetzt auch nicht mehr weiterhelfen. Die ist nämlich schon auf dem Weg zum Flughafen. Komm, wir gehen was trinken.«

Erstarrt bleibe ich stehen.

»Wie? Sie fliegt heute noch nach Zürich? Sie ist schon weg? Einfach so?«

»Klar, was haste geglaubt, wie lange sie auf dich wartet?«

»Na, wenigstens zwei, drei Stunden!«

»Träum weiter!«

»Oh Mann, das wäre die optimale Nummer geworden. Ohne Kuscheln und Frühstück. Mein Leben ist dermaßen ätzend!«

»Jetzt hör auf zu jammern und steig ein!«

Unsere Stammkneipe ist so gut wie leer. Und das morgens um kurz vor fünf. Nix mehr los in dieser Stadt. Lediglich ein Junggesellenabschied in Kostümen, mit denen typische Langweiler signalisieren wollen, wie verrückt, witzig und ausgelassen sie doch sein können, liegt sich hinterm Billardtisch lallend in den Armen.

Nils bestellt zwei Bier und guckt mich mit diesem »Ich glaub, wir müssen mal ernsthaft reden«-Gesicht an.

»Was ist eigentlich mit dir los? Seit Lena weg ist, bist du völlig von der Rolle.«

»Ach ...«

»Nun weich nicht aus. So kann das nicht weitergehen. Das ist anderthalb Jahre her!«

»Ein Jahr und drei Monate!«

»Meinetwegen.«

»Und fünf Tage.«

»Auf jeden Fall im kranken Bereich. Also, was ist los?«

»Was los ist? Die Liebe meines Lebens hat mich mit meinem Nachbarn betrogen, der immer noch nebenan wohnt. Weißt du, was es heißt, seiner Ex und ihrem Neuen lauschen zu dürfen? Bei mir hat sie nie so gestöhnt!«

»Ich hab dir gleich gesagt: Zieh da weg!«

»Ja, ich weiß! Das hör ich von allen Seiten. Aber so weit kommt's noch! Dann glaubt sie doch, dass es mir immer noch was ausmacht. Lieber sitze ich irgendwann bei Hermann und Klaus wegen Körperverletzung, wenn mir ihr Frank dumm kommt. Außerdem mache ich für einen Hungerlohn Werbung für Fußpilzsalbe und krieg noch nicht mal eine ins Bett. Stattdessen verbringe ich die Nacht auf dem Polizeirevier. DAS ist los!«

Früher hätte man mich wohl nach einem Jahr und drei Monaten Singledasein als überzeugten Junggesellen bezeichnet. Wenn das so weitergeht, bringe ich es bis zum Meister. Nur, was heißt hier überzeugt? Überzeugt wovon? Keinen Sex mehr zu haben? Die Einsamkeit am leeren Esstisch zu genießen? Lieber mit Mutti alt zu werden? Dem Volksmund sollte man den selbigen verbieten. Heute müsste ich meinen Lebensentwurf eigentlich damit rechtfertigen, dass ich mich auf die Karriere konzentriere. Als ob ich eine vor mir hätte. Fast alle, die das sagen, arbeiten bei Aldi an der Kasse oder in einem 08/15-Bürojob, bei dem die einzige Aufstiegsmöglichkeit das Personalklo im ersten Stock ist. Mal ehrlich: Die Selbstverwirklichung der meisten besteht doch maximal aus einem Volkshochschulkurs. Und die, die sich tatsächlich selbst verwirklichen, merken nicht, dass sie dabei älter und auch nicht unbedingt schöner werden – bis es zu spät ist. Mein Lieblingsspruch, wenn Frauen Körbe verteilen und sich dabei in die eigene Tasche lügen, ist jedoch: Ich muss mich erst selbst wiederfinden. Auf so eine bescheuerte Ausrede können nur Frauen kommen. Demnach verbringen Frauen die Hälfte ihres Lebens damit, sich selbst zu suchen. Männer suchen höchstens Frauen, aber nie sich selbst. Die wissen immer, wo sie sind.

Nils reißt mich aus meinen Gedanken: »Sei doch froh, dass es früh genug passiert ist und nicht erst in ein paar Jahren. Scheidungen sind teuer.«

»Sehr hilfreich, danke.«

»Ich verstehe bis heute nicht, warum du der immer noch hinterhertrauerst. Nach allem, was sie dir angetan hat und immer noch antut.«

»Ich trauere ihr nicht hinterher! Sonst wär ich schon längst weggezogen.«

»Ach was!«

»Ja, sicher. Dass ich trotzdem da wohnen bleibe, zeigt doch, wie souverän ich mit der Sache umgehe. Gerade weil ich über sie hinweg bin, muss ich nicht mehr wegziehen.«

Nils schaut mich nachdenklich bis besorgt an. »Also, das ist die gequirlteste Kacke, die ich jemals gehört habe.«

»Wieso gequirlte Kacke? Das ist logisch durchdacht.«

»Du solltest dir vielleicht besser professionelle Hilfe suchen.«

»Ach, was ich brauche, ist 'ne Frau. Die würde mich wenigstens ablenken.«

»Aha! Ablenken! Und von wem oder was, bitte schön?«,

ruft Nils durch die ganze Bar. Mit etwas zu weit aufgerissenen Augen sehe ich ihn an. Ich befürchte, der letzte Satz war eine Steilvorlage. Leider setzt er nach.

»Wo du ja doch über sie hinweg bist…«

»Das halte ich nun für reichlich spitzfindig«, versuche ich mich zu retten. Zwecklos.

»Nix da! Du hast dich verraten. Also, muss ich dir jetzt 'ne Flasche Wahrheitsserum nachbestellen, oder gestehst du von allein?«

»Meinetwegen. Wenn du nur Ruhe gibst, wenn ich dir sage, was du hören willst: Ja, ich bin immer noch nicht über Lena hinweg.«

»Das brauchst du gar nicht so gespielt runterzuleiern. Das nützt dir jetzt auch nix mehr. Also, was war so besonders an ihr, dass du dich dermaßen quälst?«

Mein Seufzen ist fast lauter als das Krakeelen des Junggesellenabschieds, der sich gerade krabbelnd verabschiedet.

»Sie war mein Leben. Nicht das meiner Eltern, meiner Familie, meiner Freunde, meiner Kollegen – nichts für ungut –, sie war der Teil meines Lebens, der nur mir gehörte. Und plötzlich musste ich sie mit meinem Nachbarn teilen. Streng genommen, muss ich das bis heute, weil sie immer noch ein Teil meines Lebens ist. Ich hingegen spiele in ihrem neuen Leben bestimmt gar keine Rolle mehr. Ich bin höchstens noch ein Statist, der ab und zu mal durchs Bild läuft, aber ohne Text. Gut, dafür sorge ich selbst. Sowohl für das Ab-und-zu-durchs-Bild-Laufen wie auch für den mangelnden Text. Bis heute habe ich's nicht geschafft, noch mal mit ihr zu reden.«

»Wie willst du sie zurückerobern, wenn du nicht mit ihr redest?«

»Wer sagt denn, dass ich sie zurückerobern will?«

»Was willst du dann?«

»Ich will, dass sie ihn nicht mehr will. Ich will, dass sie mir sagt, dass er der größte Fehler ihres Lebens war. Ich will, dass sie mich wieder will, damit sie weiß, wie das ist, wenn man selbst nicht mehr gewollt wird. Denn dann will ich sie nicht mehr. Ich will letztlich nur vergessen.«

»Aha. Könnte schwierig werden, wenn du da wohnen bleibst.«

»Richtig. Aber wenn ich sie durch die Wand lachen höre, ist das so, als wäre sie im Nebenzimmer. So wie früher. Nur dass das Nebenzimmer heute nicht mehr zu meiner Wohnung gehört und sie nicht mehr über meine, sondern über die Scheißwitze von diesem Langweiler lacht.«

Nils trinkt schweigend den letzten Schluck aus seiner Flasche. Ich warte auf sein Urteil.

»Du willst sie also nicht zurück, aber du willst auch nicht, dass sie mit einem anderen glücklich ist. Und wo soll das hinführen?«

»Keine Ahnung.«

»Auch auf die Gefahr hin, mich zu wiederholen: Zieh da endlich aus!«

»Ja, ja, ich weiß.« Ich schlucke den Kloß im Hals mit einer halben Flasche Beck's hinunter.

»Und wie ich dich kenne, hast du ihren Brief immer noch nicht gelesen, oder?«

»Das hab ich die letzten fünfzehn Monate nicht gemacht, also warum sollte ich es ausgerechnet jetzt tun?«

»Damit du's endlich hinter dir hast. Ist dir schon mal aufgefallen, dass du alle unangenehmen Sachen aufschiebst?«

»Wie bitte?«

»Ja. Bei der Arbeit lässt du mich immer wieder Abstimmungen vertagen und privat schiebst du nicht nur deinen längst überfälligen Auszug aus diesem Horrorhaus vor dir her, sondern auch das Öffnen eines popeligen Briefs von deiner Ex.«

»Das ist kein popeliger Brief. Das ist garantiert ihre Abrechnung.«

»Woher willst du das wissen?«

»Ich will es eben gar nicht wissen. Es interessiert mich null, was die noch von mir will.«

»Ich denke, du willst, dass sie dich zurückwill?«

»Komm, jetzt hör mir auf mit diesem Mist!«

»Trotzdem schleppst du den Brief die ganze Zeit mit dir rum, oder?«

»Den hab ich halt damals in meine Jacke gesteckt, weil die direkt neben der Tür hing. Seitdem hatte ich kein Bedürfnis, ihn da wieder rauszuholen. Und da das nun mal meine Lieblingsjacke ist …«

»Schon klar. Blöder Zufall.«

»Hattest du etwa noch nie Schwierigkeiten, über eine deiner Ehemaligen hinwegzukommen?«

»Logisch. Wer hatte das nicht?«

»Das heißt?«

»Da gab's mal eine in der Schule. Aber ich glaube, sie wollte eh nix von mir. Jedenfalls sind wir jetzt Freunde.«

»Die Nummer also ...«

»Genau, die Nummer also. Klar, wenn sie jetzt sagen würde, sie will es mit uns versuchen, könnte man sagen, gut, lass uns gucken, wie's läuft. Aber ist halt nicht so. Und damit ist das Thema abgehakt. Soll ich dich fahren?«

»Nee, ich lauf lieber. Will den Kopf frei kriegen. Beeilen muss ich mich ja nicht. Wartet ja niemand mehr auf mich.«

Auf dem Weg nach Hause kommen mir bereits die ersten Pendler entgegen. Um halb sieben! Wer steht da bitte freiwillig auf? Ich brauche nach dieser Nacht Ruhe und Zeit für mich. Ich muss mich neu sortieren. Zu Hause schnappe ich mir meinen Laptop und melde mich per Mail krank. Ein Tag ohne gelben Zettel geht immer. Danach lasse ich mich völlig fertig samt Klamotten aufs Bett fallen und schlafe ein.

Nach zwei Stunden bin ich wach. Scheißvögel! Hören einfach nicht auf zu piepen. Verschlafen und ziellos wanke ich durch meine Wohnung. Knapp 45 Quadratmeter, verteilt auf besagtes Schlafzimmer, das Wohnzimmer mit offener Küche, den dunklen Flur und die Nasszelle. »Badezimmer« wäre zu viel gesagt bei der Breite einer Duschwanne, weswegen sich die Toilette halb schräg unter das Waschbecken klemmt. Praktisch, wenn man morgens beim Kacken gern die Zähne putzt. Sonst nicht. Alles in allem, gute unsanierte und mit ockergelben Fliesen gekachelte zweieinhalb Quadratmeter. Am Wohnzimmer hängt außen das dran, was Makler in Hamburg gerne als »Balkon« inserieren. In Wirklichkeit handelt es sich dabei um einen maximal 30 Zentimeter schmalen Mauervorsprung, der höchstens dazu reicht, um darauf allein eine zu rauchen. Vorausgesetzt, man hat maximal Schuhgröße 36. Erschöpft gebe ich der Schwerkraft nach und platziere meine 85 Kilo Lebendgewicht auf der Couch. Unter dem Couchtisch scheint irgendein Karton zu liegen. Mit letzter Kraft beuge ich mich hinunter, ziehe ihn hervor und halte eine von ehemals fast tausend leeren Eierschachteln in der Hand. Mit denen habe ich vor Längerem mal versucht, die ganze Bude hier schalldicht zu isolieren. Ein zum Scheitern verurteilter Versuch, den Geräuschpegel von nebenan wenigstens etwas zu senken.

Gott, bin ich deprimiert! Gut, dass ich mich krankgemeldet habe. Depressionen sind immerhin eine ernstzunehmende Krankheit. Und die Gedanken an Lena machen mich noch kränker. Die an Viviane auch. Und die an Florentine sowieso. Immerhin sorgen die drei für eine ausgeglichene Blutverteilung. Bei Florentine Lecque wollen sechs Liter Lebenssaft direkt in die Lenden. Bei Viviane bleibt es hauptsächlich in der Mitte, als Treibstoff für die Flugzeuge im Bauch. Und bei Lena schießt alles aus meinem blutenden Herz.

Florentine ist logischerweise außerhalb meiner Reichweite, das ist mir klar. Über Lena komme ich wohl nur hinweg, wenn ich endlich ausziehe und nicht mehr mit anhören muss, wie mein geschätzter Nachbar sie auszieht. Okay, beschlossene Sache, ich ziehe um. Bald. Aber vorher zahle ich es den beiden noch heim. Und Viviane? Vielleicht sollte ich sie einfach ansprechen. Ob ein gejapstes »Hilfe, Viviane, ich krieg keine Luft! Mund-zu-Mund-Beatmung! Bitte!« in der U-Bahn reicht, wenn ich wieder neben einer Dicken zu ersticken drohe? Möglicher Kollateralschaden wäre natürlich eine Mund-zu-Mund-Beatmung von der schwitzenden Wuchtbrumme.

Leistung aus Leidenschaft

Montagmorgen. Am liebsten würde ich untertauchen, und sei es nur unter meiner Bettdecke. Man kann machen, was man will, aber der nächste Morgen kommt bestimmt. Darum will ich sonntagabends auch nie den Fernseher ausschalten, weil dann das Wochenende offiziell vorbei ist. Nur deswegen haben Sendungen wie das »Nachtjournal« überhaupt eine messbare Quote. Die Meldungen des Tages kann man schließlich nach »Tagesschau« und »Tagesthemen« schon mitsprechen.

Momentan lausche ich diversen Gute-Laune-Bären im Radio bei ihren tapsigen Gehversuchen auf dem Terrain der deutschen Sprache. Nicht nur wir Hörer haben keinen blassen Dunst, wo uns der jeweilige Satz wohl hinführen wird. Die Moderatoren dürften mindestens genauso gespannt sein. Trotzdem brauche ich das, um wach zu werden. Zum einen ertrage ich morgens keine Stille, keine Ahnung, wieso. Wahrscheinlich weil es nachts schon still war – wenn es ruhig bleibt, merke ich nicht wirklich, dass die Nacht vorbei ist und bleib mental in der Tiefschlafphase hängen. Zum anderen kommt mein Puls bei diesem allmorgendlichen Gestammel angenehm in Wallungen. Je mehr verpeiltes »Hihi, schon wieder verhaspelt, was ist nur heute Morgen mit mir los?« aus dem Radio scheppert, desto schneller werde ich wach – und brülle mit Schaum vorm Mund in den Volksverblödungs-Empfänger: »Dasselbe wie jeden Morgen, du Mittelwellen-Mittelmaß!« Manchmal kann ich einfach nicht mehr und schalte auf irgendeinen Klassiksender um. Notwehr. Da kommen die Moderatoren zwar auch nicht gerade frisch vom Rhetorikseminar, aber dafür muss ich zwischen dem Gestammel nicht murmeltiermäßig immer wieder denselben Song von Lady Gaga oder Adele ertragen. Auf den Klassiksendern läuft wahrscheinlich auch jeden Tag dieselbe Dauerschleife, aber da merk ich's nicht. Klassikstücke kann ich praktisch nicht auseinanderhalten.

In der Agentur erwartet mich mein CD Christian bereits im Büro. Wie immer topgestylt. Ein wandelndes Werber-Klischee. Komplett in Schwarz. Inklusive dicker Hornbrille. Auf dem Schulhof hätte man sich wegen dem Ding leicht eine eingefangen, aber heute sind die schwer angesagt. Wobei ich mich immer frage, ob man sich für besonders kreativ hält und deswegen eine kauft oder ob man erst die Brille kauft und sich dann für wahnsinnig kreativ hält. Die alte Frage von Henne und Ei. Der Seidenschal darf natürlich nicht fehlen. Was diese Mandel-Manschette bringt, hat sich mir bisher ebenfalls nicht erschlossen, gehört aber zum Werber wie das rosa Hemd zum Versicherungsfuzzi, der glaubt, er wäre cooler, als das Image seiner Branche vermuten lässt.

»Feuer, du kommst mal wieder 'ne halbe Stunde zu spät«, begrüßt mich mein CD.

»Ich hab schon in der U-Bahn angefangen zu arbeiten. Ideen gesammelt und so.«

»Sicher, du mich auch. Unser lieber Dr. von und zu Scheiler ist jedenfalls ganz begeistert von deinem kleinen Radio-Lustspiel und will daraus jetzt sogar einen TV-Spot machen. Meiner Meinung nach der Untergang des Werbeblocks, aber bitte. Der Kunde ist Kaiser. Also, in ein paar Wochen drehen wir das Ding runter. Vorher fahren wir aber nach Dresden und klären die Details.«

»Nach Dresden?«

»Zum Firmensitz von Dr. Scheiler. Mit Aufbau Ost und Subventionen hat der damals rübergemacht. Wird super. Gibt immer lecker was zu trinken.«

»Aha…«

»Also, nächsten Dienstag geht's los.«

Erschöpft lasse ich mich auf meinen zerfetzten Bürostuhl fallen. In Werberkreisen nennt man den natürlich nicht zerfetzt, sondern abgerockt. Genau wie das Viertel, in dem sich die Agentur befindet. Nicht voll mit Junkies, Punks und anderem sozialversicherungs-ruinierendem Gesocks, sondern abgerockt. Keine Pisse und Hundescheiße in jedem zweiten Hauseingang, sondern abgerockt. Keine lungengefährdenden Dunstwolken, wenn ein Fenster geöffnet wird, sondern abgerockt. Und auch keine Wandmalereien, für die sich jeder Neandertaler so geschämt hätte, dass er freiwillig ausgestorben wäre, sondern: abgerockt.

»Was ist denn los? Du machst so 'nen deprimierten Eindruck«, höre ich hinter dem Monitor meine Bürobeziehung Jule fragen.

»Ach, nichts. Alles super.« Mir steht nicht der Sinn nach tiefergehenden Gesprächen am frühen Morgen.

Und das hier könnte sich in Sekundenbruchteilen von einem harmlosen Small Talk zu einer Art Therapiesitzung entwickeln. Ehemalige Soziologiestudentin eben.

»Wenn du mir einen Kaffee on the rocks holen könntest, ginge es mir sofort noch besser«, biete ich ihr stattdessen an.

»Kaffee on the rocks?«, fragt sie mit gekräuselter Stirn.

»Mit Würfelzucker! Drei Stück, bitte.«

»Aber sonst geht's gut? Du kannst dir deinen Kaffee schön selber holen. Und bring mir einen mit, Junior!«

Seufzend schleppe ich mich zur Kaffeemaschine. Eine dieser schwer angesagten Clooney-Teile. Wenn ich bedenke, wie viel bei den lütten Kapseln ein Pfund Kaffee kostet, werde ich high. Was für eine geniale Geschäftsidee! Am besten mit Gletscherwasser aufgießen, frisch importiert aus dem Himalaja für siebzig Euro die Flasche. Du kannst die Leute verarschen, während sie dabeistehen. Und die bedanken sich auch noch und machen die Scheine locker. Der einzig wahre Vorteil an dem Gerät ist: Viviane steht ständig davor. Wahrscheinlich hofft sie auf Clooney. Stattdessen komme ich.

»Hi«, ist alles, was ich rausbringe, als ich sehe, wie sie nebenbei eine Banane schält und genüsslich das erste Stück abbeißt. Bananen in der Öffentlichkeit zu essen ist immer etwas heikel. Niemand denkt bei dem Anblick ausschließlich an leckeres Obst und Vitamine. Was man dabei auf jeden Fall vermeiden sollte, ist Blickkontakt. Leider beherzigt Viviane diesen Rat nicht und schaut mir beim zweiten Bissen direkt in meine sicherlich stark erweiterten Pupillen. Über ihr Gesicht huscht ein bezaubernd flüchtiges Lächeln. Fatalerweise ermutigt mich das, weiterzureden.

»Echt lecker, der Kaffee, oder?« Sie lächelt und nickt. Gut, war jetzt auch nicht mein bester Spruch. Zweiter Anlauf:

»Könntest du die Banane bitte später essen?«

Sie schluckt den Bissen hinunter und schaut mich fragend an: »Wieso?«

Ich lächle verlegen.

»Turnt dich das an?«, hakt sie nach.

Obwohl mein Blut in die entgegengesetzte Richtung schießt, laufe ich sofort knallrot an.

»Jaaa?« Schmunzelnd wartet sie auf eine Antwort.

Verräterische Schweißperlen bilden sich auf meiner Stirn. Offensichtlich ist sie doch nicht ganz so schüchtern wie vermutet. Auf mich hingegen trifft die Vermutung voll und ganz zu.

»Ähm, ja, also es hat durchaus eine gewisse erotische Komponente, wenn ich das so sagen darf.«

»Darfst du.« Sie steckt sich die Banane in den Mund, um beide Hände frei zu haben, und nimmt den fertigen Kaffee aus der Maschine. Anschließend legt sie eine zweite Kapsel ein.

Wenn ich jetzt, trotz meiner aktuellen Blutverteilung, im Gesicht noch rot sein sollte, bin ich ein medizinisches Wunder. Mir wird schwindelig. Sie stellt eine neue Tasse unter die Maschine, nimmt die Banane lutschend aus dem Mund, haucht mir ein »Für dich« entgegen und schwingt mit ihrem erstklassigen Hintern im Takt meines Herzschlags davon.

Meine Knie sind butterweich. Ein anderes Körperteil ist hingegen stahlhart. Benommen taumle ich zurück ins Büro.

»Wo bleibt mein Kaffee?«, empfängt mich Jule.

»Hä?«

»Mein Kaffee!«

»Ach so, äh, alle.«

»Alle?«

»Mhm.«

Zum Glück klingelt in diesem Moment mein Telefon. »Timo, hier ist Christian. Kleine Planänderung, wir fahren schon Montag in die Zone. Um zehn Uhr treffen wir uns vor der Agentur. Und pack dir Sachen zum Wechseln ein. Mit vollgekotzten Klamotten vor den Kunden treten kommt gar nicht gut.«

»Vollgekotzt?«

»Alles Erfahrungssache, Junior. Glaub mir, wir werden mehr kotzen als saufen. Also, bis dann.«

Noch verwirrter als ohnehin lege ich auf. Manchmal fehlt meinem Leben ein Stück routinierter Langeweile, finde ich. Einfach auf irgendeinem Amt arbeiten und morgens schon wissen, was man den ganzen Tag über machen wird. Ohne Überraschungen. Prinzipiell würde mich diese Langeweile umbringen, aber manchmal wäre sie doch recht verlockend, statt gemeinsamem Kotzen mit dem Chef zum Beispiel.

Meine Kollegin linst über ihren Laptop. »Hast du schon das Briefing im Terminkalender gesehen?«

»Nee, Briefing?« Können die mich denn nicht einmal in Ruhe lassen?!

»Wiebke hat uns einen Termin eingetragen. Scheint um eine neue Kampagne für Dr. Scheiler zu gehen. Große Runde, inklusive Onliner, Konzepter und Planner.«

»Na, das klingt doch vielversprechend. Da freu ich mich jetzt schon auf Sätze wie: Da müssen wir um 360 Grad denken, Leute, voll integriert, alle Kanäle bespielen.«

»Du darfst dich dem neuen Denken nicht immer verschließen. Das ist die Zukunft.«

»Das ist ein Hype und sonst nix! Jeder will QR-Codes, Apps und Twitter. Inhalte sind zweitrangig. Aber wo wir was sagen zählt nicht, sondern was und wie.«

»Tief durchatmen, Timo.«

»Ich kann diese Hypes nicht leiden.«

»Ich weiß. Hast du auch glaubwürdig rübergebracht.«

Um drei gehen Jule und ich zum Konfi. Wie immer ist noch kein anderer da. Pünktlich zu Terminen zu erscheinen ist in der Werbung mindestens so uncool wie an der Uni. Wer später kommt, hatte schließlich ganz heißen kreativen Scheiß in der Pipeline, der fix notiert werden musste. Oder ein wichtiges Gespräch auf der anderen Leitung mit dem Kunden aus China. Und sowieso Wichtigeres zu tun, als sich mit beinahe unwürdigen Kollegen die Beine ins Sixpack zu stehen. Sitzen geht nämlich gar nicht in kreativen Zirkeln. Denn Sitzen, womöglich noch in bequemen Ledersesseln, ist was für Leute, die da auch reinfurzen, Sesselpuper aus der Versicherungsbranche zum Beispiel. Bis es sich jeder mit seinem Käffchen und Gebäck bequem gemacht hat, das iPhone beiseitegelegt wird und die mentale Tiefschlafphase beginnt, ist die

Konkurrenz schon über die Ziellinie. Die schläft ja bekanntlich nie.

Nach und nach trudeln alle ein. Jule hatte recht, es sind wirklich alle mit dabei. Jens, unser Planner, zuständig dafür, uns Ahnungslosen mitzuteilen, wer da draußen die Produkte überhaupt kauft, wie die so leben, was die sonst noch kaufen und was die Marke bei denen für ein Image hat oder haben sollte.

Daneben nestelt Wiebke, unsere Kundenberaterin, an ihrer Rüschenbluse. Scheinen wohl wieder in zu sein, die Dinger. Diese eine Ministerin von Kohl wurde vor zwanzig Jahren wegen so eines Teils noch verlacht und wird bis heute nicht ernst genommen. Aber jetzt, wo anscheinend irgendjemand aus Paris oder Mailand findet, die Dinger seien très chic, geht's wieder. Ich finde, die sehen heute noch genauso beknackt aus wie damals, aber bitte.

Lisa, unsere Konzepterin, kommt wie jedes Mal im Doppelpack mit diesem Onliner rein, dessen Namen ich trotz mehr als fünfmaligen Gebrauchs immer vergesse. Blasser PC-Freak eben, der »Moinsen« zur Begrüßung sagt. Wer »Moinsen« sagt, sagt auch »Tschö mit Ö« und »Ich bin Baujahr 81«. Dafür kassieren Typen wie der jetzt gehaltsmäßig richtig ab, nur weil auf der Visitenkarte irgendwas mit »Online« und »Social Media« steht. Dass die Ideen nach wie vor von uns Textern kommen, interessiert nicht mal am Rande. Vielleicht nenne ich mich bei der nächsten Bewerbung einfach Online-Texter und verlange das Doppelte. Sollte klappen.

»Hallo, ich bin Sabine, die neue Praktikantin.« Unerwartet streckt sich mir eine Hand mit jungem Mädchen am anderen Ende entgegen.

»Hm?«

»Sabine. Kannst aber Bine zu mir sagen.«

»Aha. Geht auch Mücke?«

»Wie?«

»Nix. Hallo, ich bin Timo.«

So unerwartet, wie sie gekommen ist, verschwindet sie auch wieder und setzt ihre fröhliche Vorstellungsrunde fort. Dass mich hübsche Mädchen auch immer unvorbereitet treffen. Ich muss mich mehr fokussieren und mental im Raum bleiben, wie der Date-Doktor sagt. Nicht ständig abschweifen.

Wie immer stößt mein CD als Letzter zu unserer illustren Runde. Wahnsinn, kaum zwanzig nach drei, und schon kann's losgehen. Wie gern ich jetzt in einem weich gefurzten Ledersessel sitzen würde. Lust auf Schokokekse hätte ich auch.

Wiebke lässt von ihrer Rüschenbluse ab und hebt das Stimmchen: »Tja, also, ich fang dann mal an. Wir haben ein neues Briefing von Dr. Scheiler reinbekommen. Ist ein ganz schönes Paket. Leider haben wir dafür nur wenig Zeit.«

»Na, Mensch, das ist ja mal was ganz Neues«, platze ich dazwischen. »Wann will er denn was sehen, morgen?«

»Nee«, plärrt Weichei-Wiebke, persönlich beleidigt, zurück, »aber Freitag wäre schon schön. Ihr habt also die ganze Woche Zeit.«

»Ui!«

»Weißt du, Timo, ich kann da auch nichts für, okay?

Wenn der Kunde das halt so möchte. Wir hätten alle mehr Spaß an der Arbeit, wenn du nicht immer meckern würdest.«

»Das ist Sarkasmus. Der rettet mich hier. Wenn ich meckere, klingt das ganz anders.« Was tatsächlich stimmt. Wenn ich schlechte Laune hab, dann weiß die Welt Bescheid. Trotzdem nervt es, dass Kunden immer Wochen und Monate brauchen, bis sie endlich wissen, was sie wollen, und dann bis vorgestern fertig ausgearbeitete Sachen erwarten. Wie die bei so einem Management über die Runden kommen, ist mir schleierhaft.

»Das ist kein Sarkasmus. Ich habe ein sehr gutes Gespür für Sarkasmus …«, plustert sich Weichei-Wiebke weiter auf.

Na, offensichtlich nicht, denke ich und höre weg.

»Kinder, streitet euch nicht«, versucht mein CD zu schlichten. »Wir gucken, wie weit wir kommen, und notfalls müssen wir's halt schieben. Das bieg ich dann schon hin.« Aufmunternd nickt er Weichei-Wiebke zu.

Eigentlich müsste ich jetzt dazwischengrätschen mit dem Hinweis, dass Wiebke als Beraterin die Kunden zur Abwechslung beraten sollte, zum Beispiel dahingehend, dass eine gute Kampagne mehr als 72 Stunden braucht. Aber was würde das bringen? Nix. Außerdem sind wir in der Werbung. Da hat die Woche sowieso mehr Stunden.

»Gut, ich verteile dann das Briefing, und Jens erzählt euch dabei was zur Marke und zur Zielgruppe.« Wunderbar, lasset das Planning-Gelaber beginnen.

»Danke, Wiebke«, setzt Jens zu seinem garantiert öden,

sinnlosen und viel zu langen Vortrag an. »Dr. Scheiler ist DIE Premiummarke im Premiumsegment der Pharmabranche, wie ihr sicher alle wisst.« Natürlich, nur hielt es niemand für nötig, das noch mal zu betonen. Bis eben.

»Das Produkt, um das es hier geht und das diesen Premiumanspruch unterstützen und unterstreichen soll, besteht aus hochwertigen Vitaminen und pflanzlichen Substanzen zur Leistungssteigerung. Quasi Doping, nur gesund. Unsere Zielgruppe sind deswegen ganz klar die ›Modern Leader‹. Die richtig karrieregeilen Typen, FDP-Wähler. Die Leistungsträger von heute, sozusagen. Bei dem Produkt handelt es sich um kleine Kapseln zum Einnehmen, genannt: Optimizer.«

»'tschuldige«, unterbricht ihn mein CD, »die wollen ernsthaft Dopingmittel verticken?«

»Ja, nur nennen wir das nicht Doping, sondern Optimizer. Wir müssen dem Endkunden klarmachen, dass man damit das absolute Optimum aus sich herausholen kann. Und das auf fast natürlichem Wege, ohne Nebenwirkungen.«

»Also Koks auf homöopathischer Basis?«, wage ich erneut einen sarkastischen Einwand. Weichei-Wiebke schüttelt demonstrativ den Kopf und rollt mit den Augen.

»Ja, endlich. Spart 'ne Menge Geld und Nebenwirkungen«, witzelt Jens. Er könnte es aus eigener Erfahrung wirklich ernst meinen.

»Also«, fährt er fort, »wie gesagt, unsere Hauptzielgruppe sind die Modern Leader zwischen dreißig und fünfzig. Ich hab euch in dem Briefing einige kreative Sprungbretter mit eingebaut. Wie die Modern Leader leben und wohnen – sind meist kinderlos by the way –, was sie für Zeitschriften lesen, im Fernsehen gucken, was sie monatlich für was ausgeben und in welchen Stores sie einkaufen. Allerdings dürfen wir bei der Umsetzung der Kampagne auch die anderen Zielgruppen nicht aus den Augen verlieren, ganz klar. Die Modern Leader machen mit vierzig Prozent zwar unser größtes Potenzial aus, darunter oft Double-Incomes-no-Kids, aber dreißig Prozent machen Schüler und Studenten zwischen sechzehn und fünfundzwanzig aus. Zehn Prozent vom Absatzmarkt sind Paare mit Kindern, und zehn Prozent Best Ager, die ihre Gedächtnisleistung optimieren möchten. Und bei allen Ideen gilt natürlich wie immer: Relevanz schaffen! Ganz wichtig. Ich denke, das ist doch ein schönes kreatives Sprungbrett, auf dem man aufbauen kann.«

»Hm, findest du?«, hake ich nach.

Jens schaut mich entgeistert an: »Ja, äh, du nicht?«

»Na ja, verbessere mich, wenn ich falsch liege, aber als derjenige hier, der mit diesem kreativen Sprungbrett nachher ordentlich Höhenmeter machen soll, muss ich sagen, das sind eher kreative Hüpfburgen. Was hilft es mir denn, zu wissen, welche Zeitschriften diese Modern Leader in ihrer knapp bemessenen Freizeit aufm Klo lesen?«

»Na, das soll euch ein Gefühl für die Zielgruppe vermitteln.«

»So ein schwammiges Gefühl nützt einem leider herzlich wenig, um auf eine konkrete Idee zu kommen. Und diese Zielgruppenabgrenzung: einerseits die Modern

Leader und dann auf einmal Studenten und Hausfrauen und Familien mit Kindern und Paare mit zwei Einkommen, aber keinen Kindern und Opas und Omas im besten Alter. Da kannst du auch gleich sagen: alle.«

»Timo, bitte«, versucht mich mein CD zu beruhigen. »Lass uns das hier fix durchziehen. Für Grundsatzdiskussionen haben wir keine Zeit. Was sagt denn die Online-Fraktion dazu?«

Überrascht schaut der PC-Freak aus der verwaschenen Wäsche: »Wozu? Zu den Zielgruppen?«

»Nee, Mann, Kinners, jetzt hört doch mal mit diesem Zielgruppengelaber auf!« Mein CD argumentiert an seiner Belastungsgrenze. »Zu den möglichen Online-Maßnahmen! Du warst doch vorab beim Kunden, um zu klären, was web-2.0-mäßig drin ist, oder nicht?«

»Äh, ja, stimmt.« Pause.

»Ja dann, bitte. Und Action!«, versucht ihn mein CD aus seiner Lethargie zu befreien.

»Äh, ja, also, wie gesagt, wir waren vorab beim Kunden, und der wünscht sich das volle Programm. Also eine Landing Page, heißt, wir müssen eine Microsite entwickeln und dann natürlich den Drive to Web auf den Plakaten mit integrieren, am besten über einen QR-Code und die URL. Einfach, um den Buzz zu erhöhen. Standard. Die Leute sollen sich direkt im Netz über alles informieren und vielleicht an einem Quiz teilnehmen, zur Steigerung der Leistungsfähigkeit durch diese Optimizer. Müssen wir mal gucken, ne, Timo? Da bist du natürlich gefragt. Facebook ist auch klar, Twitter sowieso. Ich zeig dann auch schon mal eine mögliche Customer

Journey auf. Die Old-School-Kanäle Plakat und Anzeigen sind hauptsächlich dazu da, die Leute ins Netz zu holen.«

»Und dafür haben wir diesmal auch wirklich genügend Geld zur Verfügung? Nicht wie sonst, wo es dann heißt: Nette Idee, aber ein Quiz oder Online-Game zu programmieren ist viel zu teuer. Wir machen das mit den Bannern – und das war dann die ganze Online-Strategie«, will mein CD wissen.

»Müssen wir sehen.«

»Nee, müssen wir wissen!«

»Also, mein letzter Stand ist, dass wir da völlig freie Hand haben. Ich weiß jetzt nicht genau, wie viel Geld wir haben für alles Drum und Dran, aber Budget ist auf jeden Fall vorhanden.«

»Na, wir wollen's hoffen«, seufzt mein CD.

Im Briefing träumen alle vom Bespielen sämtlicher Kanäle. Wie oft ich schon gehört habe, dass sich allein bei Twitter Milliarden Follower anmelden werden und die Kampagne praktisch eine weltweite Bewegung auslösen wird. Und wenn es dann ernst wird, heißt es: Nee, zu teuer. Aber schön, dass ihr euch darüber Gedanken gemacht habt. Danke für den kreativen Input. Nächstes Mal vielleicht. Und schon waren wieder fünf Tage und Nächte Arbeit fürn Eimer. Und sollten die Online-Maßnahmen wider Erwarten doch umgesetzt worden sein, sind es am Ende tausend Follower, und nix ist mit globaler Bewegung. Aber das Potenzial! Wir müssen dazulernen! Print ist tot! TV sowieso! Und was war dieses Radio noch gleich? Spätestens morgen werden die Konsumenten praktisch im World Wide Web leben! Das ist kein Hype – das ist die Zukunft!

»Tja«, meint mein CD zu unserer Konzepterin, »dann steht das Konzept praktisch schon, oder, Lisa?«

»Kann man sagen. Ich mach noch ein paar Charts fertig, inklusive Touchpoints außerhalb des Point of Sale – aber die Kreation kann schon loslegen.«

Na, vielen Dank auch. Dann ist ja beinahe alles fertig. Fehlt nur noch die zündende Idee, die dieses ganze Zeugs mit Inhalt und Leben füllt. Kleinigkeit. Sollte in fast einer ganzen Woche auf halber Backe zu schaffen sein.

»Super«, nickt mein CD zufrieden, »passt wunderbar, oder, Timo? Bis Sonntag dieses Ding runterrocken, und Montag damit runter ins Elbflorenz. Dann können wir denen gleich erste Ergebnisse präsentieren.«

»Bis Sonntag? Logisch, weiß gar nicht, was ich mit der ganzen Zeit anfangen soll.«

»Schön. Ich muss euch ja nicht daran erinnern, dass der Scheiler-Etat mächtig wackelt. LMAA hat denen ein absolutes Dumpingangebot gemacht. Typisch Network-Agentur. Da sind wir hier mit unserem kleinen Familienbetrieb XYZ eindeutig teurer.«

»Ich dachte, das wäre nur ein Gerücht?«, piepst Wiebke.

»Nee, das ist Fakt. Die überlegen sogar, ohne Pitch überzulaufen. Umso mehr müssen wir bei dieser Kampagne reinhauen und den richtig großen Aufschlag hinlegen, ne, Timo?«

»Absolut.«

»So will ich das hören. Hab auch schon eine Idee, auf die ihr aufsatteln könnt. Ich sag nur: What's Your Goal!«

Alle schauen sich fragend an. Nur ich frage laut: «What's Your Goal?«

»Ja! Kennt ihr das etwa nicht? Freunde, das müsst ihr doch kennen! Und ihr wollt in der Werbung arbeiten? Das hat im letzten Jahr total abgeräumt und alles gewonnen von Cannes bis New York. Wiebke, du kennst den Case, oder?«

Wiebke nickt und versucht einen Gesichtsausdruck, der sagen soll: Logisch, wer nicht?! Die anderen pflichten ihr ausdrucksstark bei.

»Wiebke, dann schick Timo doch bitte den Link zum Case-Film der wichtigsten Kampagne des Jahrzehnts, und dann auch noch von Dr. Scheilers größtem Konkurrenten – Mann, Mann, Mann.« Demonstrativ kopfschüttelnd erklärt er das Meeting für beendet.

Im Rausgehen hake ich bei Wiebke nach: »Dann schickst du mir gleich den Link?«

»Du, ich muss selbst erst mal gucken. Bin mir grad nicht so ganz sicher, welchen Case er meint.«

War klar. Im Meeting täuschen alle totale Ahnung vor, aber wehe, man spricht sie hinterher darauf an. Nur ich steh immer da wie der Depp vom Dienst, weil ich mich als Einziger traue nachzufragen. Zwangsläufig, schließlich soll ich damit was anfangen. Hab nur noch keine Ahnung, was.

Is It Love?

Vorm Konfi läuft mir fast Viviane in die Arme. Theoretisch der richtige Moment für einen witzigen Spruch. Irgendetwas Spontanes, das sie zum Lachen bringt. Das ihr zeigt, was für ein extrem lockerer Typ ich bin. Stattdessen bringe ich nur ein verkrampftes »Huch« heraus, begleitet von einem debilen Grinsen. Ausgerechnet »Huch«! Wer sagt denn bitte schön heute noch »Huch«?! Meine Oma hat »Huch« gesagt, und die ist seit fünfzehn Jahren tot. Wenn man eine Frau wie Viviane beeindrucken will, dann klappt das bestimmt nicht mit »Huch«. Allerdings ist ihr »Oh« auch nicht viel besser. Nur mit dem Unterschied, dass ich derjenige bin, der sie beeindrucken muss, und nicht umgekehrt. In dem Punkt haben sich bei aller Emanzipation die Rollen seit der Steinzeit nicht groß verändert. Wenn Männer nicht den ersten Schritt wagen, gibt's nur Stillstand statt gleichmäßig rhythmischer Bewegungen. Deswegen lief in meinem Leben bisher auch nur was, wenn ich einer Ausnahme von dieser Regel wie Lena über den Weg lief, die den Job für mich übernommen hat. Ich selbst ergreife nur höchst selten die Initiative, wobei »selten« an dieser Stelle ein Euphemismus ist für »nie«.

Viviane ringt sich ein Lächeln ab und schaut schüchtern zu Boden. Mein Gott, ist die süß! Als wäre meine

Einlage nicht schon peinlich genug, will ich ihr erst rechts den Vortritt lassen. Sie aber denkt, ich wolle sie links vorbeilassen. Weswegen ich wiederum nach rechts ausweiche. Nur sieht sie, dass ich sie ursprünglich rechts vorbeilassen wollte, und macht einen Schritt dorthin. Nicht nur aufgrund dieser völlig überflüssigen Bewegungen fange ich an, sichtbar zu schwitzen. Schließlich können wir uns auf eine Seite einigen und gehen beide unserer Wege.

»Sag mal, läuft da was zwischen dir und Berater-Barbie?«, empfängt mich Jule im Büro mit einem investigativen Blick.

»Wie kommst du denn darauf?«, antworte ich betont tonlos mit einer Gegenfrage.

»Na, das eben vor der Tür. Da lag doch Spannung in der Luft. Eine Frau spürt so was.«

»Ach was.« Ich muss Zeit gewinnen, bevor aus ihrem Gespür ein Gerücht wird.

»Du stehst doch auf sie!«

»Ich bin ein Mann, sie ist 'ne blonde Barbie – wer würde ihr nicht gern den Ken machen?!«

»Ist klar«, grinst Jule und wendet sich Gott sei Dank unserem Briefing zu. »Ich hab so was von null Bock auf diesen ganzen Internet-Irrsinn, Timo, das kannst du dir nicht vorstellen.«

»Doch, kann ich. Dass das Alte immer gleich kompletter Mist sein soll und das Neue der ultimativ heiße Scheiß, das geht mir generell gegen den Strich! Aber es hilft leider nix, irgendwie müssen wir diese Online-Grütze mit Inhalten füllen.«

»Was hältst du davon, wenn du das machst, Junior?«

»Und was hältst DU davon, wenn ich mich ab morgen krankmelde, Seniorin?«

»Schon gut. Wir sind ein Team«, gibt Jule klein bei und nimmt einen Stift für erste Notizen zur Hand.

»Schicksalsgemeinschaft trifft es wohl eher.«

»Gefangen in einem Boot, korrekt. Wir müssen wohl trotzdem Gas geben. Du hast ja gehört: Der Etat wackelt. Ich hab echt keine Lust, mir einen neuen Job suchen zu müssen.«

»Und ich hab keine Lust auf *diesen* Job. Auf 'nen Eineurojob allerdings noch viel weniger. Also ran.«

Wir stricken erste Ideen, drucken sie aus und plakatieren damit unser Büro. Sieht von außen richtig nach Arbeit aus und gibt uns das Gefühl, auf einem guten Weg zu sein. Natürlich kleben wir auch den in Agenturen obligatorischen Zettel mit der Aufschrift »Dr. Scheiler War Room« an die Tür – damit jeder weiß, dass es hier grade kreativ aber mal so richtig abgeht.

Die viel zu kurzen Tage bis Freitag sind schneller weg, als gute Ideen da, aber was soll's. In der großen Runde einigen wir uns schließlich auf drei Konzepte, die wir ohne Gesichts- und hoffentlich auch ohne Etatverlust in Dresden präsentieren können.

Erschöpft lasse ich Freitagabend gegen halb zehn die Wohnungstür hinter mir ins Schloss fallen. Normalerweise sehe ich es gar nicht ein, für das kümmerliche Gehalt länger als acht Stunden zu arbeiten. Oder sechs, wenn man das Zuspätkommen, das Frühstück und die überzogene Mittagspause abzieht. Schließlich hat noch nie einer auf dem Sterbebett gesagt: Hätte ich doch mehr Zeit im Büro verbracht.

Feierabend. Das wörtlich zu nehmen und nach so einer Woche abends zu feiern, käme mir jedoch nie in den Sinn. Obwohl ich eigentlich um die Häuser ziehen müsste. Mich zieht es aber nur auf die Couch. Abends brauch ich Ruhe. Wie andere das unruhige Leben in einer WG auf Dauer aushalten, bleibt mir ein Rätsel. Ich hab's genau zwölf Monate ausgehalten. Und die reichen für ein ganzes Leben. Studentenwohnheim, Zweier-WG mit einem langhaarigen Heavy-Metal-Typen. Wacken, das volle Programm. Total harmlose Mitmenschen, wie man mittlerweile weiß: kaum Schlägereien in Wacken, und das bei durchschnittlich drei Promille und vier Dosen Pils zum Frühstück. Nur leider haben Kuttenträger ein völlig anderes Hygieneverständnis als ich – was entsprechend negative Auswirkungen auf unser Zusammenleben in Küche und Bad hatte.

Als ich zu Hause gerade meine Tasche in die Ecke feuere, dringt von nebenan ein tiefer Seufzer an mein Ohr, der sich langsam zu einem lauten Stöhnen emporschwingt. Tschüss, friedlicher Feierabend. Die beiden treiben mich noch in den Wahnsinn. Entnervt greife ich nach meinem Autoschlüssel und flüchte. Egal, wohin, nur weg. Ich fahre ziellos durch die Stadt. Vorbei an Schaufenstern mit beleuchteten Autos drin, dunklen Seitenstraßen, in die man besser nicht abbiegt, und dem Straßenstrich. Wenn es einem schlecht geht, hilft es, Menschen zu sehen, die im Leben noch mehr einstecken müssen als man selbst. Erstaunlich, wie viele Kombis mit Kindersitzen denselben Weg haben. Wahrscheinlich nur eine Abkürzung ins traute Heim. Oder zur Scheidung, je nachdem, ob die Gattin später die langen, blonden Haare von einer anderen Dame auf den Sitzen findet. Eigentlich eine gute Idee für meinen Rachefeldzug gegen Lena und ihren Frank. Muss ich mir merken.

Der Soundtrack im Autoradio passt zu meiner Stimmung. »Downbeats compiled by DJ Jundal« auf Klassik-Radio. Wenn man down ist, gibt's fast nix Besseres. Leicht depressiv dahinplätschernde Lounge-Musik vom Allerfeinsten. Dazu im Dunkeln durch die Stadt cruisen – die Lichter des Armaturenbretts vor und der Grund für die Flucht hinter einem – schon ist das Leben melancholisch schick wie in einem Musikvideo. So machen Depressionen Laune. Neben den Downbeats gibt es auch Popsongs, die extra für solche Momente geschrieben wurden. Für die Fahrt durch die Nacht. Am Tag sind sie okay, aber nachts, wenn man mit seinen Dämonen auf dem Beifahrersitz eine Fahrgemeinschaft bildet, entfalten solche Lieder erst ihre ganze Wirkung. »This Love« von Craig Armstrong zum Beispiel. Oder »Let You Go« von ATB. Selbst Avril Lavigne hat es mit »I'm With You« auf meinen Nacht-Sampler geschafft. Ich brauche endlich ein Ziel. Ich möchte irgendwo ankommen. Irgendwo, wo es hell ist. Wo man nicht allein ist. Wo man von der richtigen Flucht träumen kann und nicht nur von der kleinen aus dem armseligen Alltag. Also ab zum Flughafen.

In der Ankunftshalle warten ungefähr hundert Leute. Hier wird mir jedes Mal bewusst, worauf es beim Ankommen ankommt: darauf, dass jemand auf einen wartet und es nicht erwarten kann, einen wiederzusehen. Auf mich warten höchstens die Taxifahrer vorm Terminal. Und selbst das stimmt nur halb, schließlich haben die gesehen, dass ich mit dem Wagen gekommen bin.

Ich nehme die Rolltreppe rauf zu den Check-ins und Last-Minute-Schaltern. Gestresste Geschäftsreisende, die den letzten Flieger erwischen wollen, mischen sich mit Urlaubern, denen die Vorfreude förmlich aus dem Gesicht springt. Selbst bei unter zehn Grad würden die sich hier in Shorts und T-Shirts mit lustigen Sprüchen wie »Sangria, bis die Ärztin kommt!«, »Theken-Philosoph« oder »Wir fahrn ans Meer und saufen Malle leer« anstellen. Den Strohhut nicht zu vergessen. Konsequenterweise fahre ich noch ein Stockwerk höher. Theoretisch kann es nur besser werden. Leider ist die Aussichtsplattform mit Blick auf das Rollfeld praktisch überfüllt. Und das um diese Uhrzeit. Am Freitagabend! Wieso gehen die nicht feiern? Ganz außen finde ich einen freien Platz am Absperrgitter. Teilnahmslos schaue ich den Fliegern beim Starten und Landen zu. Pilot, das wär's gewesen. Dann könnte ich mich wenigstens beim Zwischenstopp in Chicago in einer Blues-Kneipe stilvoll volllaufen lassen. Oder mit einer Stewardess einen Abstecher in den Mile High Club unternehmen. Aber stattdessen hocke ich deprimiert und durchnässt vom Hamburger Nachtregen auf der Aussichtsterrasse und summe leise ein Lied von Reinhard Mey. Blöd, wenn man mit allen Sorgen unter den Wolken bleiben muss.

Das Albtraumlos der Liebeslotterie – erste Ziehung

Die Nacht war kurz aber nicht albtraumlos. Ich war ihr Bettvorleger! Im Ernst, ich habe geträumt, ich wäre ein ausgestopfter Tiger am Fußende von Lenas und Franks Bett. Wie bei »Dinner for One«, nur eben nicht in Miss Sophies Ess-, sondern Schlafzimmer, das man nie zu Gesicht bekommt, wenn sie mit ihrem Butler hochgeht. Zum Glück. Ich hatte heute Nacht Pech und habe es gesehen. Nur dass Lena und Frank im Bett lagen. Und ich als Tiger davor. Natürlich mit Blick auf ihre Spielwiese. Sie haben es die ganze Nacht getrieben, und ich konnte nicht wegschauen, schließlich war ich ausgestopft und mein Kopf entsprechend unbeweglich. Ich wäre am liebsten gestorben. Aber da ich bereits ausgestopft war, ging noch nicht einmal das.

Schweißgebadet und starr liege ich in meinem leeren Bett. Das kriegen die beiden zurück. Jetzt ist Krieg! Die sind die längste Zeit glücklich gewesen. Das monatelange Versteckspiel im Schneckenhaus hat endgültig ein Ende. Gut, streng genommen, können sie nichts für meinen Albtraum. Andererseits träumt man ja oft von dem, was man abends kurz vorm Einschlafen als Letztes wahrgenommen oder gedacht hat. Und was ich gestern Abend als Letztes wahrnehmen und denken musste, dürfte klar sein. Dafür können die beiden sehr wohl etwas. Also würde ich sagen: schuldig im Sinne meiner Anklage.

Ich entschließe mich zu einem Zweifrontenkrieg. Erste Offensive: dafür sorgen, dass Frank zum nächsten Ex wird. Zweite Angriffswelle: Lena klarmachen, dass sie einen gewaltigen Fehler gemacht hat. Die Achillesferse meines Plans: Ich weiß nicht, ob ich es schaffen werde, sie zurückzuweisen, wenn sie mich wiederhaben will. Egal. Bis es so weit ist, gilt: Im Krieg und in der Liebe ist alles erlaubt. Außerdem, wie hieß es ganz richtig in diesem Popsong aus den Achtzigern? Die Liebe ist ein Schlachtfeld – und ich bin bereit zum Angriff.

Punkt eins also: Eine Sucht vertreibt die andere. Soll heißen, meine Sehnsucht wird langfristig gestillt, wenn sich nebenan mittelfristig die Eifersucht breitmacht. Punkt zwei: pro Kommando-Operation eine gute Tat, um Lena zu zeigen, dass ich die bessere Wahl bin und mich zudem ändern kann.

Ich nutze das Wochenende und setze die Truppen – also mich – in Bewegung. Zielgebiet: Travemünde. Auf dem Weg an die Ostfront lege ich einen Zwischenstopp in Lübeck ein. Die größten Feldzüge sind an mangelndem Proviant gescheitert – das passiert mir nicht. Also erst mal in Ruhe frühstücken. In meinem Lieblingscafé sieht es fast so aus wie früher bei meiner Oma. Zumindest hat der Teppich dasselbe Muster. Ineinander verschlungene, weinrote Blumen wie auf einer Siebzigerjahre-Tapete. Das Publikum liegt auch im Siebzigerjahre-Bereich. Die meisten kommen wohl direkt vom Arzt und lassen es beim Sektfrühstück bereits wieder krachen. Natürlich haben sie schon alle guten Tische im sonnigen Innenhof besetzt. Würde mich nicht wundern, wenn einige die morgens mit ihren Heizdecken reservieren. Es sei ihnen gegönnt. Dadurch liegt die 4711-Konzentration wenigstens hier drinnen unter meinem persönlichen Grenzwert. Ich gönne mir das De-luxe-Frühstück mit allem Drum und Dran.

Frisch gestärkt, fahre ich in den Wald. Schon Goethe wusste, dass ein Dichter und Denker nur auf einsamen Waldspaziergängen die nötige Ruhe findet, glaube ich. Und was für Intellektuelle gilt, sollte auch für intelligente Kriegsherren gelten. Das ideale Zeitfenster für einen Waldspaziergang liegt zwischen zehn und zwölf Uhr. Hunde kacken und markieren ihr Revier exakt dreimal täglich: morgens, mittags und abends. Wenn man da nicht irrtümlich für einen Baum zum Markieren oder Ast zum Spielen gehalten werden möchte, sollte man die Zeit zwischen den Toiletten-Gassis nutzen. In diesem Wald an der Trave hab ich schon als Kind meine Sonntagsspaziergänge absolviert. Zwei Jahrzehnte ist das her. Ehe man sich versieht, ist man über dreißig, irrt allein zwischen den Bäumen umher und hält sich für Goethe. Zwanzig Jahre später ist man fünfzig und denkt beim Spazierengehen nur noch daran, wie man am besten an diese blauen Beischlafbeschleuniger in Pillenform rankommt. Und noch mal zwanzig Jahre drauf läuft man hier vielleicht mit seinen eigenen Enkeln durch. Na ja, betrifft mich nur, wenn ich in absehbarer Zeit eine Frau finde, die mich nicht betrügt. Zumindest nicht, bevor wir uns für den Erhalt des Generationenvertrags eingesetzt haben.

Die Weiterfahrt nach Travemünde lasse ich mir nur kurz vom Radio versauen. Eigentlich will ich bloß die Verkehrsnachrichten hören, aber schon das ist ein Fehler. Auf die Meldung »Achtung, liebe Autofahrer, auf der A7, Hamburg Richtung Flensburg, hat es einen schweren Verkehrsunfall mit drei Toten und sechs Schwerverletzten gegeben« folgt gleich im Anschluss ein fröhlich ins Mikro gequaktes »Raus aus den Federn – rein ins Vergnügen! Willkommen beim Fun-Radio!«. Null Fingerspitzengefühl.

Bei Meldungen wie »Achtung, auf der A20, da liegt ein Teil auf der Fahrbahn« habe ich mich schon immer gefragt, wie das Teil da wieder wegkommt. Macht die Polizei da mal eben Halt auf der linken Spur und sammelt das auf? Und hat das dann die Meldung »Achtung, es sind Fußgänger auf der Fahrbahn« zur Folge? Warum sind die Fußgänger auf der Fahrbahn nie Radio-DJs, wenn ich da mit 200 km/h ankomme und gerade im Fußraum nach einer CD suche? Am meisten nervt mich jedoch die Heuchelei bei den Warnungen vor Blitzern. Statt ehrlich zu sagen: »Leute, dort stehen sie, schön langsam fahren und dann wieder Vollgas geben«, kommen Floskeln wie »Gemeinsam machen wir unsere Straßen sicherer«. So hohl klingt noch nicht mal Waschmittelwerbung.

Angekommen in Travemünde, kaufe ich in einem Kiosk an der Promenade eine Postkarte mit einer halb nackten Schönheit am Strand darauf und bitte die Verkäuferin für einen Fünfer extra, in ihrer Handschrift Folgendes zu notieren:

Lieber Frank,
musste eben an Dich denken – könnte nämlich jemanden gebrauchen, der mir den Rücken eincremt (und nicht nur den – grins). Bis hoffentlich ganz bald!!!
Liebste Grüße, Bibi

Jeder gute Krieg beginnt mit einer List. Ich werfe die Kriegserklärung sofort in den nächsten Briefkasten, bevor sich mein Gewissen einschaltet und mich daran erinnern kann, dass diese Sache moralisch einige unangenehme Fragen aufwirft. Der Rückzug von der Ostfront in meine Wohnung erfordert Eile, damit der Feind von nebenan keinen Verdacht ob meiner allzu langen Abwesenheit schöpft.

Zu Risiken und Nebenwirkungen fragen Sie bloß keinen Freund

»Du hast WAS gemacht?«

Mein Rückzug verzögert sich. Ein Stau hat mich dazu verleitet, Nils anzurufen, um von meiner Großtat zu berichten.

»Ich hab Frank eine Postkarte geschickt, oder vielmehr eine Kriegserklärung.«

»Langsam drehst du wirklich durch.«

»Quatsch, ich dreh grad erst auf! Der hat mir meine Freundin ausgespannt. Und sie hat sich ausspannen lassen. Die beiden haben's verdient.«

Nils seufzt in den Hörer.

»Was?«, frage ich gereizt. Das ist nicht die Reaktion, die ich erwartet hatte. »Richtig so! Gib's ihnen!«, hielte ich für angemessener.

Stattdessen ergeht er sich in einer Moralpredigt:

»Das führt doch nur zu noch mehr Verletzungen. Und am Ende gibt's nur Verlierer. Dich eingeschlossen. Was willst du denn damit erreichen? Und erzähl mir jetzt bloß nicht's mehr von diesem ›Ich will, dass sie mich will‹-Scheiß! Du weißt einfach nicht, was du willst. Außer billiger Rache natürlich. Komm bloß hinterher nicht bei mir angekrochen und heul dich aus, weil du nichts erreicht hast. Und ein schlechtes Gewissen verbessert deine Lage auch nicht. Was du da vorhast, ist einfach nur idiotisch.«

Nils atmet tief durch. Leider fällt mir spontan nichts Gutes ein, was ich erwidern könnte. Von diesem moralingesäuerten Gutmenschen-Gelaber im Sinne von »Man soll Gleiches nicht mit Gleichem vergelten« hab ich nie viel gehalten. Ich bin mehr der alt-testamentarische Typ. Linke Backe, rechte Backe. Auge um Auge. Intrige um Intrige. Ich hab die beiden viel zu lange mit ihrem Verrat davonkommen lassen. Damit ist jetzt Schluss. Zweifel an meinem Plan kann ich überhaupt nicht gebrauchen. Schon gar nicht von Nils.

»Ich finde, ich darf das«, sage ich trotzig.

»Weil sie dir dein kleines Herz gebrochen hat? Nimm es wie ein Mann, vergiss sie und hau da ab. Und damit meine ich nicht Travemünde.«

»Wenn ich mit meinem Rachefeldzug fertig bin, zieh ich aus. Versprochen. Aber dann lass ich auch verbrannte Erde zurück.«

»Verbrannte Erde. Wer bist du, Timo Hitler? Zum letzten Mal: Lass den Quatsch!«

»Ich denk drüber nach«, versuche ich dieses unbefriedigende Gespräch langsam zu beenden.

»Mach das. Hauptsache, es bringt was.«

»Schon klar. Und was machst du grade?« Eine unverfängliche Frage zum Abschluss kann nicht schaden, um die Stimmung wieder auf Normalniveau zu heben.

»Ich hocke in der Agentur und arbeite an 'ner Präsentation. Mit Viviane.«

»Ach, echt? Am Samstag?«

»Jep. Wusste gar nicht, dass du neuerdings Kaffee trinkst.«

»Wieso?«

»Sie hat mir von eurem kleinen Intermezzo an der Kaffeemaschine erzählt. Dranbleiben, würde ich sagen. Da geht noch was.«

»Alter, bist du irre? Sitzt sie nicht neben dir?«

»Nee, sie holt uns grade was zu essen vom Laden an der Ecke.«

Erleichtert lasse ich meinen Kopf gegen die Nackenstütze fallen.

»Aber genau das meine ich«, fährt Nils fort. »Zieh 'nen Schlussstrich unter die Sache mit Lena, und dann ran an Berater-Barbie. Die lenkt dich garantiert von deinen bescheuerten Racheplänen ab.«

»Wehe, du sagst ihr irgendwas!«

»Dass du dich zu einem gefährlichen Stalker entwickelst oder dass du mit ihr Liebe machen willst?«

»Beides.« So, ein super Zeitpunkt, dieses Gespräch zu beenden, denke ich.

»Dann gute Reise. Und hör mit deinen Rachespielchen auf!«

»Jaja.«

Im Stop-and-go-Tempo zuckle ich weiter über die Autobahn. Laut der Dumpfbacke vom Verkehrsfunk gab es einige Kilometer vor mir einen Lkw-Unfall. Vollsperrung. Leider zwingt mich das, einer Umleitung über Bargteheide zu folgen. Ich hasse dieses Kaff. Nicht nur, weil es unfassbar trist, hässlich und seelenlos ist, sondern vor allem, weil Lenas Eltern dort wohnen. In einem dieser typischen Neubaugebiete aus den Achtzigern voll weiß gestrichener Häuser, die einen mit ihren großen Fensterfronten, Galerien und offenen Wohnzimmern sagen wollen: Ein bisschen »Dallas« geht auch in der norddeutschen Provinz. Da dürfen die Glaskaraffen mit Hochprozentigem in der Hausbar genauso wenig fehlen wie der weiße BMW vor der Tür für die Fahrt zum örtlichen Tennisklub. Oder zur Sonnenbank. Oder zum besten Restaurant der Stadt, man kann es sich ja leisten. Mittlerweile gibt es für die meisten Bewohner dieser Häuser nur noch Essen auf Rädern. Ist auch besser so. UV-Lichtgegerbte Haut ist einfach kein schöner Anblick.

Jedenfalls habe ich Lenas Eltern nie gemocht. Was auf Gegenseitigkeit beruhte. Unsere einzige Gemeinsamkeit – neben der Tatsache natürlich, dass wir uns für eine Weile ihre Tochter teilten. Wir waren uns vom ersten Tag an herzlich unsympathisch. Als hätte ich es geahnt, habe ich unser erstes Treffen deshalb so weit wie möglich hinausgezögert, bis Lena mich überlistet und ein Treffen ohne Vorwarnung arrangiert hat. Ursprünglich sollte es zu einer Geburtstagsparty ihrer Cousine gehen. In meiner Vorstellung ein anständiges Besäufnis auf dem Lande. Stattdessen war es eine Kaffeetafel bei dem Onkel und der Tante ihrer Cousine, ergo bei meinen designierten Schwiegereltern.

Unser erstes Gespräch in groben Zügen:

»Sie sind also der große Unbekannte«, schlug mir ihr Vater auf die Schulter. »Haben ja schon gedacht, Sie gibt's gar nicht.«

»Doch, mich gibt's«, antwortete ich. Und dachte: Ich

bin immerhin der, der mit Ihrer lieben Tochter ins Bett geht.

»Lass mal, Hartmut«, ging die Tante dazwischen, »ist auch nicht einfach, seinen zukünftigen Schwiegereltern unter die Augen zu treten, nicht wahr?«

»Tja, aber ein bisschen früher hätte es ruhig sein dürfen. Finde, das gehört sich einfach. Auch in der heutigen Zeit.« Der Hausherr redete sich langsam warm und setzte zu einem Vortrag über den Verfall der guten Sitten an.

Zum Glück bemerkte Lena, dass zwischen mir und ihren Eltern keine Liebe auf den ersten Blick entstand, und entschuldigte uns mit dem Hinweis, mir das Haus zeigen zu wollen. Um meine Begegnung mit ihrem Vater wieder gutzumachen, trieb sie es dann mit mir in ihrem früheren Kinderzimmer. Mehr Befriedigung geht in solchen Momenten nicht.

Kurz danach verstand es ihr Vater jedoch wie kein Zweiter, meinen Höhenflug abrupt zu beenden. Für einen gestandenen Handwerker mit einem angesehenen 20-Mann-Betrieb war Werbung selbstverständlich keine anständige Art, sein Geld zu verdienen. An dieser Stelle versagte dann auch Lenas Solidarität, da sie nie sonderlich begeistert war, dass ich für alles und jeden lustige Sprüche textete und nicht nur für ethisch einwandfreie Unternehmen und Produkte. Ganz davon abgesehen, dass ich damals noch glaubte, wie meine Kollegen Überstunden im dreistelligen Bereich anhäufen zu müssen, und dadurch ständig zu spät nach Hause kam. Wahrscheinlich hält sie mir das in ihrem Brief auch noch vor. Aber wen juckt's.

Ihre Eltern sind für mich also kein Verlust. Allerdings kann ich nie wieder unbelastet nach Bargteheide fahren. Ist aber auch kein Verlust.

Teil zwei

Viviane, keine macht mich mehr an

Geiz ist ungeil

Pünktlich um zehn stehe ich, bereit für den Termin bei Dr. Scheiler, vor der Agentur und warte. Wie nicht anders zu erwarten war. Gegen halb elf fährt endlich mein CD vor.

»Moin, Timo, komm, schmeiß deine Sachen in den Kofferraum, und dann ab die Elbe runter. Wir sind spät dran.«

»Ach ja?!«

»Ja, ich hab gestern schon vorgeglüht. Man muss sich warm trinken, bevor's zu Dr. Scheiler geht.«

Auf der knapp vierstündigen Fahrt vertreibe ich mir die Zeit damit, mein Leben vor dem inneren Auge vorbeiziehen zu lassen. Während mein vorgeglühter Chef mit 200 km/h die linke Spur von Kleinwagen säubert, die dort mit 120 quasi parken, wie er anmerkt, tröste ich mich mit dem Gedanken, dass sein Alkoholpegel pro Stunde um 0,1 Promille sinkt.

Das Hotel in Dresden ist schlichtweg der Hammer! Fünf Sterne de luxe direkt an der Frauenkirche. Todesängste auszustehen zahlt sich eben aus. Besser hätte es im Paradies auch nicht ausgesehen. An der Rezeption aber wartet schon die nächste Überraschung:

»Sie hatten nur ein Zimmer gebucht, oder?«, fragt uns die Rezeptionistin mit leicht irritiertem Blick.

»Korrekt«, antwortet mein CD.

Ich schaue ihn ebenso irritiert an. Also, wenn einer definitiv hetero ist, dann er. Und mit einer willigen Praktikantin kann er mich auch kaum verwechseln. Freundlicherweise lässt er mich nicht lange im Unklaren.

»Reisekostendeckelung der Agentur, Timo. Führungskräfte wohnen first class, Junioren Schul-Class, wenn du verstehst, was ich meine.«

Leider verstehe ich nicht – und offensichtlich sieht man mir das auch an. Denn das Lachen in seiner Stimme weicht einem bemüht klingenden Bedauern.

»Na, wegen Klassenfahrt. Du wohnst in der Jugendherberge. Ist recht zentral gelegen, keine zwanzig Minuten von hier. Ich check nur eben schnell ein, und dann kannste ausnahmsweise dein Gepäck mit meinem Wagen da hinbringen.«

»Wahnsinn.«

»Du, ich hab die Regeln nicht gemacht. Beschwer dich bei unseren gesetzten Herren in der Beletage.«

Sagt's und wendet sich wieder der uniformierten Dame an der Rezeption zu.

»Eine Delegation hat ihren Aufenthalt ungeplant verlängert. Ihr gebuchtes Zimmer ist deswegen leider noch belegt. Dafür möchten wir Ihnen gern ein Upgrade anbieten«, sagt diese nun zu ihm. Upgrade? Hoffnung keimt in mir auf. Daraus könnte man doch auch zwei Zimmer machen, oder nicht?!

»Und wie sähe das aus? Präsidentensuite?«, will mein CD wissen.

»Bedaure, dort logiert gerade Anna Netrebko. Sie gibt heute in der Frauenkirche ein Konzert, das vom ZDF aufgezeichnet wird. Ich besorge Ihnen gern zwei Karten, wenn Sie möchten.«

»Bloß nicht! Dieses Gekreische halt ich nicht aus, da bluten mir die Ohren«, lehnt er ab. Hätte mich auch gewundert.

»Verstehe. Wir hätten für Sie die Elb-Suite mit Schlafzimmer und großzügigem Wohnbereich.«

»Nicht schlecht. Nehm ich.«

Der Teufel scheißt selbst neben einer Kirche auf den größten Haufen. Ich hasse mein Leben. Jugendherberge im Osten. Muss ich jetzt morgens vor Sonnenaufgang zum Fahnenappell antreten?

Mit großer Geste überreicht er mir seinen Autoschlüssel. Logisch fahre ich vorsichtig, Chef. Mit entspannten 70 km/h im ersten Gang erreiche ich die Jugendherberge in unter fünf Minuten. Von außen betrachtet, übertrifft der graue Plattenbau alle meine Vorurteile. Zwischen diesem Kasten und dem Steigenberger liegen nicht Welten, sondern Galaxien. Fünf Sterne Minus. Zu meiner Überraschung sieht die Welt von innen sehr viel besser aus, beinahe modern. Der Empfangstresen erinnert sogar an eine richtige Hotelrezeption. Nur das Zimmer gleicht einer Kasernenstube, wenn auch saniert. Auf dem Linoliumfußboden, der sich wohl besonders gut eignet, um Schülerkotze aufzufeudeln, stehen zwei Einzelbetten, ein Tisch mit zwei Holzstühlen und ein Schrank. Die Nasszelle liegt dafür über dem Standard durchschnittlicher Altbauwohnungen in Hamburg. Was nicht schwer ist, aber immerhin.

Zurück am Hotel (diesmal habe ich bis in den zweiten

Gang hochgeschaltet, dafür die Handbremse nicht gelöst), gehen wir schräg gegenüber im Restaurant Pulverturm, das eigentlich im Keller liegt, essen. Das alte Gewölbe ist vollgestopft mit Ausstellungsstücken aus dem Mittelalter: einer Kutsche, Handwerksgeräten, Rüstungen und ähnlichem Gedöns. Die Kellnerin ist glücklicherweise nicht ganz so antik.

»Hallo, was darf ich Ihnen bringen?«

Mein CD übernimmt für uns die Bestellung, da man seiner Meinung nach nicht wieder rübermachen darf, ohne die Rouladen in diesem Pulverturmkeller probiert zu haben.

»Zwei große Bier vom Fass, die Rinderrouladen mit Rotkohl und Klößen und zwei doppelte Verteiler, bitte.«

»Sehr gern.«

»Junge, das fängt gut an«, raunt er mir zu, als die Bedienung in die Küche verschwindet. »Vielleicht sollte ich sie gleich fragen, wann sie heute Feierabend hat.«

»Oh bitte, das ist der abgegriffenste Spruch überhaupt. Damit ist doch noch nie irgendjemand bei irgendeiner gelandet. Nicht mal in den Klischeefilmen, aus denen der Spruch stammt.«

»Timo, Timo, Timo. Okay, fangen wir mal ganz von vorne an. Ich glaub, ich muss dir was Grundlegendes über Frauen erklären. Die warten nur darauf, von uns angesprochen zu werden. Alle! Von der Tussi bis zur Emanze! Alle, wie sie da sind. Man muss es nur machen. Und selbst wenn du neun Mal abblitzt – und du wirst neun Mal abblitzen –, beim zehnten Mal klappt's. Nur darauf kommt's an. Das Problem ist dein Stolz. Den musst du überwinden. Nach der ersten Abfuhr merkt man, dass man immer noch lebt. Und dass es bei Weitem nicht so schlimm war, wie man dachte. Vergiss dieses ganze ›Dann sterbe ich‹ oder ›Dann traue ich mich nie wieder eine anzusprechen‹. Alles Quatsch! Genau das Gegenteil ist der Fall. Danach bist du schmerzfrei. Dann läuft's von allein. Weil du keine Angst mehr hast. So sieht's aus.« Zufrieden mit seiner Ansprache lehnt er sich zurück, während die Kellnerin das Bier serviert.

»Und wieso hast du sie jetzt nicht gefragt?«, kontere ich, nachdem sie wieder weg ist.

»Langsam. Das richtige Timing ist mindestens genauso wichtig wie der richtige Spruch. Komm, erst mal anstoßen. Stößchen!«

Das Essen ist genauso lecker, wie es aussieht. Der Verteiler war allerdings eine gute Idee.

»Morgen wird ein langer Tag. Und vor allem Abend. Lass uns noch 'ne Runde um die Kirche drehen, und dann ab in die Heia«, schlägt mein CD vor, ohne die Kellnerin nach ihrem Feierabend oder ihrer Nummer gefragt zu haben. So viel zu seinen großartigen Weisheiten über das weibliche Geschlecht.

Wir drehen tatsächlich exakt eine Runde um die Frauenkirche. Ungefähr zweihundert Meter. Mehr hält er für keine gute Idee, schließlich könnte die Netrebko darin jeden Moment anfangen, eine Arie zu schmettern. Während er in seinen Fünfsternepalast zurückkehrt, trotte ich los zur Jugendherberge. Die zwanzig Minuten Fußmarsch kommen mir ganz gelegen. Ohne Verdauungsspaziergang von weit über zweitausend Metern könnte ich jetzt eh nicht schlafen. Meine Gedanken schlagen derweil ihren eigenen Weg ein und wandern zu Viviane. Wenn ich jetzt Arm in Arm mit ihr hier entlangschlendern könnte, würde ich morgen um fünf sogar freiwillig zum Fahnenappell antreten. Andererseits wäre das viel zu gefährlich. Gefühle kann ich jetzt gar nicht gebrauchen. Ich will meinen Spaß und meine Rache haben und nicht wieder zu einem »Timo-und-…« werden. Sobald man in einer Beziehung ist, gibt es einen ja meist nur noch im Doppelpack. Zwei zum Preis von einem. Und momentan bin ich nicht bereit, diesen Preis zu zahlen.

Zum Glück war ich nie mit Lena in Dresden, sonst würde mich auch hier noch alles an sie erinnern. Um Berlin werde ich allerdings für ein paar Jahre einen Bogen machen. Zweimal waren wir dort im Kurzurlaub. Brandenburger Tor, Reichstag, Museumsinsel, Sanssouci, Mitte und vor allem der Diener Tattersall, meine Lieblingskneipe – seit einem Jahr und drei Monaten alles tabu. Leider. Denn im Tattersall hat man das Gefühl, Juhnke kommt gleich um die Ecke getorkelt und bestellt ein letztes Bier. Alles eingerichtet wie im alten Westberlin von vor fünfzig Jahren, mit Fotos und Autogrammen berühmter und meist toter Stammgäste. Heute bliebe mir dort nur das Gefühl, Lena käme gleich um die Ecke, womöglich mit Frank im Arm. Man sollte sich wirklich gut überlegen, mit wem man wo hinfährt. Sonst hinterlässt man tatsächlich viel zu viel ungewollt verbrannte Erde.

Schrei vor Glück!

Das Frühstück in der Jugendherberge ist ein echtes Highlight. Genau genommen, jagt ein Höhepunkt den nächsten. Freiwillige Wolfskin-Markenbotschafter, so weit das Auge reicht. Die Aussichtsplattform der Frauenkirche sollten sie mit ihren atmungsaktiven Powerklamotten auf jeden Fall bezwingen können. Da ich um diese Uhrzeit recht passiv bin und jede verbale Äußerung einen unnötigen Kraftakt darstellt, lasse ich sie ohne dummen Spruch davonkommen. Obwohl es mir schwerfällt, stumm zu bleiben, wenn Mitte-Fünfzigjährige sich heimlich Lunchpakete in eine ihrer zwölf Jackentaschen stopfen. Alle paar Minuten höre ich kurze gezischte Frauenbefehle wie: »Komm, Jürgen, steck das ein!« Wenn der Angesprochene sich dann etwas sozialkundelehrerhaft und moralisch überkorrekt ziert, folgt: »Nun nimm, bevor die Bedienung wiederkommt!« Glücklicherweise stimmte wenigstens das mit der Schul-Class nicht so ganz. Von pubertierenden Dezibel-Despoten bleibe ich verschont.

Nach einem morgendlichen Spaziergang von der Jugend- zur Luxusherberge nehmen wir ein Taxi zum Kunden. Natürlich hätte mich mein CD mit dem Taxi abholen können, aber wahrscheinlich ist das von der Reisekostenabrechnung nicht gedeckt. Die Firmenzentrale von Dr. Scheiler liegt etwas außerhalb, in der Nordstadt. Auf dem Weg dorthin hat man beinahe das Gefühl, im Harz zu sein. Was, geografisch gesehen, auch wenig überrascht. Dr. Scheiler residiert in einem hochherrschaftlichen Anwesen im Villenviertel.

»Ich dachte, wir fahren zur Firmenzentrale«, frage ich meinen CD verdutzt. Ich hatte eher ein Gewerbegebiet erwartet.

»Das ist die Zentrale. Produzieren tun die irgendwo anders, in Polen, Tschechien, was weiß ich. Also, wenn du krank wirst, schluck was anderes!«

Auf dem Weg zur Tür kommt uns bereits der joviale Chef höchstpersönlich entgegen und begrüßt meinen Chef eine Spur zu überschwänglich für meinen Geschmack. Sein Anzug, der auf seltsame Weise an manchen Stellen eine Nummer zu groß und an anderen eine zu klein wirkt, verschiebt sich dabei in immer neue lustige Positionen.

»Herr Alt, schön, dass Sie da sind. Ich freue mich.«

»Freut mich auch, Herr Dr. Scheiler. Darf ich Ihnen vorstellen: der kreative Kopf hinter dem Spot und Ihrer neuen Kampagne, Herr Feuer. Eins unserer größten Talente.«

Das höre ich zwar zum ersten Mal, aber gut. Freundlich begrüße ich unseren Gastgeber und versuche dabei halbwegs glaubhaft vorzugeben, dass die Freude voll und ganz auf meiner Seite ist.

»Na, dann heizen Sie uns ruhig tüchtig ein, Herr Feuer«, schüttet Herr Dr. Scheiler sich aus vor Lachen. Glückwunsch, den Spruch hat noch keiner gebracht.

»Jaha, genau«, lache ich gequält.

»Kommen Sie bitte rein, wir haben schon alles vorbereitet.«

»Alles vorbereitet?«

»Ja, wir haben uns erlaubt, dem Casting etwas vorzugreifen, und glauben, die bestmögliche Besetzung für unseren Reklamefilm gefunden zu haben.«

»Wirklich? Und wen, wenn man fragen darf?«, will mein CD wissen.

»Eine aus Film und Fernsehen bekannte Persönlichkeit. Und das aus unserem wunderschönen Dresden.«

»Na, da sind wir aber mal gespannt, was, Timo?«

»Und wie«, pflichte ich ihm ehrlich bei. Ich bin wirklich gespannt, und die Auswahl könnte amüsant werden. Wahrscheinlich die diesjährige Weinkönigin. Wobei, Film und Fernsehen wären dann doch etwas zu dick aufgetragen, selbst für Dr. Scheiler.

Als wir den Konferenzraum betreten, würde ich Herrn Dr. Scheiler am liebsten die Füße küssen. Umringt von sabbernden Angestellten, steht da live, in Farbe und 3-D (eigentlich in Doppel-D): Florentine Lecque, meine Königin der Seifenoper.

»Meine Herren, darf ich Ihnen vorstellen«, steigt Herr Dr. Scheiler in seine mit pathetischen Gesten unterlegte Vorstellungsorgie ein, »Fräulein Lecque. Fräulein Lecque, das sind Herr Alt und Herr Feuer aus Hamburg, von unserer Werbeagentur XYZ.«

»Hallo«, sagt sie fast so ausdruckslos wie in einem ihrer Seriendialoge. Die Begeisterung über unser Treffen scheint wohl unterschiedlich verteilt zu sein. Ich für meinen Teil bin nämlich hin und ganz weit weg. Dummerweise schwitzen meine Hände vor lauter Aufregung mehr als jeder Maschinenbaustudent unter seinen undeodorierten Achseln. Hektisch und möglichst unauffällig versuche ich, sie an meiner Hose abzuwischen. Doch nach meinem atemlos gehauchten »Hi« wischt sie sich mit gerümpfter Stupsnase die Hand an ihrem viel zu kurzen Miniröckchen ab.

»Und, meine Herren, was sagen Sie?«, will Dr. Scheiler von uns beiden wissen. »Ist das nicht ein Knüller?«

»Ich wäre sogar versucht zu sagen: ein Knaller!«, schleimt mein CD ohne Hemmungen drauf los. »Oder was meinst du, Timo?«

»Hm? Ähm, ja, verknallt, genau. Äh, ich mein, Knaller. Knaller!« Wenn meine Hände eben feucht waren, drohe ich jetzt über deren Schweißdrüsen auszutrocknen. Hauptsache, ich fange nicht an zu tropfen. Hab ich das grad wirklich gesagt, verknallt? Der tödlichen Stille im Raum nach zu urteilen, ja.

Herr Dr. Scheiler räuspert sich: »Tja, äh, sind wir das nicht alle ein kleines bisschen, meine Herren?«

Mitleidiges Gelächter kriecht in meine Gehörgänge. Inklusive der Zwischentöne mit der Botschaft: arme Wurst. Fräulein Lecque scheint derart spontane Gefühlsausbrüche zu kennen. Sie verzieht keine Miene. Oder kommt das nur vom Botox und Lifting?

Plötzlich hoffe ich, dass Nils recht hat, sie einfach strunzdumm ist und meinen Versprecher gar nicht mitbekommen hat. Äußerst unwahrscheinlich, aber die Hoffnung stirbt zuletzt, wer wüsste das besser als ich.

Mein CD versucht wieder etwas Schwung in das Meeting zu bringen: »Gut, haben wir denn auch schon einen Kandidaten für die männliche Hauptrolle?«

»Leider nein, da bräuchten wir Ihre Unterstützung«, schüttelt Herr Dr. Scheiler den Kopf.

»Kein Problem, dafür sind wir ja hier, nicht wahr? Wir haben da eine Mappe mit potenziellen Kandidaten mitgebracht. Wenn Sie vielleicht mal schauen möchten?«

»Potenten Kandidaten?«, piepst Florentine dazwischen. »Das soll hier aber kein Porno werden, oder?«

»Was? Nein, natürlich nicht. Potenzielle, nicht potente Kandidaten. Das Ganze spielt zwar im Schlafzimmer, aber da bleiben nicht nur die Socken an«, versucht Herr Dr. Scheiler einen Scherz.

»Gut, das kostet sonst extra.« Zehn weit aufgerissene Augenpaare starren unser Fräulein Lecque an und warten darauf, dass sie den Spruch als Witz enttarnt. Tut sie aber nicht. Daraufhin starren sie sechs notgeile Männer und vier verächtlich blickende Frauen an.

»Tja, ähm, also, wollen wir die Mappe gemeinsam durchgehen?«, ringt Dr. Scheiler um Fassung.

»Gern. Also ich würde vorschlagen, wir nehmen einen gut aussehenden, aber dennoch normalen Typen, damit man sich mit ihm identifizieren kann«, schlägt mein CD vor.

»Infizieren? Also, ohne Schutz läuft bei mir gar nix!«, protestiert unsere Hauptdarstellerin nun. Okay, sie ist tatsächlich dumm wie Brot. Punkt für Nils. Geil ist sie trotzdem. Alles kein Thema.

»Identifizieren! Und nochmals: Wir drehen hier keinen Porno, sondern Werbung! Verstehen Sie das?« Ausgerechnet mein CD schaltet als Erster von notgeil auf genervt um.

»Ja, natürlich«, giftet unser Sternchen zurück.

»Schön. Also, was sagen Sie, Herr Dr. Scheiler?«

Nachdem unser Auftraggeber die Mappe gefühlte dreißig Minuten lang mit fachmännischem Gesichtsausdruck studiert hat, stimmt er unserer Empfehlung zu und entscheidet sich für einen fünfundzwanzigjährigen Normalo mit sportlicher Figur und schwarzen Haaren. Perfekte Ergänzung zur blonden Hauptdarstellerin, wenn wir sie optisch von einer Zehn auf eine Acht runterstylen.

»Wunderbar, dann klären wir jetzt die Set-Details, und damit ist das Ding so gut wie im Kasten.«

Fräulein Lecque verabschiedet sich in Richtung Innenstadt, um ihre Gage vorab zu vershoppen. Wir hingegen müssen noch etliche Stunden hier hocken. Was hauptsächlich an den immer wiederkehrenden Anekdoten unseres Gastgebers zu jedem noch so nebensächlichen Thema liegt. Außerdem ist es anscheinend von immenser Bedeutung, welche Farbe die Bettwäsche haben wird und welches Muster die Tapete. Oder lieber Wandfarbe? Und welche Farbe, Muster und Länge sollen die Socken unseres Hauptdarstellers haben?

»Wir haben Ihnen übrigens was Schönes zu Ihrem neuen Premiumprodukt mitgebracht«, wirft mein CD nach einer Ewigkeit in die abgekämpfte Runde und schaut zu mir rüber.

»Premiumprodukt?«, frage ich reflexartig, wie man das eben macht, wenn man aus dem Schlaf gerissen wird.

»Die Optimizer.«

»Ach, die Dinger. Ich meine, klar, haben wir. Drei optimale Konzepte«, versuche ich mich in einen Scherz auf dem Humorlevel unseres Gastgebers zu retten. Klappt.

»Wissen Sie was, meine Herren? Es ist schon spät, ich glaube, das verschieben wir aufs nächste Mal«, schlägt Dr. Scheiler vor.

Wie? Ich schlage mir viereinhalb Tage und Nächte wegen dieser Wunderdroge um die Ohren, und dann verschieben wir das? Typisch! Mein Mund steht zwar offen, aber die Zunge bleibt kurzzeitig gelähmt. Nur gut, dass ich dadurch nicht laut denken kann. Trägt vielleicht positiv dazu bei, dass wir den Etat behalten dürfen. Andererseits, warum will er eigentlich unsere neuen Kampagnenvorschläge nicht mehr sehen? Hat er sich schon für die Billigagentur entschieden?

»Wie sieht es denn heute mit Ihrer Abendgestaltung aus, meine Herren?«, will Dr. Scheiler von uns wissen.

»Tja, ich dachte, wir gehen zusammen einen trinken und dann in den Puff!«, prescht mein CD vor. Nach der Reaktion der Runde auf Florentines Geistesblitze habe ich Zweifel am Erfolg dieses Vorschlags. In den Puff gehe ich bestimmt nicht.

»Perfekt. Ich habe für heute Abend den besten Tisch im Club Monique reserviert. Die schönsten Mädchen von ganz Dresden!«, freut sich Dr. Scheiler.

Hilfe! Reserviert? Im Club Monique? Mit Plüsch und roten Lämpchen im Fenster? Und den schönsten Mädchen von ganz Dresden? Wohl eher zwangsimportiert aus Polen. Wie komme ich aus der Nummer raus, ohne ’ne Nummer ziehen und dann eine schieben zu müssen?

Erkältung vortäuschen? Schnell einen Ehering besorgen? Coming-out? Alles Karrierekiller. Wer nicht auf Firmenkosten säuft und rummacht, ist mancherorts ganz schnell raus. Will keiner wahrhaben, aber liest man doch immer wieder. Fuck!

»Ich sehe, Sie haben wie immer an alles gedacht«, grunzt mein CD zufrieden und klopft Herrn Dr. Scheiler anerkennend auf die leicht geschuppten Schulterpolster.

Ich hab's! Mein Plan für heute Abend: so lange saufen, bis wirklich nichts mehr an mir gerade steht. Ich bin schließlich kein Zuchtbulle, der gegen Bares gemolken wird.

Der Abend fängt feuchtfröhlich an. Nachdem wir uns durch die regionalen Biersorten probiert haben, kommen die harten Sachen auf den Tisch. An der Größe der Gläser merkt man, dass wir näher an Russland sind. Mit Doppelten hält sich hier keiner auf.

Der Club Monique ist bei Weitem nicht so schlimm wie erwartet. Während die anderen irgendwann auf den Zimmern verschwinden, unterhalte ich mich recht angeregt mit Chantal, die angeblich Medizin studiert und sich hier ihr Studium finanziert. Barfick statt Bafög. Nebenbei schauen wir ihrer Kollegin Monique beim Tanzen zu. Hier tanzt und bumst die Chefin noch selbst!

Die Rückfahrt am Tag darauf muss dann ich übernehmen. Mein CD ist dazu rein physisch nicht mehr in der Lage. Ob's am Alkohol oder an einer Dame namens Joy liegt, entzieht sich meiner Kenntnis.

Das Albtraumlos der Liebeslotterie – zweite Ziehung

Nachdem ich meinen CD abgesetzt habe, fahre ich mit der U-Bahn nach Hause. Leider komme ich zeitgleich mit Frank vor unserem Haus an. Scheißtiming. Egal, wir ignorieren uns noch nicht mal. Komisch, dass wir uns nie geprügelt haben. Andererseits bin ich einfach nicht der Typ dafür. Hoffe aber, er hat wenigstens Angst davor. So eine im Raum schwebende Drohung kann eh viel wirkungsvoller sein. Oben angekommen, stelle ich fest, dass mein Timing besser ist als vermutet.

»Wer ist Bibi?«, höre ich Lena mit einer Stimme im höchsten Frequenz- und Dezibelbereich durch die Wohnung schreien.

»Woher soll ich das wissen?« Frank spielt den Ahnungslosen. Gut, er ist es auch. Er hat die Postkarte aus Travemünde schließlich nicht geschrieben. Ob es ihm was nützen wird? Ich schätze nicht.

»Vielleicht weil du ihr den Rücken eincremen sollst?«

»Ich weiß nicht mal, wer diese Birthe ist!«

»Ach, du weißt ihren richtigen Namen?«

»Wie? Nein! Ich dachte nur wegen Bibi …«

Er hat keine Chance.

»Und woher willst du dann wissen, dass diese Bibi Birthe heißt und nicht Barbara?«

»Barbara? Dann würde sie doch eher Babsi heißen.«

»Jetzt lenk nicht ab!«

»Ich lenk nicht ab. Mann, ich weiß wirklich nicht, wer diese Bibi, Babsi oder sonst wer ist.«

»Pah! Warum solltest du von einer dir völlig unbekannten Frau eine Postkarte geschickt bekommen?«

»Keine Ahnung!«

Es ist die pure Wonne. Eine Ode an die Freude. Eine Symphonie der Heimtücke und Misstöne. Und ich bin der Dirigent. Ich nehme Aufstellung vor der Wand, durch die das Geschrei dringt, und beginne voller Leidenschaft, den Taktstock zu schwingen. Jetzt verstehe ich, was The Verve mit ihrer »Bitter Sweet Symphony« meinten.

»Schatz, ich schwöre dir, ich kenne diese Frau nicht!« Er versucht es mit piano, doch Lena ist nach forte.

»Und woher hat sie dann deine Adresse? Schon merkwürdig, oder?« Wir nähern uns dem großen Finale.

»Was weiß denn ich! Ich meine, wer verschickt überhaupt noch Postkarten? Und dann aus Travemünde! Von Ibiza oder Mallorca, okay, aber doch nicht von der Ostsee nach Hamburg.«

»Was soll das heißen?«

»Findest du das nicht merkwürdig? Wenn ich wirklich was mit der hätte, würde mir die doch eher 'ne SMS als 'ne Postkarte schicken.«

»Aha? Dann zeig mir mal bitte dein Handy.« Wahnsinn! Lena fängt an, richtig gut mitzuspielen.

»Spinnst du jetzt total?«

»Wenn du nichts zu verbergen hast, kannst du's mir ja zeigen.«

»Vertraust du mir nicht?«

»Nach dieser Karte? Zeig mir dein Handy, bitte!«

Es entsteht eine kurze Pause. Wie immer vor dem großen Paukenschlag.

»Hm, du hast anscheinend alle gelöscht«, höre ich Lenas misstrauische Stimme.

»Quatsch! Jetzt überleg doch mal: Wer hätte wohl ein Interesse daran, dass wir uns streiten?«

Dieses unverlangte Solo mitten im Stück gefällt mir nun gar nicht. Das hab ich so nicht komponiert.

»Wie? Jetzt versuchst du, Timo in die Sache mit reinzuziehen? Weißt du was, ich würde vorschlagen, du schläfst heute auf der Couch.«

Tadaaa! Und Schluss! Applaus! Standing Ovations! Besser hätte es nicht laufen können. Dass sich Lena auf meine Seite schlägt, hatte ich nicht erwartet. Zeit für Teil zwei. Bisher habe ich es immer vermieden, einem von beiden im Hausflur über den Weg zu laufen. Bevor ich die Wohnungstür öffne, lausche ich normalerweise mindestens zehn Sekunden und gucke durch den Türspion, um sicherzugehen, dass keiner von ihnen da draußen ist. Jetzt aber ist das Gegenteil gefragt. Mit einem Stapel alter Zeitschriften bewaffnet, lauere ich hinter der Tür. Keine zwei Minuten später knallt Lena die Wohnungstür hinter sich zu. Sofort reiße ich meine Tür auf und trete wie zufällig in den Hausflur.

»Oh, hallo«, sagt sie, als sie mich erblickt. »Lange nicht gesehen.«

»Stimmt. Alles klar bei euch? Ihr wart eben nicht zu überhören.«

»Ja, ach, vergiss es.«

»Okay.«

»Wo willst du denn mit deinen heiß geliebten Zeitschriften hin?«

»Wie? Ach, du, es war an der Zeit, mal aufzuräumen. Hattest recht, die lese ich eh nicht mehr.« Lena hat diesen Stapel Zeitschriften neben dem Bett gehasst und einmal sogar selbst weggeschmissen. Logisch, dass ich die Dinger wieder aus dem Müll gefischt habe. Schließlich waren da noch etliche Artikel drin, die ich dringend lesen wollte. Irgendwann. Vielleicht. Na gut, Tatsache ist, dass man die nie liest. Eine gute Möglichkeit also, ihr zu zeigen, dass ich mich ändern kann.

Sie lächelt wissend und hält mir unten sogar die Haustür auf. Ich würde sagen, der erste Punkt geht an mich, Frankie-Boy. Ab jetzt machen wir's auf meine Art!

Als Lena außer Sichtweite ist, werfe ich schnell einen Kontrollblick in den Abfallcontainer. Zum Glück sind Lenas und Franks Müllbeutel leicht zu erkennen – an ihrer Tamponverpackung (kombiniere: sie hat sich bis jetzt nicht schwängern lassen) und an seiner Zigarillomarke (er hält sich weiterhin für einen Mann von Welt). International agierende Geheimdienste auf der ganzen Welt wissen schon, warum sie die Mülleimer ihrer Spionageobjekte durchwühlen. Im Abfall kann man lesen wie in einem offenen Buch. Halb volle Lebensmittelpackungen, bei denen das Mindesthaltbarkeitsdatum grade erst abgelaufen ist (Sicherheitsfanatiker, die ihren eigenen Sinnen nicht über den Weg trauen und lieber alles glauben, was man ihnen vorgaukelt), säuberlich getrennter

Müll (Streber, die auch bereit sind, andere zu verpetzen) oder Glas, Papier und Verpackungen in einem Beutel (potenzielle Querulanten, die sich nicht an Regeln halten – am besten gleich in Präventivhaft nehmen). Durch Lenas und Franks Abfall breitet sich ihr ganzes ödes Leben vor mir aus. Sie quält ihn weiterhin mit fettarmer Diätkost, nascht aber heimlich ihre Lieblingspralinen. Er versucht regelmäßig, romantisch zu sein, und schenkt ihr kleine Kuscheltiere und anderes Süßholz, das sie umgehend entsorgt. Und in der letzten Woche gab's, den Kondomen nach zu urteilen, nur zweimal Sex. Eine Nummer muss ich wohl akustisch verpasst haben. Wie schön. Es fängt langsam an zu kriseln, würde ich sagen.

Manchmal muss man eben Mumm haben

Am Morgen darauf hänge ich halb aufrecht in der U-Bahn und warte wie immer auf das unvermeidliche dicke Ende. Jedes Mal, wenn die Bahn hält und die Tür aufgeht, habe ich das Gefühl, dass sie sich um gut und gerne zwanzig Grad zur Seite neigt, weil irgendeine Wuchtbrumme reinrollt. Doch stattdessen bemerke ich aus dem Augenwinkel, wie etwas Blondes, Wohlgeformtes hineinhuscht. Es ist Viviane! Fast erschrocken, starren wir uns für eine Millisekunde an. Jetzt so zu tun, als hätten wir uns nicht gesehen, wäre wirklich total peinlich. Schon wenig später sitze ich zum ersten Mal neben der blonden Sonne und nicht im finsteren Schatten. Blöd nur, dass wir nun Gesprächsstoff für drei Stationen plus Fußweg brauchen. Wo soll ich den hernehmen? Mein Hirn ist komplett leer. Unsicheres Lächeln vertuscht für einen kurzen Moment unsere Panik. Dabei haben wir neulich vor der Kaffeemaschine doch noch miteinander geflirtet, oder? So schlimm war das gar nicht.

»Na?«, mal wieder muss der Mann den Anfang machen.

»Na?«

»Und, fährst du öfter U-Bahn?«, versuche ich es auf die betont blöde Art.

»Ja.«

Gut, das könnte zäh werden. Nächster Versuch:

»Und, ausgeschlafen?«

»Nee.«

»Willst du mich hier kommunikativ verhungern lassen, oder macht es dir einfach Spaß, mich zu quälen?«

»Hm, beides!« Ihr Lachen flutet den ganzen U-Bahntunnel mit Licht.

Langsam werde ich locker. Eine bessere Gelegenheit zum direkten Angriff kommt so schnell nicht wieder. Ich setze alles auf eine Karte:

»Wollen wir nicht mal zusammen Gold machen?«

»Wir? Ich bin doch Beraterin.«

Stimmt. Eigentlich habe ich das nur gesagt, um sie nicht fragen zu müssen, ob sie mit mir essen gehen möchte. In der Mittagspause. Zusammen Gold zu machen, also Sachen für Kreativ-Wettbewerbe auszudenken, erschien mir spontan unverfänglicher. Hatte was Professionelles und nicht zu Privates. Auch wenn es natürlich komplett bescheuert ist, als Kreativer eine Beraterin zu fragen, ob sie an einem Kreativ-Wettbewerb teilnehmen möchte.

»Ihr Berater glaubt doch immer, wir Kreativen hätten ein leichtes Leben. Jetzt kannst du mir beweisen, wie locker meine Arbeit wirklich ist.«

Sie überlegt kurz. »Hm, okay, warum nicht. Ist denn bald wieder Nikolaus?«

Nikolaus heißt bei uns der Tag, an dem alle Wettbewerbsideen intern eingereicht werden müssen. Findet vierteljährlich statt, natürlich immer am Sechsten des jeweiligen Monats. Leicht zwangskreativ, typisch Werbung. Irgendwann stelle ich meinem CD an dem Tag einen Stiefel mit den ausgedruckten Ideenbeschreibungen vor die Bürotür.

»Jep, übernächste Woche, und ich glaube, du kriegst diesmal was mit der Rute.«

»Oha, da wird aber jemand plötzlich mutig. Dachte immer, du wärst so ein Stiller?«

»Tja, bin ich auch. Aber du weißt ja, was man über stille Wasser sagt.«

Sie lacht. Gott sei Dank.

»Also, heute Nachmittag aufm Rasen?«, frage ich betont zweideutig.

»Wie meinen?«

»Ausdenken in Planten un Blomen.«

»Ach so, klar.«

Unser Weg bis zur Agentur ist daraufhin tatsächlich mit einem netten Flirt gepflastert.

Gegen zwei Uhr nachmittags warte ich angespannt vor der Agentur auf Viviane. Kaum zu fassen, dass ich mich das hier gerade traue. Ich hätte sie schon viel früher ansprechen sollen. Mit wippendem Pferdeschwanz kommt sie die Treppe heruntergehüpft.

»Hi, wollen wir?«

»Klar«, antworte ich etwas zu begeistert.

»Wo genau wollen wir denn hin?«

»Ich dachte an die Wiese vor den Wasserfontänen. Da ist auf jeden Fall genug Platz. Hab auch zufällig eine Decke dabei.«

»Schau an. So ein Zufall. Wie praktisch.«

»Die hab ich immer im Büro liegen für spontane Mittagspausen im Park. Da kommt man mal raus aus dem

Bunker. Eineinhalb Stunden Lebensqualität am Tag sind nicht verkehrt. Manchmal fühlt sich das fast ein bisschen an wie Urlaub.«

Gott, ich labere zu viel. Frauen stehen nicht auf Typen, die mehr reden als sie selbst. Glaube ich. Oder war es genau umgekehrt? Egal. Nach zehn Minuten breite ich meine Decke unter dem einzigen Baum auf der Wiese aus, sodass wir halb im Schatten und halb in der Sonne liegen.

»Für welchen Kunden wollen wir uns denn was ausdenken?«, fragt sie, als wir es uns gemütlich gemacht haben.

»Gute Frage. Hast du schon irgendeinen Favoriten?«

»Nö, du?«

»Nö, vielleicht irgendeine Non-Profit-Geschichte. Fände ich nicht schlecht, zur Abwechslung mal was Sinnvolles zu machen und nicht bloß Werbung für Fußpilzsalbe.«

»Für Fußpilzsalbe?«

»Frag nicht. Wird nächste Woche gedreht, und die Hauptdarstellerin ist bestenfalls teilzeitintelligent. Hoffe, sie kann sich wenigstens ihren Text merken.«

»Was muss sie denn sagen?«

»Sag mal, willst du die Socken etwa anbehalten?«

»Die Socken?«

»Ich sag ja: Frag nicht. Die spielt in so 'ner Soap mit.« Dass ich sehr genau weiß, wie diese Soap heißt und welche Maße die Hauptdarstellerin hat, muss ich ja nicht unbedingt erwähnen.

»Guckst du so was?«, fragt mich Viviane mit einem

Augenaufschlag, der mehr Hitzewallungen in mir auslöst als die sengende Mittagssonne.

»Ich? Wohl kaum! Aber du bestimmt, oder? Gehörst doch genau in die Zielgruppe.«

»Geht's noch?! Erstens bin ich um die Uhrzeit noch in der Agentur, und zweitens gucke ich, wenn überhaupt, Filme.«

»Und welche zum Beispiel? Wann warst du zum Beispiel das letzte Mal im Kino?«, will ich genauer wissen.

»Das ist schon zwei Monate her. Die meisten in meinem Freundeskreis haben darauf leider keinen Bock. Kann ich gar nicht verstehen.«

»Geht mir genauso!« Und das ist noch nicht mal gelogen.

Nach kurzer Schnappatmung nehme ich meinen ganzen Mut zusammen und greife nach dem Satz, der jetzt zwangsläufig in der Luft liegt:

»Dann sollten wir vielleicht irgendwann zusammen ins Kino, wenn sonst keiner mit uns will.«

Sie versucht, cool zu bleiben, als wäre nichts dabei. Mit einem Kollegen ins Kino? Spricht nichts dagegen. Popcorn, vorher noch mal pullern, die Jacke in den Dreck unterm Sitz pressen und über Leute labern, die sich nicht auf ihren richtigen Platz setzen, weil noch bessere Plätze frei sind. Bis dann, oh Wunder, die Besitzer mit den passenden Karten zwischen Werbung und Film im Halbdunkel auftauchen und die Sitzplatzbesetzer verscheuchen. Die ihrerseits die Leute von ihren eigentlichen Plätzen jagen, nicht ohne sich künstlich über deren Besetzung aufzuregen und so weiter. Loriot live. Seltsamerweise machen das nur Leute jenseits der fünfzig. Junge Leute wie wir, die sich angeblich an keine Regeln mehr halten und Respekt vor niemandem haben, setzen sich gleich auf ihren richtigen Platz.

Jedenfalls verrät ihr Lächeln, dass es mehr als eine lässige Verabredung unter Kollegen werden könnte. Eine mit Stromschocks, die durch den gesamten Körper jagen, sobald sich unsere Hände zufällig auf der geteilten Armlehne berühren. Mit mehr Blicken aus den Augenwinkeln als zur Leinwand. Mit dem Versuch, wenigstens ein bisschen von der Handlung mitzubekommen, um sich hinterher beim Cocktail (oder Longdrink) nicht zu blamieren. Verbal bleibt sie natürlich in der kollegialen Tonlage.

»Stimmt eigentlich. Zeigen wir's denen. Was läuft denn im Moment?«

»Keine Ahnung, hast du dein Smartphone dabei?«

»Jep.« Sie kramt ihr iPhone hervor und beginnt zu googeln.

Normalerweise kann ich diese Dinger nicht leiden, zumindest nicht, wenn mir ein iPhone-Besitzer in seiner typischen Körperhaltung mit gesenktem Kopf gegenübersitzt und sich lieber seinen virtuellen Freunden als dem realen vor ihm widmet. Nur um denen mitzuteilen, in welcher Bar er grade mit welchem (Noch-)Freund sitzt. Ich meine, ich hole doch auch kein dickes Buch raus und fange mitten im Gespräch an zu lesen. Das ist nicht lässig, sondern asozial. Wenn man schon einem realen Freund gegenüberhockt, warum schaut man dann nach, was die fünfhundert virtuellen Freunde treiben? Zum

Beispiel, in welchem Lokal *die grade* ihre Verabredung ignorieren.

»Hier, guck.« Sie beugt sich so weit zu mir herüber, dass mir schwindelig wird. Wie kann man nur so gut riechen?! Zusammen gehen wir das Kinoprogramm durch.

»Bloß keine romantische Komödie«, stöhnt sie. Eigentlich wäre das mein Text gewesen. Allerdings schaue ich mir ganz gern romantische Komödien an. Kann aber vorerst unerwähnt bleiben.

Deshalb sage ich: »Nee, bloß nich'! Läuft nicht dieser neue Film mit Stallone?«

»Stimmt!«, ruft sie begeistert. Mann, was für eine Frau!

Wir verabreden uns für heute in einer Woche. Aus der Goldsache wird logischerweise nichts. Stattdessen nutzen wir die Zeit, um uns mithilfe des üblichen Frage-Antwort-Spielchens besser kennenzulernen. Auf dem Weg zurück zur Agentur verwandelt sich unser angeregtes Plaudern zwar wieder in zunehmende Sprachlosigkeit, aber seltsamerweise fühlt sich das Schweigen mit ihr diesmal gut an.

Hamburg, wieder mal Regen. Das Haar liegt.

Wie schaffe ich es, dass Lena ein weiteres Haar in der Suppe ihres perfekten Frank findet? Es sollte doch zu schaffen sein, mit psychologischen Waffen Zwietracht zu säen. Ich muss die Schwächen des Gegners ausloten und dann gnadenlos zuschlagen. Nur wie? Seit der Sache mit der Postkarte ist nebenan zwar Ruhe eingekehrt, aber getrennt haben sie sich noch nicht. Grübelnd sitze ich auf meinem Balkon, trinke eine eisgekühlte Feierabend-Cola und starre in den Bindfadenregen. Ich hab's: Haar ist das Stichwort! Nicht in der Suppe, sondern in der Wohnung – am besten auf seinen Klamotten und im Bett. Und ich weiß auch schon, wie ich in die Wohnung komme. Jetzt muss ich mir nur noch lange Frauenhaare besorgen. Wollte eh zum Friseur. Gut, eigentlich nicht, aber die Spitzen schneiden lassen geht immer.

Ich suche mir einen dieser Billigläden aus, bei denen man keinen Termin braucht, ziehe eine Nummer, warte und sondiere die Lage. Im hinteren Bereich des Salons sitzt eine Brünette mit schulterlangem Haar, die sich allerdings auch nur die Spitzen schneiden lässt. Zu kurz, kann ich nichts mit anfangen. Zum Glück sitzt daneben eine ehemals heiße Blondine, Typ frischgebackene Mutti, die sich nun ihre übrig gebliebene Schönheit mittels einer praktischen Kurzhaarfrisur ruinieren lässt. Perfekt!

»Nummer 74?« Ich bin dran. Gezielt steuere ich auf den Stuhl neben der Blondine zu und nehme Platz. Nur, wie komme ich jetzt unauffällig an die Haare auf dem Fußboden ran?

»Mit Waschen?«

»Hm?«

»Ob die Haare auch gewaschen werden sollen?«, fragt mich meine Schakkeline, oder wie auch immer die Haarabschneiderin heißt, leicht genervt.

»Ja! Genau!«, sage ich begeistert. So komme ich vielleicht an die Haare.

Schakkeline legt mir den Umhang um, unterbricht mit der Halskrause die Blutzufuhr zu meinem Kopf und geht glücklicherweise vor zum Waschbecken. Ich stehe auf und simuliere offene Schnürsenkel. Originell ist das zwar nicht, aber der teuflische Zweck heiligt die Mittel. Unauffällig greife ich unter meinem Umhang nach einem Bündel blonder Haare, stehe auf, gehe zum Waschbecken und stecke dabei die Haare in meine Hosentasche.

Schakkeline empfängt mich mit einem ausdruckslosen »Sie hätten auch einfach fragen können«.

»Was?«

»Die Haare, die Sie da aufgehoben haben. Wenn Sie die für irgendwas brauchen – Marder verscheuchen oder so –, können Sie gern mehr mitkriegen.«

»Äh, oh, ja, Marder? Braucht man dafür nicht Katzenhaare?« Idiot!

»Echt? Stimmt. Wofür brauchen Sie die denn dann?«

Ausrede, Ausrede, Ausrede – wo bist du?

»Theater! Ich spiele in einer Laienspielgruppe Theater,

und da brauchen wir für ein Stück, das wir aufführen und in dem in einer Szene jemandem die Haare ausgerissen werden, so ein Büschel«, fasele ich ihr und mir zurecht.

»Aha. Wie heißt das Theater denn?«

»Das Theater?«

»Ja.«

»Wie das heißt? Wir nennen uns, äh: Was für ein Theater!«

»Was für ein Theater? Na, *Ihres*. Wie heißt das denn nun?«

»Was für ein Theater! Ein Wortspiel.«

»Aha.«

An dieser Stelle beenden wir die unwürdige Konversation und bringen das Waschen und Spitzenschneiden hinter uns.

Wieder zu Hause, sortiere ich meine Beute. Dürften mindestens hundert lange blonde Haare sein. Frankie-Boy, pack schon mal die Umzugskisten!

Am nächsten Morgen lauere ich angriffsbereit hinter meiner Wohnungstür. Frank verlässt um Punkt null achthundert das Haus. Das einzig Gute an Beamten ist, dass auf ihre festgefahrenen Rituale absolut Verlass ist. Ich warte weiter. Auf die Gewohnheiten von Lena ist nicht ganz so viel Verlass, zumindest legt sie sie nicht immer pünktlich an den Tag.

Als ich gerade eine Pinkelpause einlegen will, ist es endlich so weit. Lena öffnet die Wohnungstür, kommt mit einem vollen Wäschekorb unterm Arm heraus, lehnt die Tür an und geht in den Keller. Seit sie den Schlüssel zum dritten Mal vergessen hat, lässt sie die Tür lieber offen. Hat eben Vorteile, wenn man seine Ex im Auge behält. Vorsichtig drücke ich meine Klinke herunter und schleiche ins Treppenhaus. Den leiser werdenden Schritten nach zu urteilen, dürfte sie fast im Keller angekommen sein. Bleiben mir für meine Mission weniger als fünf Minuten. Jetzt bloß nicht nachdenken und zögern. Schon stehe ich in Lenas aktuellem Zuhause. Kein gutes Gefühl, die Räume zu sehen, in denen sie es mit Frank treibt. Sich die beiden dabei vorzustellen, war bisher schon schlimm genug. In Zukunft dürften meine Albträume noch realistischer wirken.

Zeit, die Haare zu verteilen. Ich gehe direkt ins Schlafzimmer. Das Bett ist noch zerwühlt von letzter Nacht. In der Anstalt, in die sie mich einweisen werden, wenn das hier rauskommt, wird der Psychiater das wohl Konfrontationstherapie nennen. Anscheinend konnte sich Frank inzwischen wieder von der Couch zurück ins Schlafzimmer schleimen. Nicht gut. Umso besser, dass ich hier bin. Vorsichtig drapiere ich einige Haare unter der Bettwäsche. Als Nächstes sind seine Klamotten dran. Schranktür auf – und schon habe ich einen Karton im Gesicht. Scheppernd knallt er auf den Boden. Schockstarre! Meine Adrenalinpumpe läuft auf Hochtouren. Kommt Lena die Treppe hochgestürmt? Einundzwanzig, zweiundzwanzig, dreiundzwanzig – nein.

Vor mir liegen zweieinhalb Jahre Vergangenheit: alte Fotos von Lena und mir; Geschenke; noch mehr Fotos; Fotos von Lena, die Frank besser nicht sehen sollte; Fotos von mir, die besser gar keiner sehen sollte und deswegen auch gleich eingesteckt werden; ein herausgerissener Zeitungsausschnitt mit meiner ersten ganzseitigen Werbeanzeige; der alte Fünfeuroschein, auf den ich damals *I love you* geschrieben habe, um damit meine Wettschulden bei ihr zu begleichen. Und dann auch noch: die kleine Glasflasche mit fein rieselndem Strandsand, die ich ihr vor Jahren geschenkt habe. Unter ihrem Bügelverschluss klemmt noch die zerknitterte Kinokarte. 27. September 2009. »Love Happens«. Wie passend. Es war der mit Abstand schönste Tag unserer Beziehung. Obwohl sie erst abends begann. Vielleicht gerade deshalb. Während meiner letzten zwei Semester waren wir uns immer näher gekommen. Mit heimlich geschriebenen Zettelchen in den Vorlesungen, gemeinsamen Kaffeepausen von mehreren Stunden, vier- bis fünfhundert SMS pro Monat – damals noch ohne Flatrate, aber in irgendwas musste man seinen Bafög-Höchstsatz ja investieren – und Berührungen, die schon lange aufgehört hatten, zufällig zu sein. Lena und ich waren nach der Uni spontan an die Kieler Förde gefahren. Der letzte warme Tag des Jahres. Wir setzten uns an den Strand, redeten, lachten, kabbelten herum, bewarfen uns mit Sand und fanden nicht den Mut, uns endlich zu küssen. Noch nicht. Nachdem jeder bei sich zu Hause den Sand abgeduscht und den Sonnenbrand gekühlt hatte, trafen wir uns abends im Kino. Schon ab dem Vorspann konnten wir nicht mehr die Finger voneinander lassen. Ohne uns zu küssen, streichelten wir uns wund. Fuhren uns durch die Haare, berührten mit den Fingerspitzen die Handflächen des anderen und schmiegten Wange an Wange. Als der Film zu Ende war, hatten unsere Lippen noch immer nicht zueinandergefunden, um es mal mit Rosamunde Pilcher zu sagen. Draußen standen wir noch eine Weile rauchend unter dem Vordach des Kinos.

»Schau mal, es schneit!«, rief Lena auf einmal ganz verzückt und legte ihren Kopf an meine Schulter.

»Das ist kein Schnee, das ist Hagel«, bemerkte ich meteorologisch völlig korrekt.

Ich gebe zu, der Romantik-Faktor von prasselndem Hagel liegt deutlich unter dem von Schnee, der wie Watte vom Himmel fällt. Allerdings muss man mir zugutehalten, dass ich meinen Fehler recht schnell erkannte. Denn noch bevor Lena zu einem Vortrag über Männer und Romantik ansetzen konnte, zog ich sie an mich und küsste sie. Ihre Lippen waren weich wie Kissen. Als wir bereit waren, kurz Luft zu holen, war um uns herum alles schneeweiß. Oder hagelweiß.

Seitdem waren wir zusammen. Und seitdem ging es mit uns bergab. Manchmal langsam, manchmal in Sturzfahrt. Manchmal ging es kurz wieder hinauf, um dann im freien Fall und mit hartem Aufschlag zu enden.

Behutsam klemme ich die Kinokarte wieder unter den Bügelverschluss und schließe die Flasche. Denn allmählich ist Beeilung angesagt! Schnell sammle ich alles wieder ein, lege es zurück in den Karton und stelle ihn an die alte Stelle zurück. Endlich kann ich mich der Verschönerung von Franks Klamotten widmen. Genüsslich drapiere ich die Haare auf Pullis mit Karomustern und bunten Sakkos. Plötzlich fällt die Wohnungstür ins Schloss. Sind die paar Minuten schon um? Wieder Schockstarre. Langsam bekomme ich einen steifen Hals. Aber auch sonst rührt sich nichts.

Außer meinem Herzklopfen höre ich nur ganz dumpf Lena im Treppenhaus fluchen. Anscheinend hat ihr ein Windstoß die Tür vor der Nase zugeknallt. Was daran liegen könnte, dass ich die Schlafzimmertür aufgemacht habe und dort die Fenster zum Lüften geöffnet sind. Zeit zu verschwinden. Blöd nur, dass ich mich im dritten Stock befinde und Lena vor der Tür steht. Hat die ihren Schlüssel schon wieder vergessen? Das würde mir wenigstens etwas Luft verschaffen. Denkste. Schlüssel im Schloss. Klack, klack. Panik! Wohin? Sie wird garantiert gleich ins Schlafzimmer kommen und das Bett machen. Ich für meinen Teil mache mir gleich in die Hose. Hätte ich die Pinkelpause doch früher eingelegt.

Wohin also? In den Schrank? Der Exfreund im Schrank des Liebhabers seiner Exfreundin – wie schräg ist das denn? Hilft nix, rein da. Ich zwänge mich zwischen Franks Holzfällerhemden und Lenas Unterwäsche. Warum die ausgerechnet hier liegt, müsste mir auch mal einer erklären. Und seit wann trägt sie bitte schön Strapse? Für mich waren Tage mit Tangas schon Festtage.

Durch die Schranktür höre ich, wie Lena ins Schlafzimmer kommt und den Wäschekorb auf den Boden stellt.

Ich hab die Schlafzimmertür aufgelassen! Egal, könnte genauso gut der Wind gewesen sein. Sie schüttelt das Bett auf und summt dabei unser Lied. Unser Lied! »Do That to Me One More Time« von – keine Ahnung von wem. Sie schüttelt das Bettzeug mit den Spermaflecken ihres Neuen auf – an denen kleben die Haare wenigstens ziemlich gut – und summt das Lied aus ihrer alten Beziehung. Das muss doch auch was bedeuten. Die viel aktuellere Frage ist allerdings, was es bedeuten würde, wenn sie ihren Ex mit einem Büschel blonder Frauenhaare in der Hand zwischen ihrer Unterwäsche findet? Damit wäre ein Liebes-Comeback von Lena und mir wohl noch unwahrscheinlicher als eine Wiedervereinigung von ABBA. Auf jeden Fall wäre es mein Waterloo.

Sie hat aufgehört zu summen. Nur noch leises Atmen. Steht sie vorm Schrank und wagt es nicht, ihn zu öffnen? Oder schlimmer: Wagt sie es doch?

»Wieso ist das so lang? Und blond!«, höre ich sie murmeln. Sehr gut, sie steht nicht vorm Schrank, sondern quasi schon vor Franks Grab. Ruhe in Unfrieden, mein Feind! Schnellen Schrittes geht sie in den Flur und schlägt die Wohnungstür hinter sich zu. Ich schätze, in nicht allzu langer Zeit steht in einem grauen Postamt ein blasser Beamter und ruft: »Frank? Deine Freundin möchte dich sprechen. Scheint dringend zu sein.«

Ich muss hier raus. Mit schon gefährlichem Bluthochdruck öffne ich vorsichtig die Schranktür. Die Luft scheint rein zu sein – soweit das in einem Schlafzimmer möglich ist, in dem noch vor Kurzem zwei Leute kopuliert haben. Und das erst seit ein paar Minuten gelüftet wird.

Auch durch den Spion der Wohnungstür ist weit und breit keine Lena zu sehen. Ich warte noch einen Moment und lausche, höre aber nichts. Wenige Sekunden später liege ich zitternd in meinem Flur. Ich brauch jetzt dringend ’ne Zigarette auf Lunge und ’nen Schnaps für die Leber.

Als Frank spät abends nach Hause kommt, knallt's. Er brüllt, er winselt, er fleht – hilft alles nix. Mit einer Tasche in der Hand und Tränen in den Augen verlässt er die Wohnung. Wenn ich es richtig verstanden habe, was der Fall sein dürfte, schließlich stand ich mit einem Glas am Ohr an der Wand, zieht er für ein paar Tage zu einem Freund. Auch Lena weint. Das kann ich mir allerdings nicht mehr mit anhören. Wieso fühle ich mich in diesem Moment des Triumphs wie ein Verlierer? Oder noch schlimmer: wie ein Gewinner, der gedopt hat und weiß, dass er die Goldmedaille nicht verdient. Klar, ich war auf dem Kriegspfad, da ist mit Kollateralschäden zu rechnen. Opfer gehören dazu. Und wer zielt, muss damit rechnen, dass er trifft. Mit Diplomatie hätte ich nie etwas erreicht. Aber war es das wirklich wert?

Mitten in der Nacht zieht ein Gewitter apokalyptischen Ausmaßes über die Stadt. Klischeewetter – passend zum Drama des letzten Abends. Als Lena und ich noch zusammen waren, haben wir, während es gewitterte, immer Eis gegessen. Sie hat nicht direkt Angst vorm Donner, aber in ihr Elternhaus hat vor Jahren der Blitz eingeschlagen, als niemand da war. Es ist zwar nicht abgebrannt, aber sämtliche Elektrogeräte waren hinüber. Seitdem hat sie Gewitter nicht so gern. Und Zucker hilft ja immer. Nervös drücke ich auf ihr Klingelschild.

»Du? Um diese Uhrzeit?« Lena steht im Nachthemd vor mir und schaut mich fragend an. Wenn man es genau betrachtet, und das tue ich gerade, ist es mehr ein T-Shirt, das kaum über den Po reicht und mir kurzzeitig den Atem raubt.

»Ja, ich dachte mir, weil es doch gewittert und Frank anscheinend nicht hier ist und du vielleicht kein Eis da hast, komm ich mal vorbei. Ich hatte noch was im Eisfach. Schwarzwälder Kirsch. Zwei Löffel hätte ich zufällig auch dabei.« Bei allem, was mir heilig ist: Das hier hatte ich nicht geplant. Ich wollte die beiden auseinanderbringen und dafür sorgen, dass sie mich wieder will. Aber nie wollte ich riskieren, dass ich sie wieder will.

Ungläubig sieht sie mich an. Ich sehe nur ihr knapp bemessenes Outfit und weiß nun gar nicht mehr, was hier moralisch noch in Ordnung ist und was nicht. Wenn man schon einmal eine Ethikkommission braucht, ist nie eine da. Ja, ich habe eine Intrige gesponnen und die beiden, zumindest kurzfristig, auseinandergebracht. Aber schließlich haben Frank und Lena mit den Intrigen angefangen.

Lena tritt zur Seite und bittet mich rein. Wir gehen ins Wohnzimmer und setzen uns vor die Couch auf den flauschigen Teppich. Das haben wir bei Gewitter immer so gemacht. Jetzt noch ein Kaminfeuer, und das hier wäre eine romantische Komödie. Allerdings würde Hollywood mit der Kamera ins flackernde Feuer fahren, sobald eine Szene droht, die die Jugend in ihrer Entwicklung stark gefährden könnte. Ich aber halte weiter drauf.

»Find ich wirklich lieb von dir«, murmelt sie mit dem ersten Löffel Eis im Mund. »Hätte ich, ehrlich gesagt, nicht erwartet. Nach so langer Zeit und allem, was passiert ist.«

»Tja, ich auch nicht.« Wir schmunzeln und essen schweigend unser Eis. Mein Blick wandert ihre Beine entlang.

»Kennst du doch alles«, neckt sie mich.

»Ja, schon, hab ich aber lange nicht mehr gesehen.«

Es fehlt nicht mehr viel, und ich werde rückfällig. Vielleicht kann ich nicht so oft wie Frank, aber dafür leck ich besser als Lassie. Für das Funktionieren einer Beziehung meiner Meinung nach wichtiger als das Zuhören. Ich will auf der Stelle zwischen ihren Beinen versinken und ihr das Hirn rauslecken. Im übertragenen Sinne natürlich, nicht wie Hannibal Lector. Höchste Zeit also, sich zu verziehen. Das Gewitter ist bereits weg. Bloß raus hier.

»Ich glaub, ich geh dann mal besser.«

Lena nickt. Als ich schon an der rettenden Tür bin, fragt sie:

»Hast du eigentlich meinen Brief gelesen?«

»Deinen Brief?« Sich doof zu stellen bringt immer Zeit.

»Na, den, den ich dir damals vor die Tür gelegt habe.«

»Ach, du meinst den, den du unter meiner Tür hindurchgeschoben hast, kurz nachdem du ein Bett weiter gezogen bist? Nee, weiß gar nicht, wo der abgeblieben ist. Mir war damals nicht unbedingt nach weiteren Vorwürfen oder halb garen Rechtfertigungen.«

»Du weißt doch gar nicht, was drinstand!«

»Stimmt, aber ich kann's mir denken. Will es aber nicht. Ist ja jetzt auch egal. Ist schon spät. Muss morgen früh raus. Nacht.«

Die Stimmung zwischen uns ist genauso schnell wieder abgekühlt wie die Luft nach dem Gewitter. Zum Glück.

Wenn's mal wieder etwas länger dauert

Manche Tage fangen schon beschissen an – Montage immer. Lenas Beine gehen mir immer noch nicht aus dem Kopf. Wenigstens sorgt das Telefonat mit meinem CD für Ablenkung.

»Timo, bist du bereit für die große weite Welt des Showbiz?«

»Hä?«

»Das heißt nicht ›hä?‹, sondern ›was?‹!«

Ausgerechnet der fühlt sich berufen, die guten Manieren zu verteidigen. »Morgen geht's zum Dreh von deinem Spot für Dr. Scheiler. Das wird ganz großes Kino! Und weil ich so ein netter Mensch bin, darfst du mit, Junior.«

Mein »Echt? Wie geil!« klingt zwar mehr nach »Hatte ich auch nicht anders erwartet!«, aber darauf geht er zum Glück nicht ein. Morgen geht's also los, und ich treffe Florentine wieder. Auch eine willkommene Ablenkung. Meinen verbalen Ausrutscher beim letzten Treffen hat sie bestimmt längst vergessen. Ich zumindest habe ihn verdrängt.

Keine zwei Minuten später klingelt mein Telefon erneut. Genervt hebe ich ab:

»Ja?«

»Oh, störe ich?« Aaaarrrgh, Viviane!

»Wie? Nee, du störst nie.«

Sie lacht. »Gut zu wissen. Ich wollte fragen, ob du vielleicht Lust hast, heute mit mir Mittag zu machen? Wir könnten ja in die Stadt fahren, uns da was zu essen holen und das schöne Wetter genießen.«

»Klar!«, rufe ich so laut in den Hörer, dass Jule erschrocken hinter ihrem Monitor hervorguckt.

»Um halb eins?«

»Klingt gut.«

»Okay. Ich freu mich. Bis dann.«

»Tschüss.«

Durchatmen. Was war das denn? Noch ein Date? Manchmal läuft's aber auch.

»Was war das denn?«, fragt leider auch Jule.

»Das? Nicht weiter wichtig. Privat.«

»Soso.«

Die Stunden bis zur Mittagspause ziehen sich wie drei Tage altes Kaugummi. Jede Minute wird zur Qual. An Arbeit ist gar nicht zu denken. Nur an Viviane. Fünf vor halb eins machen wir uns auf den Weg in die Stadt. Mit leckeren Nudeln to go vom Italiener an der Ecke setzen wir uns auf eine der Stufen am Jungfernstieg. Das Gute hier ist: Es gibt immer was zu gucken. Nimmt uns etwas den Druck, ständig neuen Gesprächsstoff zu suchen. Einfach gucken reicht zwischendurch vollkommen aus. So hat man bereits nach kurzer Zeit auch wieder was, worüber man gemeinsam lästern kann.

»Siehste die Touris da vorne?«, frage ich Viviane. »Ist mir unbegreiflich, wie man freiwillig diese Funktionskleidung tragen kann.«

»Mir auch. Die einzige Funktion von den Dingern ist doch, besonders bescheuert auszusehen«, stimmt sie mir knochentrocken zu.

Gott, ich liebe diese Frau! Ganz im Gegensatz zu den aus allen Nähten platzenden Rucksäcken unserer Funktions-Touris mit zwanzig Stau- und Geheimfächern. Man weiß ja nie, wie lange man in einer unwirtlichen Stadt wie Hamburg ohne Verpflegung und Unterschlupf auskommen muss. Selbst die Touris, die versuchen, sich zu tarnen, sind leicht zu erkennen. Denn niemand käme bei klarem Verstand auf die Idee, Tauben, diese alles vollscheißenden Flugratten, zu füttern. Aber sobald die Viecher nicht die eigenen Fußwege zukleistern, mutieren die meisten Menschen zu wahren Tierfreunden – ich hingegen werde in solchen Momenten zum Tierfeind! Alles, was kriecht, kratzt, stinkt, pickt, bellt, beißt und haart, kann von mir aus in die Pfanne. Hauptsache, weg von der Straße.

Irgendwann versuchen wir, das Modedesaster mit Tatze auf der Brust um uns herum zu ignorieren und uns auf das Wesentliche zu fokussieren: den strahlenden Sonnenschein, die glänzend weißen Torbögen der Alsterarkaden und meine schmackhafte Pasta Bolognese.

Doch schon auf dem Rückweg schiebe ich wieder Panik – vor Sprüchen, die sie nicht zum Lachen bringen, und Sprüchen, die mir vor lauter Panik gar nicht erst einfallen. Schweigepausen sind die Höchststrafe. Folter. Und steigern nur die Angst davor, dass einem nichts einfällt. Was dann natürlich dazu führt, dass einem tatsächlich nichts einfällt.

Zum Glück ist auch in der U-Bahn für Ablenkung und Unterhaltung gesorgt. Neben uns sitzt eine junge Dame, die man wohl zur Zielgruppe der Scripted-Reality-Doku-Soaps von RTL und RTL2 rechnen muss. Gesprächsthema ihres Telefonats, an dem sie den ganzen Wagen teilhaben lässt (schließlich hält man sich das Handy heute nicht mehr ans Ohr, sondern drückt auf die Lautsprecherfunktion und quakt hinein wie Captain Kirk in seinen Communicator): die neue Grundschule für ihren kleinen Kevin. Er heißt tatsächlich Kevin. Manche Klischees stimmen einfach. Ungefährer Wortlaut ihrer leiernden bis quietschenden Stimme:

»Ja, ey, nee, nich' auf so 'ne Walldorfschul, bisse bekloppt, oda was? Nee, de' Kevin kommt auf die gleich umme Ecke. Die is' voll gut und so. War mein Mann auch. Der pennt bestimmt noch, wenn ich gleich nach Hause komm, ey. Faule Sau. Ja genau, oder der guckt schon Fernsehen. Scheiße, ey, schon über ein Uhr? Da verpass ich ja jetzt 'n Anfang von meine Lieblingsserie. Na, diese mit dem Dings! Was? Ich bin inner U-Bahn! Der U-Bahn! Is' echt voll laut hier! Na, ich komm von der Quali. Hat mir die Tusse vom Arbeitsamt doch aufgedrückt gehabt. Ja genau, voll frustriert, die Alte. Hat halt nich' so 'n heißen Typen zu Hause wie ich. Haha, genau, muss ma' gleich gucken. Solange der Lütte noch bei seiner Oma ist. Du, keine Ahnung, was die da von mir wollen, is' so was mit EDV und Bewerbungstraining und so. Ja, du, ich muss hier aussteigen. Aber wir sehn uns ja heut Abend auf Jacqueline ihre Party, ne? Tschüss, Süße.«

Die Vertreterin des Prekariats lässt uns übrige Fahrgäste mit Kopfschmerzen und Grinsen zurück. Ein willkommener Grund für Viviane und mich, uns anzulächeln. Ich hab da ja ein gutes Gefühl bei der Sache mit der Grundschule. Aus dem kleinen Kevin wird bestimmt ein ganz Großer. Unser Bildungssystem macht das schon!

Kaum vierundzwanzig Stunden später blicke ich am Set statt in die tiefblauen Augen von Viviane in die weit aufgerissenen unserer Produktionsassistentin.

»Wie, der hat keine Zeit?«, ruft sie in ihr Handy. Nach und nach erscheinen immer mehr rote Flecken in ihrem Gesicht. Betont lässig dreht sich mein CD zu ihr um.

»Was ist denn los? Wer hat keine Zeit? Also *ich* hätte immer Zeit für dich.«

»Was?« Ihr Kopf mutiert zur Sonne kurz vor der Supernova. »Der Hauptdarsteller! Unser Hauptdarsteller hat plötzlich keine Zeit!«

»Wie, der hat keine Zeit?«, platzt es jetzt auch aus mir heraus. »Der war doch gebucht, oder nicht?«

»Ja, klar war der gebucht! Aber jetzt dreht er einen Spot für Feuchtigkeitscreme. Er meint, das passt besser zu seinem Image.«

»Seinem Image? Eine Fußpilzsalbe passt zum Image von niemandem – aber das weiß man auch vorher!«, ereifert sich mein CD.

Einen Moment lang stehen wir hilflos im Halbkreis. Für eine Alternative aus unseren Casting-Vorschlägen konnte sich Dr. Scheiler nicht entscheiden. Nachnominieren können wir also niemanden. Unsere Blicke wandern von einem zum anderen, in der Hoffnung, dass irgendwer sagt: Kein Ding, Leute, ich hab's! Passiert aber nicht. Zumindest nicht, bis der Blick meines CDs an mir hängen bleibt. Was bisher noch nie gut für mich ausgegangen ist.

»Sag mal, Timo, warst du nicht in der Theater AG?«

Mein Herz rutscht mir durch die Hose direkt in die Socke. »Was?«

»Theater AG. Schule. Geschauspielert. Du. Auf der Bühne«, betont er, als ob ich auf dem geistigen Niveau eines Soap-Darstellers wäre.

»Das ist über zehn Jahre her! Oder noch länger. Und außerdem war das Schultheater. Wir reden hier von einem Fernsehspot!« Langsam dreht er völlig durch – und ich gleich mit.

»Alles halb so wild. Das ist ein Low-Budget-Spot für Salbe gegen Fußpilz und nicht Hollywood oder Fassbinder. Außerdem hat Dr. Scheiler gesagt, dass wir eigentlich genau so jemanden wie dich für den Spot brauchen: einen totalen Normalo.«

»Danke. Aber das hat er ja nur so dahingesagt. Wir können doch jetzt nicht einfach ...«

»Natürlich können wir. Oder, Herr Dr. Scheiler?«, ruft mein CD über das Set, als Dr. Scheiler gerade durch die Studiotür hereinkommt. Dass Kunden auch immer beim Dreh dabei sein wollen.

»Wie bitte?« Dr. Scheiler hechtet zu uns herüber.

»Unser Hauptdarsteller hat kurzfristig abgesagt. Grippe. Leider. Jetzt hat unser Timo hier angeboten, den Part zu übernehmen, wenn Sie damit einverstanden sind. Immerhin könnten wir damit den Zeitplan einhalten. Die Media hat die Schaltungen ja schon gebucht. Und Sie meinten doch, dass Sie im Grunde vom Typ her jemanden wie Timo suchen, oder nicht?«

»Da haben Sie recht! Das finde ich aber wirklich nett von Ihnen, Herr Feuer, dass Sie uns aus der Patsche helfen.«

»Also eigentlich …«, versuche ich das Schlimmste zu verhindern.

»Wen hast du denn früher gespielt? Hamlet? König Lear?«, unterbricht mein CD meinen Abwehrversuch.

»Die nicht gerade.«

»Egal.« Er nimmt mich ein Stück zur Seite und flüstert: »Irgend so ein pseudointellektueller Deutschlehrerscheiß wird schon dabei gewesen sein. Und das war ja wohl anspruchsvoller, als hier mal eben zu sagen: Komm her, Baby, ich nehm dich durch, und zwar in Socken.«

Die Produktionsassistentin scheint sich, nachdem ihr Teint wieder weniger violett geworden ist, an den Vorschlag zu gewöhnen.

»Warum eigentlich nicht?! Vom Typ her seid ihr euch gar nicht unähnlich. Und so kurzfristig kriegen wir auch keinen professionellen Ersatz.«

Tausend Dinge schießen mir durch den Kopf. Ich soll mit der schärfsten, wenn auch dümmsten Soap-Darstellerin rummachen? Vor allen Leuten? In Boxershorts? Das ist schlimmer als bei der Musterung, wo die hübsche blonde Arzthelferin danebenstand, während man seinen Rest Würde raushusten musste.

»Forget it!«, zische ich meinen CD an.

»Eintausend Euro extra, Timo! Bar auf die Kralle.« Er

reicht mir die Hand und wartet darauf, dass ich einschlage.

»Noch nicht mal für zwei.«

»Dann für drei. Dreitausend Euro. Das verdienst du bei uns doch nicht mal in einem Monat und hier in einer Stunde. Ich weiß das, ich drück schließlich dein Gehalt. Und dafür darfst du dich auch noch an die Alte ranmachen, also bitte! Findest du nicht, dass du auf sehr hohem Niveau jammerst?«

Mir bleibt fast die Luft weg.

»Und was, wenn ich es auch beim fünfzigsten Take nicht hinkriege? Dann bin ich hier für alle der Depp und nicht mehr dieser andere Soap-Assi, der uns sitzen lässt.«

»Du musst ganze dreieinhalb Wörter sagen, die du auch noch selber geschrieben hast, und dabei ein bisschen an der Tussi rumfummeln. Das kriegst du ja wohl hin. Und ganz nebenbei wirst du damit noch berühmt – dann klappt's vielleicht auch wieder mit den richtigen Mädels.«

»Ich weiß nicht.«

»Super! Leute«, ruft mein CD in die Runde, »alle mal herhören: Wir haben einen neuen Hauptdarsteller: unseren Timo hier. Applaus für Timo!«

Herr Dr. Scheiler schüttelt mir freudestrahlend die Hand: »Donnerwetter! Das nenne ich Einsatz! Mehr kann man sich als Kunde von seiner Agentur kaum wünschen. Wirklich ganz toll!«

Toll fühle ich mich überhaupt nicht. Das wird mir ewig nachhängen. Ich höre schon jetzt die Sonderschüler, die mir auf der Straße hinterherbrüllen: »Ey, Digga, bisse nich' der Typ, der beim Bumsen die Socken anlässt? Der mit Fußpilz?«

Und wenn ich mich danach jemals wieder trauen sollte, eine Frau anzusprechen, kommt bestimmt: »Nee, also echt, mit 'nem Typen, der die Socken anbehält? Verteil deinen Fußpilz lieber bei 'ner anderen im Bett.«

Super. Leben versaut für drei Mille.

»Wollen wir, Timo?«, fragt mich die Produktionstippse. Nee, wir wollen nicht! Zumindest ich nicht! Aber stattdessen höre ich mich sagen: »Klar.«

In der Maske erwartet mich zu meiner Überraschung kein schwuler Kosmetiker. Es sei denn, die laufen jetzt mit Megadeath-Aufnähern auf der Jeansjacke rum. Seit dem Spot für diese Bausparkasse, in dem Rocker, die weicher sind als mein nicht vorhandener Bizeps, in ihrem fein getrimmten Vorgarten hocken, ist schließlich alles möglich. Er ist zwar kein Gorilla, aber seinem Outfit nach zu urteilen – lange schwarze Haare, Portemonnaie an silberner Kette in der Gesäßtasche seiner Jeans, Cowboy Boots –, macht es ihm nichts aus, bei regelmäßigen Festivalbesuchen für ein paar Tage auf allzu intensive Körperpflege zu verzichten.

»Moin, ich dachte, heute kommt dieser Soap-Affe zum Dreh?«, grunzt er uns an. Nein, der ist wirklich nicht schwul. Sonst hätte er enttäuschter geklungen.

»Der hat leider abgesagt«, informiert ihn Tanja, die Produktionsassistentin. »Das hier ist Timo, unser neuer Hauptdarsteller. Kannst du ihn ein bisschen Richtung Soap stylen? Eine gewisse Ähnlichkeit haben die beiden ja.«

»Ich soll aus ihm diesen Schönling machen? Wie viel Zeit hab ich denn?« Na, schönen Dank auch, du Reihenhaus-Rocker.

»Du machst das schon, Claude.«

Claude? Kann man diesen Namen überhaupt unschwul aussprechen? Das klingt doch automatisch nasal. Skeptisch setze ich mich auf seinen Stuhl.

»Aber bitte nicht zu viel von dieser Quaste ins Gesicht. Und meine Haare bleiben, wie sie sind.«

»Junge, hier entscheidet der Mann mit dem Pinsel. Und der bin ich.« Klasse. Er greift zum ersten von unzähligen Puderdöschen und macht sich ans Werk. Dem Seufzen nach muss es wohl sein Meisterwerk werden.

»Wie wird man denn Maskenbildner?«, versuche ich die Stimmung etwas aufzulockern.

»Wieso?«

»Na ja, das ist doch eher ein ungewöhnlicher Beruf für …«

»Für wen?« Ich blicke direkt in die Mündung einer schussbereiten Haarsprayflasche.

»Also … für einen, der jetzt eher Leder- als Latexoutfits bevorzugt.«

»Latexoutfits? Hältst du mich für schwul, oder was? Sehe ich vielleicht so aus?«

»Ja, nee, eben nicht! Ich dachte mir nur, bei dem Job das Outfit – ich meine, wissen deine Jungs vom Rockerklub, womit du dein Benzingeld verdienst?«

»Nein, wissen sie nicht!«

»Du, also von mir erfährt das keiner!«

»Wär auch besser für dich.«

Nachdem er mir schon keinen Honig um den Bart geschmiert hat, holt er das nun mit extra viel Quaste nach. Was er mit meinen Haaren veranstaltet, verdient keine Beschreibung.

»So, jetzt zieh bitte deine Hose aus!«

»Was?« Also doch, ich hab's gewusst! Maskenbildner, die nicht schwul sind, gibt's genauso wenig wie Fußballerinnen, die nicht lesbisch sind.

»Mann, glaubst du, ich will dir an deinen schlaffen Hintern? Ich muss noch deine Beine pudern, damit die gleich im Scheinwerferlicht nicht anfangen zu glänzen, wenn dich die Nummer ins Schwitzen bringt.«

»Ach so. Könnte ich das vielleicht selber machen?«

»Mein Gott, bist du homophob! Mach dich locker, Junge. Wenn das nicht ordentlich gemacht wird, fällt's auf mich zurück. Und das wird nicht passieren, capiche? Also, runter mit der Hose und stillhalten.«

Während ich in den zweifelhaften Genuss komme, am ganzen Körper von zarten Rockerhänden eingepudert zu werden, geht die Tür auf. Natürlich, meine Drehpartnerin kommt herein und schaut etwas irritiert auf die Szenerie. Dabei steht ihr dasselbe bevor. Fräulein Lecque rümpft kurz ihr operiertes Näschen und stöckelt grußlos zur Couch. Der Anblick ihrer langen Beine und das Gefühl des Puderpinsels an meinen Beinen ergeben dabei für mich und meine Boxershorts eine brisante Mischung.

»Okay, ich denke, das reicht«, versuche ich mit Blick auf Claude das Schlimmste zu verhindern.

»War sowieso grade fertig«, erwidert er knapp und wendet sich Florentine zu.

»Na, meine Schöne, was kann ich denn Gutes für dich tun?« Die wird also gefragt, und ich muss alles einfach über mich ergehen lassen.

»Du mit Sicherheit gar nichts«, erwidert sie in bester Zickenmanier. »Ich gehe nie ungeschminkt vor die Tür. Ich bin bereits topgestylt.«

Die Widerlichkeit ihrer inneren Werte verhält sich absolut konträr zur Geilheit ihrer Verpackung. Im Boxershorts-Ernstfall muss ich also nicht an Mathe, sondern nur an ihren unterentwickelten Charakter denken. Claude bleibt nichtsdestotrotz erstaunlich gelassen. Wahrscheinlich ist er es nicht anders gewohnt von Soap-Sternschnuppen, die sich für große Stars halten, aber schneller verglühen als eine Kippe bei Windstärke zehn. Wenn ich mir so einen Spruch geleistet hätte, würde ich mir jetzt die Auspuffrohre seiner Harley von unten angucken.

»Kinder, können wir?« Mein CD steht in der Tür und starrt Florentine in den Ausschnitt. Ich kann damit also nicht gemeint sein. Nicht, dass ich Angst hätte. Aber vielleicht taucht der Soap-Affe noch auf, wenn ich die Sache weit genug hinauszögere. Wie lange kann so ein Dreh für Feuchtigkeitscreme schon dauern? Ich würde ihm beide Gagen gönnen. Florentine erhebt sich mit betont freundlichem Gesichtsausdruck (sie kann also doch schauspielern) und stöckelt an uns vorbei. Während ihr mein CD auf den Hintern glotzt, ruft er: »Timo, kommst du?«

Ich fühle mich wie Jesus – nichts falsch gemacht und trotzdem abgeführt und öffentlich ans Kreuz genagelt. Ich bin erledigt!

Vorhin kam mir das Studio und das ganze Drumherum noch irre aufregend vor. Kameras, hell ausgeleuchtete Kulissen, wichtig guckende Leute mit Headsets und Klemmbrettern in der Hand – jetzt wirkt all das nur noch bedrohlich. Von außen betrachtet, war es wirklich toll. Im Mittelpunkt hingegen komme ich mir vor wie im Auge eines Hurrikans, der mich erfassen wird, sobald die erste Klappe fällt.

Der Regisseur erklärt mir den Ablauf.

»Du machst das zum ersten Mal, schätze ich?!« Ich nicke. »Gut, ich hab schon unter schlimmeren Bedingungen gearbeitet. Wir drehen ja nicht für Cannes, oder?«

Das soll wahrscheinlich ein Aufmunterungsversuch sein.

»Unser Timo macht das schon, nicht wahr?«, höre ich meinen CD von der anderen Seite des Sets brüllen, während er offensichtlich weiter mit Florentine an seiner heutigen Abendgestaltung feilt.

»Gut, Timo, wir machen jetzt die Licht- und Stellproben. Ich sag dir, wo du dich hinstellen sollst, und dann leuchten wir das Ganze richtig aus.«

»Läuft.« Mit gespielter Lässigkeit versuche ich mich bereits auf meine Rolle einzustellen. Früher habe ich immer mit Freunden über diese Soap-Sternchen gelästert, wenn wieder eine aus der Serie geschrieben wurde und nach New York ging, um Method-Acting-Kurse an der Lee-Strasberg-Schule zu belegen. Und jetzt? Nach welcher Methode soll ich hier gleich acten? Während ich die seltsamsten Haltungen für die Lichtproben einnehme, gehe ich die Fetzen durch, die bei der Lektüre von

Bunte & Co über dieses Thema hängen geblieben sind. Wenn ich heulen soll, muss ich einfach an meinen toten Hamster denken – um zu lachen an Fips Asmussen. Nur an wen oder was denke ich bitte schön, wenn ich den harten Macho geben soll?

Noch fünf Minuten, dann geht's los – ist das jetzt eine Gnadenfrist oder Folter? Musste Jesus etwa fünf Minuten warten, bevor sie ihn ans Kreuz genagelt haben?

Mein CD klopft mir auf die Schulter.

»Keine Sorge, das kriegst du hin. Und falls du bei der kleinen Französin 'nen Ständer kriegst, schneiden wir das raus. Na ja, vielleicht. Wäre natürlich ein zusätzlicher Gag. Wir gucken mal, wie's läuft. Oder steht, ne?«, lacht er. Sollte mir das jetzt etwa das nötige Selbstvertrauen geben?

Florentine gesellt sich mit der für Models und Schauspielerinnen obligatorischen Evian-Flasche in der Hand zu uns.

»Ich hoffe, du kannst deinen Text. Ich muss heute Abend nämlich noch auf eine superwichtige Party.« Ja, sie ist wirklich ein Goldstück. Am liebsten möchte man sie einschmelzen.

»Ich tue, was ich kann«, versuche ich sie ohne Rücksicht auf meine Würde zu besänftigen.

»Alles auf Position, bitte!«, höre ich den Regisseur rufen.

»Du weißt, wie ein Filmkuss geht, oder?«, fragt mich Tine. Ich beschließe, sie ab jetzt wenigstens in Gedanken nur noch Tine zu nennen. Klingt angenehm herablassend und nicht so nett wie Florentine.

»Nicht dass du mir gleich mit deiner Zunge das Zäpfchen massierst.«

»Hatte ich nicht vor.«

»Na, dann ist ja gut. Wärst nämlich nicht der Erste, der so eine Situation ausnutzt.«

»Ach was.«

»Und nicht mehr grabbeln als nötig. Laut Drehbuch musst du mir nicht unbedingt den Hintern kneten.«

»Der ist bestimmt so fest, dass man ihn gar nicht kneten kann, oder?«, versuche ich es zu meiner eigenen Verblüffung mit einem Kompliment. Müssen die Hormone sein. Sie lächelt tatsächlich. Vielleicht wird es doch noch was mit uns.

Der Regisseur hat sich bereits hinter der Kamera postiert. »So, Kinners, wie sieht's aus? Können wir? Dann alle auf Anfang. Uuund bitte!«

Unbeholfen packe ich Tine an ihren tatsächlich festen Hintern und presse ihr meine Lippen wie beim Erste-Hilfe-Kurs auf den Mund. Von außen betrachtet, muss es wirken wie eine klassische Mund-zu-Mund-Beatmung, die ihr allerdings komplett den Atem raubt. Wahrscheinlich sieht es so aus, als wollte ich sie nicht flach-, sondern umlegen. Nach Luft japsend stößt sie mich weg.

»Tickst du noch ganz richtig? Willst du mich ersticken?« Für meinen Geschmack etwas zu theatralisch ringt sie mit einer Hand am Kehlkopf nach Luft. »Und was hab ich dir über meinen Arsch gesagt? Nicht grabschen, klar?!«

»Florentine«, schaltet sich unser Regisseur ein, »komm wieder runter. Und, Timo: Du bist kein Rettungsschwimmer! Also nicht bloß die Lippen draufpressen und festhalten, sondern ein bisschen rumspielen und so, alles klar?«

»Klar.« Mein Gott, ist ihr Hintern fest! Hab wohl kurz die Kontrolle verloren.

»Gut, dann bitte alles auf Anfang uuund …«

»Ich brauch 'ne Pause«, quiekt Tine und schleppt sich aus der Kulisse.

»Pause?« Unser Regisseur blickt ungläubig in die Runde. »Wir haben doch erst vor zwei Minuten angefangen!«

»Ich muss mich von dem Schock erholen«, jammert sie.

»Willst du mich auf den Arm nehmen? Weißt du, was die Nummer hier pro Minute kostet? Also verhalt dich wie ein Profi! Uuund bitte.«

Statt ihre Grabbel-Tabuzone zurück in die Kulissen zu schieben, fängt sie an zu flennen. Mit entsprechenden Folgen für ihr viel zu dick aufgetragenes Make-up.

»Fünf Minuten Pause für die Maske«, brummt der Regisseur genervt. »Und für den Rest Raucherpause. Danach wünsche ich mir nur noch Profis am Set.«

Schön, dann kann ich ja gehen. Obwohl Tines Verhalten um einiges amateurhafter ist als meins. Der Bausparkassen-Rocker versucht, auf Tines Gesicht zu retten, was noch zu retten ist.

Take zwei bis fünf werden kurz nach der Klappe wegen irgendwelcher Kleinigkeiten abgebrochen. Mal stehen wir zu weit links, mal zu weit im Schatten, sehen angeblich aus wie zwei Teenager kurz vor der Entjungferung und weniger wie ein leidenschaftliches Pärchen Ende zwanzig, das weiß, was es tut. Schließlich kommt der sechste Take. Gekonnt lasse ich meine Hand über ihre heraufziehende Cellulite tanzen, ohne auch nur in die Nähe ihrer Backen zu kommen. Meine Lippen gleichen mittlerweile einem Florett. Den aufgestauten Hass zwischen Tine und mir, mit dem wir uns gegenseitig von einer Kulissenwand an die andere werfen, könnte man, von außen betrachtet, tatsächlich mit Leidenschaft verwechseln. Als wir am Bett ankommen, sagen wir sogar unseren Text richtig auf. Und dank der dreißig Beleuchter, Assistenten, Kameraleute und anderen um uns herum, kommt es bei mir nicht zum Boxershorts-Ernstfall.

»Danke, das war's!«, ruft der Regisseur erleichtert und rennt sofort raus zur nächsten Raucherpause.

»Timo, geile Nummer! Den Hunderter extra haste dir wirklich verdient«, strahlt mich mein CD an.

»Tausender! Drei, um genau zu sein!«

»Hm?«

»Tausender, nicht Hunderter. Wir hatten dreitausend ausgemacht und dabei bleibt's!« Angesichts der Tatsache, dass ich gerade fast mit einer Frau wie Florentine Lecque geschlafen habe, fühle ich mich momentan sehr männlich. Also der denkbar schlechteste Zeitpunkt, mich um mein Schmerzensgeld zu bringen.

»Äh, ja klar. Tausend. Äh, dreitausend. Mein Fehler«, druckst er überrascht herum und wendet sich lieber Fräulein Lecque zu. »Meine Liebe, super Job. Ich hoffe, wir arbeiten bald wieder zusammen. Darf ich dir bis dahin meine Karte geben? Wenn du Unterstützung bei einem Projekt brauchst oder so, ruf mich an.«

Ihrem »Danke« stellt sie ein unausgesprochenes »Nein« voran und lässt ihn mitsamt seinem Kärtchen stehen.

Ich für meinen Teil will einfach nur noch nach Hause. Leider erwartet mich dort das Gleiche wie am Set, nur als Zuschauer, oder besser: Zuhörer. Nebenan geht es bei Lena und ihrem Frank bestimmt wieder fröhlich zur Sache, jetzt, wo er wieder da ist. Dass in jemandem, der bei der Post arbeitet, so viel Leidenschaft steckt, hätte ich nie gedacht. Genau genommen, hatte ich es nicht gehofft und Lena müden und kurzen Sex an den Hals gewünscht. Aber offensichtlich lässt sie sich gern alle zwei Tage frankieren. Ich beschließe, meine Briefe nicht mehr mit der Post zu verschicken. Ich steige um auf TNT. Ob die auch TNT liefern?

There's no better way to fly

Es ist so weit. Heute treffe ich mich mit Viviane im Kino. Nackt und hilflos stehe ich vor meinem Kleiderschrank. Ich hab nix anzuziehen! Meine aufsteigende Panik versuche ich auf der Toilette loszuwerden. Wieso habe ich mich bloß mit ihr verabredet? Meine Couch lockt mit einem bequemen und sicheren DVD-Abend, der praktisch genauso gut wäre wie Kino. Wahrscheinlich sogar besser, weil meine Couch gleichzeitig in der ersten und hintersten Reihe steht: keine mitleidigen Blicke der anderen, wenn man als der Trottel mit der letzten Karte an allen vorbei in die erste Reihe schleichen muss. Und keinen groß gewachsenen Lockenkopf mit stinkender Popcorntüte vor sich, wenn man ganz hinten einen Platz in der beliebten Fummel-Reihe ergattern konnte. Außerdem wird dieser Abend liebestechnisch nicht unbedingt für klarere Verhältnisse sorgen. Nackt zu sein ist für heute zwar ein denkbares Ziel, aber kein akzeptabler Beginn.

Zu schick geht gar nicht, dann denkt sie, ich will sie beeindrucken. Normale Klamotten gehen auch nicht, dann denkt sie, mir wäre der Abend egal. Dabei ist er mir alles andere als gleichgültig. Ich weiß nicht, an welchem Abend ich mich in den letzten Jahren gleichzeitig so gut und so schlecht gefühlt habe. Das muss das wahre

Leben sein. Wenn es einen Sinn des Lebens geben sollte, dann den, mit so wenig »Hätte, Wäre, Wenns« beerdigt zu werden wie möglich. Also weg mit dem »Hätte ich sie doch bloß nicht um ein Date gebeten« und her mit dem guten Hemd. Dazu dunkelblaue Jeans, Sneakers und schwarze Jacke – passt. Auch wenn mich die Gedanken daran, was heute Abend alles schiefgehen könnte, fertigmachen, hoffe ich, Lena und Frank in die Arme zu laufen. Warum? Weil denen dann sofort klar wäre: Ich führe ein aufregendes Singleleben. Und es ist mir egal, dass sie sich schon wieder versöhnt haben. Wer sich abends schick macht und aus dem Haus geht, ist zu cool für ein Leben auf der Couch. Es sei denn, er legt auf dieser grad seine neueste Eroberung flach. Frank wäre zum ersten Mal nicht in der mächtigen »Ich bearbeite jetzt deine Exfreundin«-Position. Stattdessen hätte ich die gelassene »Die kannst du gern haben, wenn dir eine Frau reicht«-Stellung inne. Und Lena würde sehen, dass auch andere Frauen an mir Interesse haben und sie sich ranhalten muss, wenn sie bei mir noch eine Chance haben will. Gut gelaunt öffne ich mein Beruhigungs-und-locker-mach-Bier, trinke es in einem Zug aus und schlage die Wohnungstür hinter mir zu.

Natürlich treffe ich die beiden nicht im Treppenhaus und auch nicht auf dem Weg zur U-Bahn. War klar. Mein neues Leben zählt ohnehin mehr als mein altes. Und das neue Leben könnte die Überschrift »Viviane« tragen. Nervös blicke ich zur Anzeigetafel. Drei Minuten bis zur nächsten Bahn. Hätte ich doch noch Zeit gehabt, ein drittes Mal auf Klo zu gehen.

Leider bin ich vor Viviane beim Kino. Vielleicht bedeutet das, dass sie noch länger als ich hilflos vorm Schrank stand. Oder, dass sie mich versetzt. Wobei sie dazu eigentlich keinen Grund hat. Außerdem müsste sie mir morgen wieder über den Weg laufen und in die Augen schauen. Einfach nicht mehr melden geht in unserem Fall ja nicht. Auf jeden Fall muss ich gleich bei der Begrüßung daran denken, sie kurz zu drücken, statt ihr unbeholfen und förmlich die feuchte Hand zu geben. So unauffällig wie möglich halte ich nach ihr Ausschau. Logisch – ausgerechnet jetzt muss es anfangen zu regnen. Leider habe ich keinen Schirm dabei. Wirkt einfach uncool. Wobei ich mit klitschnassen Haaren und beschlagener Brille auch nicht besser aussehe. Inzwischen bin ich ein nervliches Wrack.

Plötzlich merke ich, wie mir jemand auf die Schulter tippt. Als ich mich umdrehe, haut es mir beinahe die feuchten (und damit auch fußpilzgefährdeten, aber das nur am Rande) Füße weg. Nasse Haare, verbunden mit einem umwerfenden Lächeln aus funkelnden Augen, scheinen mein Kryptonit zu sein. Ab jetzt bin ich verwundbar.

»Hi.«

»Hi.«

Wir lächeln und umarmen uns etwas zu vorsichtig.

»Muss es ausgerechnet jetzt regnen?«, fragt Viviane und streicht sich durch die Haare. Offensichtlich hat es in ihrem Stadtteil geschüttet.

»Siehst aber trotzdem toll aus«, wage ich den ersten Schritt auf dem Weg zur sicherlich totalen Blamage.

»Schleimer!«, lacht sie. »Also, ich weiß nicht, wie du das siehst, aber ich wäre dafür reinzugehen. Du auch?«

»Geniale Idee.«

»Ich weiß. Angehende Projektmanagerin eben.«

»Merkt man sofort.«

Umwerfend verschmitzt schaut sie mich an: »Wenn du frech wirst, kann ich auch wieder gehen.«

»Bei dem Wetter? Wohl kaum.«

»Na dann, hat mich sehr gefreut, schönen Abend noch.«

»Hiergeblieben! Die Karten sind bezahlt. Jetzt wird geguckt.« Gespielt entschlossen nehme ich ihre Hand und zerre sie ins Kino. Als wir an der Snacktheke vorbeikommen, jammert sie kindlich: »Ich hab aber noch Durst!«

»Gott, was hab ich mir da bloß eingehandelt. Aber mitten im Film aufs Klo gegangen wird nicht!«

»Du hast mir gar nix zu sagen!«

»Was möchtest du denn gern haben?«, frage ich so entnervt wie möglich.

»Eine Cola.«

»Eine Cola. Dieses Mädchengesöff oder eine richtige?«

»Das ist kein Mädchengesöff, das ist light.«

»Das ist unlecker. Aber bitte, alles, was dich glücklich macht.«

»Geht doch!«, lächelt sie.

Wir gehen zu unseren Plätzen in der drittletzten Reihe. Erst als sie sich die Jacke auszieht, bemerke ich ihr Outfit: ein enges, ärmelloses rotes Oberteil, kombiniert mit einer hautengen schwarzen Hose. Das hatte sie auf der Arbeit garantiert noch nie an. Daran würde ich mich definitiv erinnern. An diese schwarzen Stiefel mit Absätzen auch. Auf jeden Fall ist das kein Alltagsoutfit. Kein Wunder, dass ich sie schon viel zu lange anstarre.

»Schicke Schuhe, äh, Stiefel«, versuche ich mich aus der Affäre zu ziehen und in eine mögliche Beziehung hinüberzuretten.

»Danke. Ich hätte jetzt eher mit einem Kommentar zu meiner Hose gerechnet. Sitzt sie denn gut am Po?«

»Wie?«

»Am Po. Wenn du mir nach einem Blick auf meine Stiefel sagen kannst, wie du sie findest, müsstest du doch auch wissen, wie meine neue Hose sitzt, so lange wie du mir auf den Po geschaut hast.«

»Die ist neu? Extra für heute Abend gekauft?«

»Ich denke, wir sollten diese Unterhaltung beenden. Der Film fängt gleich an«, grinst sie.

Der Film ist mir völlig egal. In meinem Kopfkino läuft das bessere Programm. Mit Viviane und mir in der Hauptrolle. Drehort: Kino. Szene im Skript: Timo versucht, sich Viviane möglichst unauffällig zu nähern. Körperkontakt herzustellen. Der Trick mit dem Gähnen, Strecken und Umarmen war schon bei seiner Erfindung zu offensichtlich. Zufälliges Berühren der Hände bei geteilter Armlehne ist zu teenagermäßig. Direktes Anfassen des Knies geht gar nicht. Wenigstens am selben Strohhalm ihre Cola light zu schlürfen bringt mich auch nicht weiter. Einfach ihre Hand nehmen und nicht mehr loslassen? Maximales Risiko ohne Hintertür. Aneinander gelehnte Oberschenkel sind aber ein Anfang. Ausbaufähig. Nur wie? Meine Abneigung gegenüber Popcorn wird zum Boomerang, denn damit könnte ich sie neckisch bewerfen. Der Rest würde sich in der folgenden Kabbelei quasi von selbst ergeben. Nachdem Stallone den zwölften Typen erledigt hat, gehe ich auch auf Risiko und lehne mein Bein etwas stärker an ihres. Wenn sie sich daraufhin aufrecht hinsetzt und das Bein wegzieht, kann ich mir den Rest sparen. Doch ihr Bein bleibt stehen. Mein Herz schlägt mittlerweile im Takt von Stallones ratterndem AK-47. Der nächste Stunt könnte tödlich sein. Aber nur wer alles auf eine Karte setzt, kriegt am Ende das Mädchen. Da hat Hollywood ausnahmsweise mal recht. Also gezielter Angriff auf ihre Hand. Angesichts meiner warmen, feuchten Hände könnte man sagen, ich nehme ihre in den Schwitzkasten. Aber das zeigt wenigstens, dass es mir nicht egal ist. Dass *sie* mir nicht egal ist. Aus den Augenwinkeln schaue ich vorsichtig zu ihr rüber und sehe, dass sie dasselbe versucht. Von mir aus kann der Film ruhig Überlänge haben.

Hat er aber nicht. »Herr der Ringe« wäre besser gewesen. Verdammte 90-Minuten-Regel. Genauso ätzend wie die 3-Minuten-Regel im Radio. Glauben die »Radiomacher« etwa, dass ihre Hörer auf die Uhr gucken und, wenn der Titel länger als drei Minuten dauert, genervt sagen: »Och nö, schon fast vier Minuten, ich schalt um.« Als ob das was bringen würde. Auf den anderen Sendern läuft ja derselbe Müll rauf und runter. Phil Collins zum Beispiel. Eine Zeit lang lief auf einem Sender jeden Morgen um kurz nach halb elf »Another Day in Paradise«. Jedes Mal, wenn sein Song lief, brüllte bei uns in der Agentur jemand über den Flur: »Ist schon wieder halb elf?« Gab jedes Mal ein großes Hallo.

Jetzt ist es leider erst kurz nach zehn. Viviane und ich sind über das »Hallo« schon weit hinaus. Wir sind praktisch kurz davor, hinter das »Hallo« einen Kosenamen zu hängen. Wir bleiben während des gesamten Abspanns sitzen. Um uns herum stürmen alle sofort Richtung Ausgang, um auch ja als Erste vom Parkplatz oder in die U-Bahn zu kommen. Als ob es nicht völlig egal wäre, ob man nun fünf Minuten früher oder später wieder in der Wohnung hockt. Ich will im Moment sowieso nirgendwo anders hin. Wenn wir aufstehen, muss irgendwas passieren. Jemand wird etwas sagen müssen. Wir werden uns loslassen müssen. Und danach entscheiden, ob es angemessen ist, nach dem Anziehen der Jacken gleich wieder die Hand des anderen zu nehmen. Und dann? Noch was trinken gehen? Das hieße, wir bräuchten noch mehr Gesprächsstoff als auf dem normalen Heimweg. Erste Dates sind nicht der passende Ort für Schweigeminuten.

Als auch der letzte Assistent vom Assistenten des Regieassistenten auf der Leinwand namentlich erwähnt und von uns im leeren Kinosaal mit angemessener Beachtung gewürdigt wurde, lächeln wir uns kurz unsicher an und stehen auf. Gentlemanlike helfe ich ihr in den Mantel. Normalerweise fallen mir diese Höflichkeiten immer erst hinterher ein. Ich halte äußerst selten Türen auf, sage nur »Danke« statt »Gleichfalls«, wenn mir jemand ein schönes Wochenende wünscht, und muss mich jedes Mal daran erinnern, die Dame am Tisch zuerst bestellen zu lassen. Für meine Verhältnisse ist ihr in den Mantel zu helfen also allerhöchstes James-Bond-Niveau. In Wirklichkeit ist es nur eine Verlegenheitsgeste, um nichts sagen zu müssen. Mir fällt absolut nichts ein. Selbst der Film scheidet als Gesprächsthema aus, da ich mich an keine einzige Szene erinnern kann. Das zuzugeben wäre jedoch der Gipfel der Peinlichkeit und in etwa so entlarvend wie ein Kuss. Schweigend verlassen wir den Saal und gehen dicht nebeneinander her zum Ausgang. Der lange Flur, der mit einem dieser typischen dicken Kinoteppiche ausgelegt ist, schluckt zusätzlich jedes Geräusch.

»Und, wie fandst du den Film?«, fragt mich Viviane schließlich, als wir draußen angekommen sind.

»Gut. Und du?«

»Mhm, auch gut.«

Ohne festzulegen, wohin und was wir jetzt überhaupt wollen, gehen wir ein paar Schritte.

»Wollen wir vielleicht noch was trinken gehen?«

»Gern.« Sie nickt und lächelt den Fußboden an.

Den Moment genießend, schlendern wir zur nächstgelegenen Bar. Durch die geöffnete Tür strömt uns eine Wolke aus Alkohol, Frittiertem, Kerzen, Parfüm, Gemurmel und schummrigem Licht entgegen. Wir tauchen hinein und suchen uns einen Platz in der hintersten Ecke. Als sie ihren Mantel auszieht, verrutscht ihr Oberteil ein wenig und gibt ein Stück nackter Schulter frei. Erstaunlich, was für eine Wirkung so ein winziges Stückchen Haut auf einen erwachsenen Mann haben kann. Da sieht man mal, dass Erotik und Nacktheit nicht unbedingt proportional zueinander verlaufen. Schließlich sind FKK-

Strände absolut erotikfreie Zonen. Was auch an den Anhängern der Freikörperkultur und deren Fresskultur liegen könnte.

Nachdem uns die Bedienung gefunden hat und wir einen Mai Thai und ein Bier bestellt haben, kann der gemütliche Teil des Abends beginnen. Blöd nur, dass dafür wieder einer den Anfang machen muss.

»Warst du schon mal hier?«, starte ich ganz unverfänglich.

»Ehrlich gesagt: ja.«

»Wieso ehrlich gesagt? Soweit ich weiß, tun wir hier nichts Illegales.«

»Ja, nee, da hast du recht.«

»Natürlich hab ich recht!«

»Was heißt denn hier natürlich?! Soll das heißen, Männer haben immer recht?«

»Das müsstest du doch allmählich wissen.«

»Allmählich? Soll das heißen, ich bin alt?«

»Na ja, alt würde ich jetzt nicht sagen.«

»Vielleicht reif?«

»Wenn ich sage, du bist reif, kannst du das ja gleich doppelt falsch verstehen.«

»Stimmt. Und wie gedenkst du da wieder rauszukommen?«

»Hm … also, du gehörst natürlich nicht zur Zielgruppe von Oil of Olaz. Noch *lange* nicht! Aber ich finde, du bist eine richtige Frau und kein *unreifes* Girlie, und das finde ich sehr reizvoll.«

»Aha. War das der kläglich gescheiterte Versuch eines Kompliments?«

»Wieso kläglich gescheitert? Das war nahezu brillant!«

»Ha! Du findest, an mir ist so gar nichts Mädchenhaftes mehr?«

»Ich geb's auf. Euch Frauen Komplimente zu machen ist wirklich wie Topfschlagen im Minenfeld.«

»Stimmt, du warst in zwei Minuten dreimal kurz vorm Game Over. Ich glaube, das ist ein neuer Rekord.«

»Immerhin hab ich überlebt.«

»Und was glaubst du, was du davon hast?«

»Werden wir sehen.«

Die Kellnerin serviert unsere Getränke und wirft uns ein wissendes Lächeln zu.

»Auf was wollen wir trinken?«, fragt Viviane mit erhobenem Glas, als die Bedienung wieder gegangen ist.

»Auf alles, was hinter uns liegt, und alles, was noch kommen mag«, antworte ich gespielt pathetisch.

Nachdem wir angestoßen und einen Schluck getrunken haben, geht sie auf meinen Kalender-Trinkspruch ein.

»Was liegt denn hinter dir?«

»Ach, das ist 'ne lange Geschichte.«

»Hab grad nichts anderes vor.«

»Ich hab etwas länger als üblich gebraucht, um über meine letzte Freundin hinwegzukommen. Aber das Thema ist für mich durch, denke ich. Ich schaue jetzt im wahrsten Sinne des Wortes nach vorn«, antworte ich und schaue sie direkt an. Verlegen nippt sie an ihrem Cocktail.

»Und wie sieht's bei dir aus, so männertechnisch?«, will ich wissen.

»Ach, Männer …«, seufzt sie gespielt. »Ihr seid doch alle gleich. Du schaust mir ja auch bloß auf den Hintern.«

»Das stimmt doch gar nicht!«, protestiere ich. »Ich hab dir mindestens genauso lange auf die …«

»Ja? Auf die was?«

»Äh, falsche Präposition, sorry. Meinte natürlich, IN die Augen geschaut.«

»Schon klar.«

Ohne dass wir es bemerken, stellen die Kellner nach viel zu kurzen Stunden die übrigen Stühle auf die Tische, wischen feucht durch, machen die Musik aus und das Licht an – bis schließlich der Chefkellner an unseren Tisch kommt.

»Sorry, Leute, aber ich muss euch leider abkassieren. Wir machen Schluss für heute.«

»Oh, klar. Wie spät ist es denn?«, frage ich verdutzt.

»Halb zwei«, stöhnt er mit Blick auf die Uhr.

»Ups, haben wir gar nicht bemerkt«, sagt Viviane. »Wie viel macht das denn?«

»Du willst die Rechnung übernehmen?«, frage ich sie überrascht.

»Wieso denn nicht? Du hast mich doch immerhin schon zum Kino eingeladen. Oder hast du ein Problem damit, dich von einer Frau aushalten zu lassen?«

»Nee, meistens haben die Frauen eher ein Problem damit, mich lange auszuhalten.«

»Diese Frauen kann ich sehr gut verstehen«, grinst sie. »Und jetzt die Rechnung, bitte!«

»Zu dir oder zu ihm?«, fragt der Kellner etwas verunsichert.

»Zu mir!«, bestimmt Viviane.

»Ach, zu dir? Wir könnten aber auch zu mir«, grinse ich zurück.

»Nix da, wer zahlt, bestimmt«, lacht sie.

Mir wird schwindelig. Die klare Nachtluft draußen tut mir zwar gut, aber der Schwindel bleibt. Kein Wunder, schließlich könnte sie mich jederzeit als unsicheren Dilettanten entlarven. Denn Sprüche zu klopfen ist das eine – BHs mit zittrigen Fingern zu öffnen das andere. Unentschlossen bleiben wir eine Weile vor der dunklen Bar stehen. Möglichkeit eins: Wir gehen zu mir. Möglichkeit zwei: zu ihr. Ich entscheide mich für Möglichkeit drei, auch wenn ich mich dafür wahrscheinlich bis ans Lebensende hassen werde.

»Soll ich dich noch ein Stück nach Hause begleiten?«

Sie nickt und nimmt meine Hand. »Ist das okay für dich?«

Genauso gut könnte mich die Lottofee fragen, ob das mit dem Jackpot für mich in Ordnung geht.

»Klar.«

So langsam wie nur irgend möglich spazieren wir durch die Nacht. Irgendwann kommen wir trotzdem vor ihrem Haus an.

»War ein schöner Abend«, versuche ich die richtigen Worte für einen würdigen Abschluss zu finden.

»Ich fand ihn sogar sehr schön!«, entgegnet sie mit einem umwerfenden Lächeln.

Die enge Umarmung und ihr süßer Abschiedskuss lösen in mir mehr aus als das ganze Rumgefummle mit Franzi-Heidi und Tine zusammen.

Wie ich den Weg zurück nach Hause finden soll, weiß ich nicht. Ich laufe auf Autopilot. Besser gesagt: Ich fliege.

Der Tag geht, die Ex kommt

Bevor ich nach oben in meine Wohnung gehe, checke ich noch eben schnell den Briefkasten. Eigentlich erwarte ich keine Post, zumindest nichts Dringendes. Aber sobald ich einen einzigen kurzen Gedanken daran verschwende, ob nicht vielleicht etwas drin sein könnte, male ich mir die absurdesten Dinge aus, wenn ich nicht nachschaue. Mahnungen, Bußgeldbescheide, Kündigungen, Vorladungen – spätestens nach einer Stunde sehe ich mich so gut wie im Gefängnis und laufe doch runter, um nachzuschauen. Also mache ich es lieber gleich. Lenas Brief ist der einzige, den ich nicht sofort aufgerissen habe.

»Hallo, Timo.«

Erschrocken fahre ich herum. Lena. Mit einer Sektflasche in der Hand steht sie im Kelleraufgang. Offensichtlich müssen sie und ihr Frank ihre Versöhnung unbedingt feiern! Sie versucht, ein freundliches Lächeln über die Lippen zu bekommen, aber ihre Augen lächeln nicht mit. Verkäuferinnenlächeln. In der anderen Hand trägt sie einen Wäschekorb, den sie bei der Gelegenheit wohl gleich mit hochnehmen will. Auf einem Berg von Wäsche thronen ausgerechnet Boxershorts. Offensichtlich von Frank. Könnte mir vorstellen, dass er im Moment keine von denen anhat. Mir wären die eindeutig zwei Nummern zu klein. Was findet sie nur an so einem Hänfling?

Ein richtiger Mann hat einen Bauch. Oder sagen wir, Bauchansatz. Waschbrettbäuche braucht kein Mensch. Vor allem keine Frau. Denn Rankuscheln geht da nicht. Ich hab mal gelesen, dass Frauen genau das an Sixpacks nicht mögen. Und ihren Bauch beim Sex noch weiter krampfhaft einziehen, als sie es ohnehin schon tun.

»Hi«, entgegne ich knapp. Die darauffolgende Stille ist für uns beide eine Qual.

»So spät noch unterwegs?«

»Ja.« Verglichen mit mir sind einsilbige Menschen Plaudertaschen. Würde mich momentan als halbsilbig bezeichnen.

»Also, du warst auch schon mal gesprächiger.«

»Da musste ich mich auch noch mit dir unterhalten. Schließlich waren wir zusammen.« Ja, ich bin ungerecht, aber mindestens genauso verletzt.

»Du kannst so ein Arsch sein.«

»Schätze, da nehmen wir uns nix.«

»Also, entschuldige mal!«

»Nee, ich entschuldige hier gar nichts!«

»Ach, das heißt, ich bin alleine schuld an allem?«

»Na, logisch. Wer treibt's denn mit dem Nachbarn?!«

»Wichser!«, murmelt sie leise.

»Stimmt, daran bist du auch schuld.«

»Hä?«

»Vergiss es.«

Wir müssen beide tief durchatmen.

Nach einer Schweigepause, in der wir beide zu stolz sind, wie ein beleidigtes Kleinkind das Feld zu räumen, wagt sie einen erneuten Vorstoß.

»Wollen wir nicht mal über neulich sprechen?«

»Über neulich?«

»Der Gewitterabend.«

»Von mir aus.«

»Ich fand den wirklich sehr schön.«

»Ich auch. Aber jetzt ist Frank anscheinend wieder da, oder?« Ich deute auf die Boxershorts und die Flasche Sekt.

»Ja, wir haben uns wieder versöhnt.«

»Wie schön für euch«, bemerke ich einen Tick zu bissig.

»Okay, weißt du was? Lass uns lieber später drüber reden. Wo kommst du denn um diese Uhrzeit überhaupt her?«

Kurz überlege ich, mein Date zu verleugnen. Was geht die mein Liebesleben an?! Andererseits bleibe ich von ihrem ja auch nicht verschont.

»Hab mich mit einer Kollegin getroffen.«

»Und?«

»Keine Ahnung. Schätze, wir mögen uns.«

»Freut mich. Ehrlich! Es tut mir leid, wie alles gelaufen ist.« Sie schluckt.

Mir wird das zu viel. Auf dieses Gespräch hatte ich die letzten fünfzehn Monate keinen Bock, und daran hat sich bis heute nichts geändert.

»Du, ist schon spät, ich muss echt ins Bett.«

Ich zwänge mich an Lena und ihrem Wäschekorb vorbei. Sie riecht immer noch genauso gut wie früher. Nur der Geruch von Franks frisch gewaschenen Boxershorts stört. Wahrscheinlich würde es sich gehören, ihr anzubieten, den vollen Wäschekorb nach oben zu tragen. Aber das ginge dann doch zu weit, dem Typen auch noch seine Unterhosen hinterherzuschleppen. Wir gehen zusammen die Treppe hoch, wünschen uns eine gute Nacht und schlagen die Türen hinter uns zu.

3 ... 2 ... 1 ... seins!

»Sie hat einen festen Freund. Seit zehn Jahren!«

Meine zusammengezogenen Pupillen starren auf die SMS von Nils. Die Buchstaben verschwimmen. Ist da nicht doch ein »k« vor dem »einen«? Mit »keinen Freund, seit zehn Jahren« könnte ich leben. Noch unter Schock logge ich mich bei Facebook ein und rufe Vivianes Seite auf. Trotz Magenkrämpfen klicke ich auf »Info«. Der Beziehungsstatus wäre mir doch sofort aufgefallen. Der war schließlich das Erste, das ich gecheckt habe, nachdem sie mich zu ihrer Freundesliste hinzugefügt hatte. Aber nichts. Kein »in einer Beziehung«, kein »es ist kompliziert« und schon gar kein »verheiratet mit«. Ich kann es nicht leiden, wenn Frauen ihren Beziehungsstatuts verheimlichen. Wozu gibt es denn bitte schön Facebook? Doch wohl dafür, dass »Mann« Frauen in aller Ruhe und Anonymität stalken kann, damit er weiß, woran er ist. Nervös scrolle ich ihre gesamte Pinnwand herunter. Klopfe jeden Post daraufhin ab, ob sie die Wörter »Freund«, »Schatz« oder einen behämmerten Kosenamen enthalten. Nichts.

Bis zum Kommentar einer gewissen Nicola: »Freuen uns schon auf den Abend mit euch beiden. Und sag deinem Mann, diesmal ohne Bierdusche :-).«

Mann?! Wieso kann das keine halb gare Affäre sein?

Oder eine langjährige Beziehung, die ohne Höhepunkte vor sich hindümpelt und in der jeder nur auf den richtigen Zeitpunkt zum Schlussmachen wartet. Darauf, dass einer von beiden den Mumm aufbringt zu sagen: »Du langweilst mich.« Bei meinem Glück besteht noch nicht einmal die vage Hoffnung, dass er sie in absehbarer Zeit mit einer Kollegin oder sonst wem betrügt. Also keine Gelegenheit für mich, den Retter zu spielen. Es hat keinen Zweck. Die Hoffnung stirbt vielleicht zuletzt, aber das bedeutet nur, dass sie besonders langsam und qualvoll verreckt. Allerschlimmstes Siechtum. Der Geliebte zu sein hat zwar auch seine Vorteile – man hat zum Beispiel öfter seine Ruhe. Leider heißt das aber auch, dass sie in diesen Momenten bei ihm ist.

»Wieso erfahre ich das erst jetzt?!«, texte ich zurück.

Die Antwort kommt prompt: »Weil du mir gerade erst erzählt hast, dass sich zwischen euch was Ernsthaftes entwickelt. Dachte vorher, du wärst bloß scharf auf sie.«

War ich auch. Und bin es immer noch. Aber ein Abend kann vieles verändern. Und eine Umarmung, die eindeutig sagt: »Lass mich nie wieder los«, erst recht. Der Abschiedskuss nach unserem Kinoabend war nur die logische Folge. Ohne Karussell im Kopf. Ohne Orchester. Es fühlte sich einfach richtig an. Bis jetzt.

Morgen mache ich krank, so viel steht fest. Wie soll ich mich jetzt auf Fußpilzsalbe konzentrieren?! Das ist mit freiem Kopf schon schwer genug. Ich brauche Zeit für mich. Ich muss nachdenken.

Als die ersten Sonnenstrahlen durch die Gardinen schimmern, verkrieche ich mich unter meiner Decke und sorge wieder für angenehme Dunkelheit. Ich verspüre absolut keinen Bedarf, aufzustehen oder mich auch nur ansatzweise zu bewegen. Auf meinem Handy ist schon vor langem eine WhatsApp-Nachricht angekommen – aber ich will nicht, dass sie mich erreicht. Könnte schließlich Viviane sein. Und das Letzte, was ich jetzt brauche, sind scheinheilige Entschuldigungen. Am besten ungelesen löschen. Schaffe ich natürlich nicht. Der Akku meines Handys piept. Letzte Chance.

»Bist du krank?«

Als ob sie es nicht besser wüsste. Wobei, woher sollte sie wissen, dass Nils mich eingeweiht hat? Für sie bin ich der ahnungslose Depp.

»Ja, fühl mich nicht so gut«, texte ich kurz und knapp zurück. Nach nur dreißig Sekunden piepst mein Handy erneut.

»Darf ich dir einen Krankenbesuch abstatten? Wüsste, wie du dich gleich besser fühlst :-).«

Wie kann sie nach der Umarmung und dem Kuss locker weiterflirten, ohne an die Konsequenzen zu denken? Aber wenn ich die Sache schon heute kläre, hab ich's hinter mir. Aufschieben bringt ja wirklich nie was. Außer mehr Umsatz für Leute wie Dr. Scheiler wegen unnötiger Magengeschwüre. Und ob ich mir nun mit Viviane oder mit 'nem Magengeschwür den freien Tag versaue, ist unterm Strich egal.

Also antworte ich: »Ein bisschen frische Luft schnappen wäre vielleicht nicht verkehrt. Um 19 Uhr im Park?«

»Super! Freu mich!« Ich mich nicht.

Gegen Viertel vor sieben hocke ich immer noch auf

dem Klo. Ich habe im wahrsten Sinne des Wortes eine Scheißangst. Noch kann ich mir einreden, dass sie ihren Freund für mich verlässt. Oder besser gesagt, ihren Mann. Wobei die Bezeichnung Mann nicht zwangsläufig bedeuten muss, dass sie auch verheiratet ist. Manche sagen das einfach nach mehreren Jahren fester Beziehung. Nach dem Motto: Wir sind auch ohne Trauschein glücklich. Wir haben diesen ganzen Zirkus nicht nötig. Für die Liebe braucht man keinen amtlichen Segen. Außerdem hat Nils was von einem festen Freund erzählt. Aber dass sie trotzdem alles hinschmeißt und ihn verlässt, nur weil wir zusammen im Kino waren und uns zum Abschied geküsst haben, halte ich für sehr unwahrscheinlich.

Gegen halb acht erreiche ich den Park. Sie sitzt bereits auf der Bank neben »unserem« Baum. Wenigstens habe ich mit meiner »Krankheit« eine gute Ausrede für die Verspätung. Auch wenn ich die nun wirklich nicht mehr brauche.

Viviane winkt und kommt mir entgegen: »Hi, da bist du ja. Dachte schon, du kommst nicht«.

Ich kann ihre Umarmung nicht abwehren. Sie fühlt sich immer noch richtig an.

»Wie geht's dir?«, fragt sie mit besorgter Miene.

»Ach, so lala. Ist wohl nur 'ne leichte Grippe«, lüge ich. Weichei! Aber immerhin kein so großer Lügner wie sie.

Wortlos gehen wir nebeneinander her.

»Du bist so still heute«, durchbricht sie die Stille.

»Hm.« Ich bin noch nicht bereit für die Wahrheit. Wenn sie meine schlimmsten Befürchtungen zur Gewissheit macht, bin ich verloren. Deswegen gönne ich der Pharmaindustrie mein sich anbahnendes Magengeschwür und zögere den Moment hinaus.

»Was ist denn los?« Sie bleibt hartnäckig. Ich gehe ein bisschen auf Abstand und bleibe stehen. Krampfhaft versuche ich, die richtigen Worte zu finden.

»Stimmt es, dass du einen festen Freund hast?«

Die letzten Reste eines aufmunternden Lächelns verschwinden abrupt aus ihrem Gesicht. Eine gefühlte Ewigkeit stehen wir da und warten auf ihre Antwort. Wahrscheinlich weiß sie genauso wenig wie ich, was sie sagen soll.

»Ich weiß gar nicht, was ich sagen soll«, bestätigt ihre zittrige Stimme meine Vermutung. Sie schluckt.

»Wie wäre es zur Abwechslung mit der Wahrheit?«, gifte ich verletzt zurück.

»Ich hab dich nie angelogen!«

»Auch eine Geste kann eine Lüge sein.«

»Wie das denn?«

»Die Umarmung und der Kuss haben nicht gesagt: Lass uns Freunde sein. Sondern: Ich will dich nie wieder loslassen!«

»Ich bin doch auch total durcheinander. Ich wollte es dir schon in der Bar sagen. Da hab ich ihn nämlich kennengelernt. Du warst einfach nicht geplant.«

»Ich war nicht geplant?«

»Nein. Wir sind seit zehn Jahren zusammen. Nächstes Jahr will er mir einen Antrag machen. Die Tickets nach Venedig sind schon gebucht.«

»Ein Antrag mit Ansage? In dieser Klischeekulisse? Ich

glaub, mir wird schlecht. Steht auch schon das Datum fest? Am Valentinstag?«

Ertappt schaut sie zu Boden.

»Im Ernst? Oh, Mann.«

»Nicht jeder ist der geborene Romantiker, okay?! Es ist nett gemeint, und nur das zählt.«

»Nett gemeint?«

»Was soll ich denn deiner Meinung nach tun? Einfach alles hinschmeißen? Nach zehn Jahren? Wo du und ich uns grade erst richtig kennengelernt haben? Und die gemeinsame Wohnung? Unser Freundeskreis? Für dich ist das natürlich alles total einfach, als Single.«

»Für mich ist hier gar nichts einfach!«

Wir versuchen beide, die Klöße im Hals herunterzuschlucken. Wir wissen beide, was der andere sagen will, aber nicht sagen kann, weil es alles nur noch komplizierter machen würde. Weil wir beide hoffen, dass uns Schweigen vor dem Point of no Return bewahrt, auf den wir zurasen, seit wir uns in der U-Bahn ignoriert haben. Leider ist mein Bremsseil schon vor langer Zeit gerissen. Mir bleibt also nichts anderes übrig, als mich auf den Aufprall vorzubereiten. Und der wird heftig. Frontal und ohne Airbag. Und das, obwohl mich Lena schon übel zugerichtet hat. Ich werde ihn zwar überleben – wieder einmal –, aber noch Jahre an den Spätfolgen zu knabbern haben.

»Wir sollten das Ganze beenden, bevor es zu wirklich ernsthaften Verletzungen kommt«, schlage ich souverän vor. Als ob die noch zu verhindern wären. Sie nickt stumm.

Zeit, sich zu verabschieden. In Hamburg sagt man

Tschüss. Wir sagen nichts. Wir drücken uns nur so fest aneinander, dass ich nicht weiß, was mir mehr den Atem raubt: unsere Umarmung oder der Gedanke daran, dass ich sie nicht halten kann. Egal, wie fest ich drücke. Langsam streiche ich ihr eine Strähne aus dem Gesicht, in der sich einige Tränen verfangen haben.

»Mach's gut.« Meine Mundwinkel versuchen zum Abschied ein kurzes Lächeln, sind aber mit der Schwerkraft hoffnungslos überfordert. Ich drehe mich um und gehe. Als ich außer Sichtweite bin, fange ich an zu rennen. Da stellt man sich endlich einer Situation, vor der man sonst davongelaufen wäre, und dann rennt man trotzdem heulend davon. Ich laufe, bis der stechende Schmerz in den Knien stärker wird als der in meiner Brust. Und laufe trotzdem weiter. Wohin, ist mir egal. Auf mich wartet sowieso niemand. Nirgendwo.

Teil drei

Die wahrscheinlich dümmste Idee der Welt

Nix wie weg!

Ich gebe auf. Auf der einen Seite droht Lena immer deutlicher mit dem alles entscheidenden, klärenden Gespräch, und auf der anderen Seite zerstört Viviane jede Hoffnung. Seit unserem Gespräch im Park bin ich jeden Tag noch später zur Arbeit gefahren als sonst. Nur um ihr nicht in der U-Bahn über den Weg zu laufen. In der Agentur selbst musste ich mir darüber keine weiteren Gedanken machen. Denn die Lieblingsbeschäftigung unserer Geschäftsführung scheint darin zu bestehen, uns regelmäßig auf neue Büros zu verteilen – von wegen besserer Synergieeffekte durch Team-Umstrukturierungen und für kürzere Wege und was weiß ich. Das heißt, ich bin aufgestiegen in den zweiten Stock, und sie sitzt jetzt im Keller. Im Grunde sind Viviane und ich wieder da angekommen, wo wir angefangen haben: beim bewussten Ignorieren und Weggucken.

Eine bessere Gelegenheit für einen Neuanfang gibt es jedenfalls nicht. Mein neuestes Lebensmotto: Raus aus dem Schneckenhaus! Diesmal wortwörtlich. Die Wände sind schlichtweg zu dünn. Sollen sich Lena und ihr Stecher doch die Stimmbänder rauspimpern – ohne mich. Zumindest ab heute. Oder morgen.

Einige Wochen nach meinem Desaster mit Viviane und meinem Streit mit Lena ist für meinen Auszug aus diesem Horrorhaus alles geplant und vorbereitet. Freunde und Bekannte wurden rechtzeitig als Helfer rekrutiert. Ein Umzug ist die beste Gelegenheit, den Bekanntenkreis zu Lasten des Freundeskreises zu vergrößern. Dafür muss man keine lebensbedrohliche Krankheit vortäuschen und dann im Krankenhaus darauf warten, wer einen besuchen kommt. Ein Umzug reicht völlig aus. Wer absagt, taugt höchstens als Füllmaterial für die Freundesliste auf Facebook. Dass meine neue Wohnung genau wie meine alte im dritten Stock liegt und Fahrstühle laut dem Vermieter nur unnötig die Nebenkosten erhöhen, habe ich selbstverständlich verschwiegen.

Für überflüssig gewordene Sachen habe ich eine Rolle blauer Säcke besorgt. Umzugskartons waren mir zu teuer. Stattdessen habe ich die letzten Wochen immer wieder Bananenkartons aus allen Supermärkten der Stadt mitgehen lassen. Einen Kasten Bier, einen mit Cola und einen dünnen Edding habe ich ebenfalls besorgt, damit jeder seinen Namen auf seine Flasche schreiben kann. An alles gedacht. Top!

»Na, alles bereit für deinen längst überfälligen Auszug?«, fragt mich Nils, als wir uns am Freitagabend beim Verlassen der Agentur im Flur treffen. »Wann holst du morgen den Transporter ab?«

»Punkt null neunhundert. Ich komm dann zu dir.«

»Läuft. Wollen wir vorher noch ein Bier trinken gehen?«

»Morgen früh?«

»Nee, heute spät.«

»Lieber nicht. Muss noch packen. Nicht dass morgen

was liegen bleibt und ich dann mit dem Rest allein dastehe. Und womöglich noch eine Nacht mehr neben meiner liebestollen Ex nächtigen muss.«

Punkt halb zehn, und nur leicht verpennt, bugsiere ich den Transporter unter Nils' Einweisungen über die Wiese vor meinem alten Wohnblock und direkt vor die Haustür. Bei drei Stockwerken ohne Fahrstuhl ist jeder Meter kostbar. Keine zwei Minuten später steht mein Blockwart, Herr Ponthy, in der Tür und gestikuliert. Wahrscheinlich verstoßen wir gegen irgendeinen Paragrafen der Hausordnung. Als ich mich ein Mal erdreistet habe, für ganze fünf Minuten auf seinem Stellplatz zu parken, den er nie benutzt, hatte ich sofort einen Zettel hinterm Scheibenwischer. Text: »Dieser Stellplatz ist vermietet!« Tenor: Beim nächsten Mal lasse ich Sie abschleppen!

»Wie kommen Sie dazu, mit diesem Riesending den Eingang zu versperren? Sie machen ja den ganzen Rasen kaputt!«, kläfft er drauflos.

»Herr Ponthy, erstens versperrt der Wagen nicht den Eingang, schließlich muss der frei bleiben, damit wir meine Möbel rausschleppen können. Zweitens geht Sie der Rasen auf dieser Wiese überhaupt nichts an, da sie weder Ihnen noch zu diesem Haus gehört. Und drittens würde ich mit dem Teil sogar über die Radieschen heizen, die Sie sich hoffentlich schon sehr bald von unten ansehen werden. Ach ja, und viertens: Sie sind es, der hier den Eingang versperrt. Also dürfte ich bitten? Danke!«

Wieso sind alte Leute so? Mit den Jahren entwickelt sich anscheinend jeder zum Einzelkind zurück. Egal, ob zu Hause (»Sie denken noch daran, das Treppenhaus zu wischen? Gemäß Putzplan sind Sie an der Reihe, und laut Hausordnung muss das bis spätestens 18 Uhr gemacht sein!«), mit 55 km/h auf der Landstraße (»Hauptsache, man kommt sicher von A nach B!«) oder an der Supermarktkasse (»Wieso machen die nicht endlich eine zweite Kasse auf? Es sagt auch keiner was, ne, Herbert?!«).

Nachdem Nils und ich uns in meiner Wohnung einen ersten Überblick verschafft und geeinigt haben, in welcher Reihenfolge wir die Kartons und Möbel in den Transporter laden wollen, klingeln nach und nach meine anderen Umzugshelfer: Stephan mit Katja und Markus mit Lisa. Wenn Freunde sich verpaaren, sind sie oft nur noch im Doppelpack lieferbar. Was bei einem Umzug natürlich extrem praktisch ist. Bei Freizeitaktivitäten dagegen nicht unbedingt. Sobald aus einem Stephan ein »Stephan-und-…« wird, wird's kompliziert. Selbstverständlich hält mich ein Pärchenabend nicht davon ab, Sprüche abzusondern, die in reinen Männerrunden garantiert für großes Gelächter sorgen würden. Aber sobald eine Frau durch ihre pure Anwesenheit das Niveau anhebt, ist es vorbei mit den Lachern unterhalb der Gürtellinie. Und natürlich muss »Stephan-und-…« die Herrin und Gebieterin über seine Freizeit vor einer Verabredung grundsätzlich fragen, ob »wir da Zeit haben«. Stephan und Markus sind jedenfalls beide Sandkastenfreunde von mir. Das hält also schon länger als jede Durchschnittsehe. Stephan ist angenehm normal. Bei meinem Kollegenkreis eine echte Wohltat. Wir sind uns ziemlich ähnlich. Nine-to-

Five-Job, und das war's. Markus hingegen opfert seine Freizeit auf dem Karrierealtar. Was oft bedeutet: saufen mit Kollegen, Chefs und Geschäftspartnern, bis die Leber lallt, und Stress, bis die Magenwand durchbricht. Wer glaubt, erst alles gegeben zu haben, wenn er Blut kotzt und einen schicken Burnout hat, ist wirklich selber schuld.

»Ich kann heute leider ganz schlecht schleppen, hab mir den Fuß verknackst. Aber einer muss ja auch hier oben alles koordinieren.« Lisa. Unter Zehnzentimeterabsätzen läuft bei der nix. Was Markus an ihr findet, weiß nur er selbst. Die rosarote Brille ist bei manchen wohl besonders stark getönt. Er rollt nicht mal mit den Augen, wenn sie wieder rumzickt. Aber bei ihm halten Beziehungen meist eh nicht sonderlich lange. Was durchaus mit seinen Seitensprüngen zu tun haben könnte. Manchmal sind bei den Gruppenbesäufnissen und Überstunden eben auch Kolleginnen zugegen.

Stephan und Katja sind wesentlich entspannter, mal abgesehen von Verspannungen, wenn er mal wieder andere Frauen mit geschultem Blick innerhalb von Sekundenbruchteilen scannt und auf einer Skala von eins bis zehn professionell einordnet. Dafür ist sie recht praktisch veranlagt, auf jeden Fall mehr als ich. Was nicht schwer ist, schließlich hasse ich Heimwerken. Eher lasse ich mir das Wochenende von Familienbesuchen aller Art versauen, als dass ich samstags freiwillig einen Baumarkt betrete. Wenn es woanders alles fertig zu kaufen gibt, wieso sollte ich mir dann das Gleiche in Einzelteilen besorgen und selbst zusammenschrauben? Na gut, auf diesen Holzgeruch im Baumarkt stehe ich irgendwie schon.

»Hättest mit dem Transporter nicht noch ins Treppenhaus fahren können?«, witzelt Stephan zur Begrüßung. »Wir müssen hier jeden unnötigen Meter vermeiden, bei drei Stockwerken ohne Fahrstuhl.«

»Wir haben noch gar nicht angefangen, und du jammerst schon rum. Ich hab Bier und andere Getränke besorgt, jeder kann sich nehmen, was er möchte. Und clevererweise hab ich auch einen Edding organisiert, mit dem jeder seinen Namen auf die Flasche schreiben kann.«

»Wahnsinn! An alles gedacht«, unterbricht mich Markus gewohnt sarkastisch.

»Jep, macht sich das Abi wieder bezahlt«, hakt sich Stephan verbal unter.

Diese Komplimente haben einen angemessenen Dank verdient: »Ich würde vorschlagen, ihr beiden fangt direkt mit den Bücherkartons an.«

»Du liest?«, fragen jetzt alle im Chor.

»Wisst ihr was, ich mach das hier alleine. Ihr könnt wieder gehen. Ich wollte bei der Gelegenheit sowieso meine Facebook-Freundesliste entrümpeln und einige rauskicken. Fünf für die Abschussliste fallen mir jetzt schon ein!«

Markus meint, ich solle aufhören zu heulen, und schnappt sich den ersten Karton. Natürlich nicht, ohne einen Kommentar im schönsten »Ich hab's dir ja schon immer gesagt«-Tonfall:

»Der Umzug war längst überfällig.«

»Aber wirklich«, stimmt Stephan zu. »Allmählich haben wir uns echt Sorgen gemacht. Wie hast du das bloß so lange ausgehalten?«

»Eisenharter Wille!«

»Schon klar. Hast du denn endlich mit dem Thema abgeschlossen?«, will Markus wissen.

»Jep. Sowohl mit Lena als auch mit dem Thema Frauen an sich. Ich glaub, ich werde schwul.«

»Als ob das die Lösung wär. 'ne Tucke nervt doch noch mehr als jede Zicke«, bemerkt Stephan, was ihm von Katja einen sauber ausgeführten linken Haken knapp oberhalb der Leistengegend einbringt.

»Auch wieder wahr. Dann vielleicht ins Kloster.«

»Super Idee! Nicht schwul werden wollen, aber in ein katholisches Männerwohnheim ziehen.«

»Ja, mein Gott, was weiß denn ich! Jetzt zieh ich erst mal um.«

Wir kommen schneller voran als erwartet. Nach knappen zwei Stunden ist bis auf den Wohnzimmertisch alles raus. Ein letztes Mal schaue ich mich in meiner alten Wohnung um. Ohne das ganze IKEA-Gerümpel wirken die Räume beinahe wohnlich. Allerdings auch hellhöriger als ohnehin schon, was bei den hiesigen Nachbarschaftsverhältnissen mein Tod gewesen wäre. Also, danke IKEA für all die Schallschlucker. Die haben auf jeden Fall mehr gebracht als die tausend Eierschachteln.

Atemlos kommt Nils in die fast leere Wohnung und keucht: »So, wie sieht's aus? Der Tisch noch, und dann ab?«

»Ja, lass uns den zusammen anpacken, der ist relativ schwer.«

Er versucht, den Tisch allein anzuheben, und scheitert wie prophezeit an der Schwerkraft.

»Boah, was wiegt der denn? Ist das Eiche massiv?«

»Nee, Kirsche entkernt. Und nun kneif die Backen zusammen und heb an.«

Auf dem Weg nach unten kommen uns im Treppenhaus Lena und ihr Begatter entgegen. Für einen Moment bin ich versucht, den Tisch auf sie runterrauschen zu lassen, aber bei den hiesigen Spießer-Gesetzen würde der Tisch schnell zum Boomerang. Ich verzichte auf Rache für zig Nächte ohne Schlaf und alle anderen Demütigungen und zirkle den Tisch zusammen mit Nils an ihnen vorbei.

»Du ziehst aus?«, fragt Lena völlig entgeistert.

»Sieht ganz so aus! Du musst also beim Orgasmusvortäuschen nicht mehr extra laut stöhnen.«

»Woher willst du denn wissen, ob die vorgetäuscht sind?«, giftet Frank, in seiner Männlichkeit gekränkt, zurück.

»Weil ich weiß, wie sie schreit, wenn sie wirklich kommt.« Das daraufhin folgende Geplärre der beiden höre ich mir schon gar nicht mehr an. War auch der wirklich allerletzte Dolchstoß, denke ich.

Wir verstauen den Tisch im Transporter, werfen noch einige Tüten oben drauf und hauen ab. Natürlich nicht, ohne den Rasen mit durchdrehenden Reifen umzupflügen. Kann mein Blockwart gleich seine Radieschen drin anpflanzen.

Die neue Wohnung liegt in einer ziemlich schmalen Seitenstraße. Die Parkplatzsuche zwischen den Bäumen ist was für Fortgeschrittene. Momentan ist aber sowieso alles dicht. Einen Tag vorher Halteverbotsschilder aufzustellen wäre zwecklos gewesen – und nicht unbedingt der beste Einstieg in eine reibungslose Nachbarschaft. Wir parken in der zweiten Reihe, die gleichzeitig die dritte ist, da unser Transporter zum einen etwas breiter ist als ein Auto und die Straße zum anderen nicht wirklich als zweispurig bezeichnet werden kann. Man darf gespannt sein, wann der Erste hupt. Entsprechend schnell versuchen wir, den Wagen auszuladen. Gar nicht so einfach, wenn man jeden Karton und alle Möbelstücke drei Stockwerke ohne Fahrstuhl hochwuchten muss. Trotzdem haben wir Glück und werden nur von zwei Fahrern mit südländischem Temperament, dem sie über hektisches Hupen Ausdruck verleihen, gestört.

Meine neue Wohnung ist nicht nur größer als die alte (ein Zimmer und fünfundzwanzig Quadratmeter mehr), sondern auch sehr viel heller. Die Außenwände bestehen praktisch nur aus Fenstern, die jeweils vom Fußboden bis kurz unter die Decke reichen. Die Heizkosten dürften mich umbringen, aber dafür spare ich den Strom fürs Licht. Streng genommen, eine Milchmädchenrechnung, aber wen kümmert's. Nach den letzten beiden Jahren habe ich mir diese Wohnung verdient. Raus aus der Hölle, rein in den Himmel. Gut, in der alten Wohnung war ich dem Himmel rein entfernungstechnisch genauso nah – dritter Stock ist dritter Stock –, aber gefühlt lag da wesentlich mehr Schwefel in der Luft. Bei der Besichtigung habe ich extra darauf geachtet, dass die Wände zu den anderen Wohnungen praktisch schalldicht sind.

Nachdem wir alle Kartons halbwegs sinnvoll abgeladen, die Möbel aufgebaut und den Transporter zurückgebracht haben, bin ich endlich allein in meiner neuen Wohnung. Ein deutlicheres Gefühl von Freiheit hatte ich nur auf meiner ersten Autofahrt nach bestandener Fahrprüfung – ohne jemanden auf dem Beifahrer- oder Rücksitz. Allein mit meinem Endorphin-Rausch am Steuer, vor mir nur der Horizont.

Klick in and find out

Gott sei Dank hab ich mir für den Umzug freigenommen. Vier Wochen Urlaub zu nehmen provozierte bei Vorgesetzten und Kollegen natürlich Nachfragen wie:

»Fährst du weg?«

»Nein, ich bleibe zu Hause und richte meine neue Wohnung ein.«

Den verdutzten Blicken nach, stellte sie meine Antwort nur halb zufrieden. Kein Wunder, schließlich ist es auch nur die halbe Wahrheit. Denn jetzt gehe ich die Sache mit dem ausschweifenden Singleleben professionell an. Sich lediglich auf eine oder zwei Frauen zu konzentrieren ist offensichtlich Zeitverschwendung. Chancen streuen erhöht die Trefferquote. Neue Wohnung, neues Leben, neuer Versuch. Dieses Mal verlasse ich mich nicht auf so etwas Unzuverlässiges wie Glück, Zufall oder gar Schicksal. Ich nehme die Sache höchstpersönlich in die Hand – auf Singlebörsen im Internet. Früher dachte ich immer, das wäre das Ende. Aber vielleicht ist es doch ein neuer Anfang. Wenn ich über diese Schiene ein paar Verehrerinnen anlocken kann, ist es zumindest gut fürs Ego.

Bevor ich mich um mein neues Liebesleben kümmere, checke ich noch kurz den aktuellen Status von Lenas Privatleben. Für verlassene Expartner ist Facebook im Grunde der Blick in die Hölle. Der Beziehungsstatus ist ein Stich ins Herz. Die Fotos des neuen Pärchenglücks zerreißen die noch zuckende Blutpumpe in Stücke. Natürlich könnte man die Freundschaft auf Facebook genauso beenden wie im echten Leben. Doch was nützt das, wenn Profil und Fotos für jeden sichtbar sind? Dann ist der Verlust der Selbstachtung trotzdem nur einen Klick entfernt. Wenn es darum geht, sich selbst zu quälen, sind frisch Verlassene unschlagbar und nicht aufzuhalten. Längst Verlassene im Übrigen auch.

Nachdem ich meinen Selbsthass überwunden habe, sichte ich mit professionellem Abstand das Singlebörsen-Angebot. Kosten darf es schon was, aber auch nicht, was es wolle. Vergleichsportale geben einen ersten Überblick. Ich suche mir die drei angeblich besten Websites raus, von kostenlos bis teuer: *Finya, IN ist...* DRIN und *ElitePartner*. Schließlich ist man Akademiker. *Finya* ist angeblich für jedermann geeignet, *IN ist...* DRIN für den niveaulosen Spaß zwischendurch und *ElitePartner* was fürs Leben.

Die Anmeldung auf *Finya* geht ziemlich fix. Ohne überflüssigen Charaktertest. Einfach zwangskreativen Nickname ausdenken, Profilfoto rein und losflirten. Obwohl der Nickname bereits der erste Stolperstein auf dem Weg zum Glück sein kann. Pimmel-Paule, Anal-Akrobat und Titten-Terminator disqualifizieren einen bei den meisten Damen bekanntlich schon vor der ersten anzüglichen Mail. Für das Profilfoto probiere ich zunächst mit der eingebauten Webcam an meinem Laptop herum. Doch als sexy kann man die Fotos, die dabei herauskommen, wohl nicht bezeichnen. Selbst wenn man beide Augen zudrückt.

Die Fotos strahlen eher den Subtext aus: Sitze einsam und verlassen vor meinem Computer – bitte melde dich. Also durchsuche ich mein komplettes Fotoarchiv nach halbwegs brauchbaren Bildern. Was sich erwartungsgemäß als schwierig herausstellt. Entweder sehe ich nicht unbedingt besser aus als auf den Webcamfotos, gucke überhaupt nicht in die Linse oder müsste die Personen um mich herum aus dem Foto schneiden. Allerdings sähe das dann so aus, als würde ich mit einem alten Foto von mir und meiner Ex, aus dem ich meine Ex entfernt habe, eine neue Ex suchen.

Zum Fotografen? Was soll ich dem sagen, wofür die Fotos sind? Nur so für mich? Wohl kaum. Hübsche Fotos von mir für meine Freundin? Welcher Mann macht so was schon freiwillig? Für eine Bewerbung? Das würde zwar am ehesten zutreffen, allerdings geht es um eine etwas andere Art von Anstellung auf Lebenszeit. Partys stehen in den nächsten Tagen leider auch nicht an. Da könnte man sich wenigstens gezielt vor die ständig gezückten Smartphones werfen. Immer auf der Suche nach dem total lässigen Foto, mit dem man hinterher auf Facebook zeigen kann, was für ein crazy Typ man doch ist und wie sehr das eigene Leben rockt. Die meisten erleben Partys und Konzerte mittlerweile ja nur noch auf ihrem 3-Zoll-Display. Warum man achtzig Euro für eine Konzertkarte ausgibt und dann die ganze Zeit auf das Display glotzt, hat sich mir bisher noch nicht erschlossen. Zumal solche Konzertfotos trotz Megapixel immer megascheiße aussehen. Natürlich wird das Konzert auch gefilmt. Die Bildqualität ist dann zwar noch schlechter, vom Ton ganz zu schweigen, aber Hauptsache, man kann damit anschließend die Server von YouTube zumüllen.

Schließlich taucht doch noch ein brauchbares Foto auf. Es gab tatsächlich eine Party, auf der ich cool in eine Kamera gelinst und nicht gegrinst habe. Denn wie neueste wissenschaftliche Untersuchungen ergaben, stehen Frauen zwar auf Männer mit Humor, finden es aber attraktiver, wenn diese ihn zumindest optisch nicht zeigen. Anders ausgedrückt: Männer die ernst gucken, sollen auf Frauen anziehender wirken und damit bessere Chancen haben, sie schon recht bald ausziehen zu dürfen. Wer lächelt, zieht den Kürzeren.

Schon bald habe ich circa zehn Frauen angeschrieben. Von süßholzraspelnd und bemüht originell (»Bei deinen süßen Fotos bekomme ich fast Zahnschmerzen – würde trotzdem gern eines Tages mit dir zusammen Zähne putzen :-)«) über machohaft (»Heiße Fotos – du brauchst unbedingt was Cooles!«) bis hin zu sympathisch provokant (»Hübsches Foto – bei dem Halstuch vermute ich mal, du bist Lehrerin?! Heißt das, du bestehst nach unserer Hochzeit auf einen Doppelnamen? *grins*«). Die Responsequote, wie wir Marketingexperten sagen, liegt nach drei Tagen in etwa so bei, grob über den Daumen gepeilt und geschätzt, null Prozent. Die Benchmark von hundert Prozent hab ich also knapp verpasst. Macht nichts, es gibt ja noch die beiden anderen Portale und Tausende potenzieller Kandidatinnen.

IN ist… DRIN ist der Gegenentwurf zu *ElitePartner*. Wenn *ElitePartner* Abitur entsprechen soll, dann entspricht *IN ist…* DRIN Hauptschule. Polofahrerin statt

Polospielerin, Arschgeweih statt Jagdwochenende, Getto-Queen statt Schönheitskönigin. Andersherum wäre das eigentlich eine nette Idee für einen Funkspot:

Sprecher: »Golfspieler statt Golffahrer? Konrad statt Kevin? Ku'damm statt Kuhdorf? Schlossherr statt Schlosser?«

Off-Sprecherin: »*ElitePartner* – Für die bessere bessere Hälfte.«

Sollte ich meinem CD bei Gelegenheit mal vorschlagen. Daraus kann man wenigstens keinen TV-Spot machen.

Bei bildungsfernen Schichten komme ich jedenfalls ziemlich gut an. Nach weiteren drei Tagen, an denen ich selbst keine einzige Mail verschickt habe, liegen in meinem Postfach bereits sieben Flirts, elf Küsse, drei Grußnachrichten und eine Einladung zur privaten Bildergalerie. Endlich weiß ich, wie sich George Clooney fühlen muss. Obwohl nicht alle Kandidatinnen in der Clooney-Liga spielen. Bei manchen denkt man zwar auf den ersten Blick: »Gaaaiiiäääl!«, aber schon beim zweiten Foto denkt man: »Ist das dieselbe???« Die Flirts bewegen sich optisch und inhaltlich auf vorgefertigtem Poesiealbumniveau. Bunte und glitzernde Bärchen wünschen mir einen schönen Tag, ein schönes Wochenende oder grüßen einfach nur ganz lieb. Die Flirts bestehen aus vorformulierten Sätzen wie: »Mein Tag war grau. Bis ich dein Profil sah und die Sonne aufging.«, oder: »Habe bemerkt, dass du mich bemerkt hast. Lust, dich mal bei mir zu melden, du heimlicher Profilschleicher?« Die Küsse sind einfache Schmatzer inklusive Lippenstiftkussmund auf dem Bildschirm und dazugehörigem Soundeffekt. Das Pendant zu Rosen auf anderen Singleseiten.

Am meisten reizt mich natürlich die Einladung zur privaten Bildergalerie. Denn ohne Einladung bleibt die private Bildergalerie verschlossen. Nervös klicke ich auf den Ordner. Aber er geht nicht auf. Einsehen kann ich ihn nur in Verbindung mit der einhundert Euro teuren Premiummitgliedschaft. War klar. Irgendeinen Haken baut Gott eben immer mit ein. Ich überlege, ob die Bilder einhundert Euro wert sein könnten. Höchstwahrscheinlich nicht. Doch ohne Geld abzudrücken, kann ich auch keine Nachrichten schreiben. Also mache ich mich mit einem Klick um einhundert Euro ärmer. Die Bilder sind ungefähr zehn Euro wert – wenn man einen Liebhaber dafür findet. Aber genau darum geht es ja hier. Zum Glück bleiben für die restlichen neunzig Euro noch drei Monate Premiummitgliedschaft übrig, um mein Glück zu finden. Wobei diese Floskel, streng genommen, bedeutet, dass ich bis dahin unglücklich sein müsste. Und mein Glück dann von einer Internet-Bekanntschaft abhinge. Gut, mein geschätzter Gefühlsklima-Index befindet sich derzeit nicht unbedingt auf einem Allzeithoch. Aber Hoffnung ist ja der eigentliche Glücksbringer, und nicht Besitz. Die Traumfrau in den Träumen macht meist glücklicher als die neben einem auf der Couch. Irgendwann beginnt in jeder Beziehung die Jogginghosen-Phase.

Auf *ElitePartner* gibt es tatsächlich mehr Profilfotos mit weniger Make-up. Die Texte zur Selbstbeschreibung sind jedoch genauso bemüht originell und witzig wie überall sonst auch. Was soll man schon in maximal tausend Zeichen über sich schreiben? Zumal wenn man weiß, worum es geht: um nichts Geringeres, als den Menschen zu finden, der einen vor ereignislosen Feierabenden, einsamen Sonntagen und erinnerungsunwürdigen Lebensjahren rettet. Auch wenn der Preis dafür Spieleabende, Familien-Sonntage und mit Beziehungsgesprächen vergeudete Lebenszeit sind. Das größte Aussiebkriterium bei *ElitePartner* ist eindeutig der Preis: für eine Nageldesignerin schlichtweg zu teuer. Es sei denn, sie sieht es als Investition, um sich einen Sugardaddy zu angeln. Schließlich ist der Sugardaddy von heute der Pflegefall von morgen und damit der Erblasser von übermorgen.

Die nächsten Tage verbringe ich jede freie Minute, die mir neben Auspacken und Einräumen bleibt, am Laptop. Ich stöbere durch Listen mit Singles, die laut Portalbetreiber unbedingt von mir entdeckt und kennengelernt werden möchten. Da will ich kein Spielverderber sein und lerne die Damen fleißig kennen. Offensichtlich warten diese Singles wirklich nur darauf, von mir entdeckt zu werden, denn von sich aus entdecken mich nur recht wenige. Ist aber kein Problem, denn online bin ich beim Ansprechen von Frauen viel mutiger als offline. Mein Charme kennt hier keine Schamgrenze und quillt buchstäblich über. Mein Postfach leider nicht. Vereinzelt melden sich welche mit kurzen Antworten zurück, meistens jedoch die, die ich eher zu reinen Übungszwecken angeschrieben habe. Die wirklich Hübschen müssen scheinbar niemanden selbst entdecken. Bei denen wird sicher schon das Scrollen durch das überfüllte Postfach zur Entdeckungsreise. Die durchschnittliche Frau bekommt angeblich pro Tag bis zu zwanzig Mails. Webschönheiten über hundert. Mit einem »Hi, schöne Frau, süße Fotos, wollte mich nur mal melden und hallo sagen« kommt Mann also nicht weit. Originelle Witzchen in Serie ermüden den zur Paarung bereiten Teil des weiblichen Hirns auch ziemlich schnell. Humor scheidet also, im Grunde genommen, fürs Kennenlernen im Netz aus. Da helfen die Beteuerungen auf weiblichen Profilseiten, dass Humor bei »ihm« am allerwichtigsten sei, rein gar nichts. Optik ist alles. Womit wir wieder bei den grinsenden Profilfotos wären. Absolut tödlich. Den plötzlichen Wegklicktod sterben zuerst die Männer mit nacktem Oberkörper. Dicht gefolgt von Typen vor ihren tiefergelegten Golfs. Was helfen könnte, wäre schon eher ein Foto mit dezent in Szene gesetzter Rolex.

Da ich auch nach mehreren Tagen wenig Anerkennung für meine Flirtversuche bekomme, gebe ich bei Google »Frauen ansprechen« ein. Ein paar Profitipps haben noch keinem geschadet. Die Suchergebnisse auf Seite eins sind allesamt Schrott. Von »Sokriegstdusiealle.de« bis zu »Nassstattfeucht.net« ist alles dabei. Auf Seite zwei wird es deutlich interessanter. Den seriösesten Eindruck macht mir David O'Dorian – der Coach, dem die Männer vertrauen. So die schlechte und sehr freie Übersetzung seines Werbespruchs: Try before you cry!

Ich will es versuchen statt rumzuheulen. Auf der Startseite erwartet mich die erste Aufmunterung meines neuen guten Kumpels, wie er sich selbstbewusst nennt:

> Glück in der Liebe brauchen nur die, die nicht die richtigen Tricks kennen. Wenn du jeden Tag mehr Telefonnummern von Traumfrauen sammeln willst, als in einem durchschnittlichen Telefonbuch stehen, dann hör ab sofort auf deinen neuen Kumpel David. In jahrelangen, oft schmerzhaften Selbstversuchen habe ich zig Tipps und Tricks gesammelt und getestet, um das Interesse einer Frau zu wecken. In dieser Zeit war ich mit mehr Frauen zusammen, als ich es jemals in meinen wildesten Träumen erhofft hatte. Jetzt möchte ich, dass du davon profitierst. Nachdem du die von mir entwickelte und ausführlich getestete Technik des frechen Humors erlernt und einstudiert hast, wird dein Leben nie mehr so sein, wie es einmal war. Abonniere meinen völlig kostenlosen Newsletter, über den ich dir jede Woche neue, wertvolle Tipps gebe, die dein Leben für immer verändern werden.
> Dein Freund David

Wow, ich bin nur einen einzigen Klick von einem neuen Leben entfernt! Jetzt geht's los! Wer kein Liebesleben hat, hat auch nichts zu verlieren. Außerdem gehört dick auftragen bei Amis dazu, und vielleicht kann ich was dazulernen. Schaden kann es nicht. Denn wenn einer ganz offensichtlich Nachhilfe nötig hat, dann ich. Bei meinem Sonderschulniveau auf diesem Gebiet wäre der Hauptschulabschluss schon ein Erfolg. Insofern bin ich bei meinen Verehrerinnen auf *IN ist*… DRIN für den Anfang goldrichtig. Hauptsache, der Name ist irgendwann Programm. Momentan heißt es für mich ja eher: Out ist draußen. Wird Zeit, dass ich mal wieder irgendwo reinkomme. Ich bestelle den Newsletter und warte auf die ersten Tipps meines neuen Freundes.

So wertvoll wie ein kleines Steak – oder 547 Euro

797, 798, 799, 800 Schafe – und immer noch wach. Was nun? Mal gucken, was auf der Mittelwelle los ist. Als Finanzier staatlicher Radiosender erwarte ich, wenigstens nachts um halb drei von lustigen Radio-Comedys verschont zu bleiben. Leider hat es sich noch nicht bis zu diesen Komikern herumgesprochen, dass schlecht imitierte Dialekte keine Pointe ersetzen. Weniger lustig sind nur noch Radiomoderatoren, die eine Hit-Melodie mit einem pseudowitzigen Text schänden.

Mittlerweile ist mein Puls wieder so weit unter der Decke, dass es mir unter der Bettdecke zu heiß wird. Ich hasse es, nachts zu schwitzen. Ich will schlafen und nicht saunieren. Fünfzehn Grad reichen völlig. Deswegen halte ich getrennte Schlafzimmer auch für völlig unterbewertet. Ich kann es nicht leiden, wenn Frauen nachts angerobbt kommen und sich ankuscheln wollen – und dabei mehr Wärme abstrahlen als ein gespaltener Atomkern.

Die Radiomacher aber scheinen meine Temperatur offensichtlich in Richtung Siedepunkt treiben zu wollen. Nach einem lustigen Liedchen wird auf das total verrückte Gewinnspiel bei Morning-Martin und seiner Crazy Crew hingewiesen.

»Ihr kennt diese Beutel für Hunde, oder besser gesagt, für Hundehaufen?«, fragt Morning-Martin.

»Sag doch gleich, für die Sch…«, wirft der verrückte Heinz ein.

»Na, na«, meint daraufhin die nette Anette, »um diese Zeit hören auch noch Kinder zu. Sagen wir lieber Aa.«

»Genau, und wer Aa sagt, muss auch bebe sagen!«, ruft Morning-Martin.

»Du nun wieder!«, gluckst die nette Anette.

Alle lachen. Außer mir.

»Also«, setzt Morning-Martin nach, »wenn euer Hund das nächste Mal Aa macht, dann sammelt die Hinterlassenschaften mit einem dieser schwarzen Beutel auf und bringt sie hier zu uns in den Sender.«

Wie bitte? Die Radio-Gremlins wollen, dass die Leute denen Hundescheiße auf den Tisch kippen?

»Exakt«, plärrt jetzt der verrückte Heinz ins Headset, »und wer den größten, oder besser gesagt, schwersten Haufen vorbeibringt, gewinnt!«

»Ja«, ruft die nette Anette, »und zwar einen Euro für jedes Gramm! Wir wünschen euch die Daumen! Äh, ich meinte, drücken euch viel Glück! Äh, nee, hihi…«

Sensationell! So macht man also aus Scheiße Geld. Darauf muss man erst mal kommen. Jetzt reicht's! Ich zahl's diesen Ätherverschmutzern und IQ-Vernichtern heim und schlag sie mit ihren eigenen Waffen! Das Schmerzensgeld ist echt überfällig – und dringend nötig. Lange halte ich es nämlich nicht mehr aus, im selben Gebäude zu arbeiten wie Viviane. Jeden Tag drei U-Bahn-Stationen früher auszusteigen und den Rest des Weges zu

Fuß zur Agentur zu laufen, nur um ihr nicht zu begegnen, ist auch keine Dauerlösung. Am liebsten würde ich kündigen und mir ein paar Monate Auszeit nehmen. Da kommt mir jeder Euro recht.

Fieberhaft – meiner Körpertemperatur nach im wahrsten Sinne des Wortes – überlege ich, welche Tanke um diese Uhrzeit noch auf hat. Bei der an der Ecke Burgstraße/irgendwas könnte ich Glück haben! Hose an, und los.

Die Kassiererin schaut mich verständnislos an.

»Was wollen Sie haben? Hundetüten?«

»Ja! Diese schwarzen, für die Hundehaufen!«, rufe ich etwas zu laut und atemlos. Ich bin den ganzen Weg gerannt, um keine Zeit zu verlieren. »In ein paar Stunden ist Einsendeschluss!«, japse ich.

»Einsendeschluss?«

»Ja, nee, egal. Haben Sie die nun oder nicht?«

»Tut mir leid, die haben wir nicht im Sortiment. Aber Sie haben doch auch gar keinen Hund dabei«, entgegnet sie mit skeptischem Blick.

»Äh, doch. Der tollt gerade draußen rum, der kleine Racker. Und deswegen brauch ich jetzt unbedingt so eine Tüte, damit er Ihnen nicht vor die Tanksäule macht.«

»Also, wenn es so dringend ist, könnte ich Ihnen eine von meinen geben. Hab immer eine Rolle in der Handtasche, für meine Piggy.«

»Super! Danke! Für Ihre Piggy? Ein Pekinese?«

»Nein, Piggy ist ein Boxer. Wollen Sie mal sehen?«

»Unbedingt!«, lüge ich. Was tut man nicht alles für ein schwarzes Stück Plastik.

Nachdem ich die entwürdigenden Fotos von Piggy mit rosa Schleifchen auf dem Kopf angemessen gewürdigt habe, mache ich mich auf die Suche. Ob Piggys Frauchen aufgefallen ist, dass neben mir weit und breit kein Hund herumtollt? Was soll's. Tagsüber haben noch genug andere Tankstellen in dieser Gegend geöffnet.

Im Park ist es stockdunkel. Was die Suche nach etwas Schwarzem nicht einfacher macht. Gut, vielleicht auch nach etwas Braunem, macht aber bei diesen Lichtverhältnissen keinen großen Unterschied.

Endlich finde ich unter einer Parkbank, in die jemand »Wer das liest, ist dohf!« geritzt hat, einen anständigen Haufen. Da ranzukommen wird nicht ganz einfach. Mir graut vor dem Gefühl, tatsächlich Scheiße anzufassen. Zum Glück hab ich kurz vorm Losgehen noch daran gedacht, ein Paar Gummihandschuhe aus der Küche mitzunehmen. Ich streife die Handkondome über und greife in die Kot-Tüte. Wie sich Hundebesitzer regelmäßig zu diesem entwürdigenden Griff ins Hundeklo überwinden können, wird mir ewig ein Rätsel bleiben. Auf Knien leuchte ich den Bereich unter der Bank mit meinem Handy bestmöglich aus und greife nach dem Haufen. Mir wird schlecht! Obwohl er sich eigentlich ganz weich anfühlt. Fast habe ich Lust, ihn zu quetschen, so wie früher einen Klumpen Knete, aber ich verzichte darauf.

Bei einem Euro pro Gramm von diesem schwarzen Gold liegt das Gewicht meiner Beute gefühlt noch unter dreihundert Euro. Ob das für den Sieg reicht? Für meine Auszeit reicht es definitiv nicht. Außerdem bringt mir jedes Gramm einen Euro mehr. Warum sollte ich mich also mit weniger zufriedengeben? Ich suche weiter und werde mitten auf dem Weg fündig. So mag ich's. Zumindest jetzt, wo ich die Scheiße in der Tüte nach Hause trage und nicht unter der Sohle.

Zum Glück ist hier um diese Uhrzeit niemand unterwegs. Trotzdem besser, wenn ich diesen Haufen schnell eintüte und dann abhaue. Das Problem ist nur: Wie bekomme ich den zweiten Haufen in die Tüte? Die ist ja jetzt schon umgestülpt. Mir bleibt nichts anderes übrig, als mit meinen Gummihandschuhen direkt danach zu greifen und Stück für Stück aufzulesen. Angewidert schaufle ich das verdaute Hundefutter in die Tüte. In der könnte jetzt gut und gerne ein halbes Kilo sein. Wieder zu Hause, lege ich den Beutel vorsichtig und voller Stolz auf die Waage. 547 Gramm! Geile Scheiße!

Jetzt noch ein paar Stunden schlafen, und dann ab zum Sender. Die frische Luft hat mich müde gemacht. Dummerweise so müde, dass ich vergesse, den Wecker zu stellen. Zum Glück übernimmt diesen Job der Reinigungsprofi, der kurz nach acht das Treppenhaus feudelt und dabei mit einem Wischer voller Elan gegen meine Wohnungstür bollert.

Ich springe aus dem Bett, mache mich kurz frisch, und dann geht's los.

Im Autoradio rufen meine drei Freunde zur letzten Runde ihres epischen Gewinnspiels auf. Leute, mitmachen ist zwecklos, denke ich. Der Sieger ist bereits auf dem Weg. Leider sind diese schwarzen Hundetüten nur blick-, aber nicht hundertprozentig geruchsdicht. Vorsichtshalber stelle ich die Autoheizung aus und die Klimaanlage an. Vielleicht bringt schockfrosten noch mal ein paar Gramm. Besser, als bei zu viel Wärme wertvolle Wasseranteile durch Ausdünstungen zu verlieren. Geruchstechnisch bringt's leider nix. Obwohl die Tüte im Beifahrerfußraum so weit wie möglich von meiner Nase entfernt liegt. Der Kofferraum erschien mir zu gefährlich. Am Ende rutscht das in den Kurven hin und her und platzt. Dann lieber auf der Gummifußmatte.

Ich versuche, die Sache zu beschleunigen, und gebe Gas. Prompt blitzt es! Diesmal ist es leider kein Gewitter. Wenige Hundert Meter weiter winkt mir ein netter Herr in blauer Uniform zu und bittet mich gestenreich, ihm auf einen Parkplatz zu folgen. Seine professionelle Freundlichkeit schlägt jedoch schlagartig in blankes Entsetzen um, als ich ihn erkenne: Hermann! Der dickste Bulle von Hamburg. Gleich dahinter sein Kollege Klaus. Vermutlich stecke ich jetzt erst recht in der Scheiße.

»Ach nee, wen haben wir denn da?«, begrüßt mich der dünne Klaus.

Sein dicker Kollege lässt es sich ebenfalls nicht nehmen, mich persönlich zu begrüßen.

»Noch schnell Kondome holen, bevor die Läden schließen?«, gluckst Hermann.

»Witzig! Um halb neun? Die haben noch nicht mal auf, geschweige denn geschlossen.«

»So richtig clever sind Sie nicht, oder?«, fragt mich Hermann.

»Wie bitte?«

»Na, wir sitzen eindeutig am längeren Hebel, und Sie ziehen freiwillig den Kürzeren.«

»'tschuldigung, aber ich hab's echt eilig.«

»Das haben wir gemerkt. Führerschein und Fahrzeugpapiere, bitte!«

»Ist das wirklich nötig? Hier ist der Führerschein. Den Fahrzeugschein muss ich aus dem Handschuhfach holen. Also werdet nicht nervös und lasst die Knarre schön im Halfter. Ich versuche auch, keine ruckartigen Bewegungen zu machen.«

Langsam beuge ich mich zur Beifahrerseite rüber und krame den Schein unter lauter unnützem Zeug hervor. Der Duft aus dem Fußraum, der mir dabei um die Polypen weht, treibt mir die Tränen in die Augen. Ich reiche Hermann den Fahrzeugschein und warte auf mein Urteil. Stattdessen erwartet mich bereits dessen Vollstreckung.

»Was haben Sie da unten in der Tüte?«, will Klaus wissen.

»Hm?«

»In der schwarzen Tüte im Fußraum – was ist da drin?«

»Kondome.«

»Witzig. Zeigen Sie mal her!«

»Wieso, brauchen Sie welche?«

Keine Ahnung, ob Hundeexkremente durch die Gegend zu kutschieren strafbar ist, krank ist es mit Sicherheit. Und ob einem derart kranken Geist noch das Führen eines Fahrzeugs zuzutrauen ist, darf bezweifelt werden.

»Wenn ich will, kann ich Ihnen den ganzen Wagen auseinandernehmen und nach Drogen oder sonst was durchsuchen. Also, ich frage Sie zum letzten Mal: Was ist in der Tüte?«

Mittlerweile ist auch Hermann mit den Papieren und

leicht enttäuschtem Geschichtsausdruck zurück. Offensichtlich hab ich auf meinem polizeilichen Führungszeugnis im Betragen immer noch eine Eins. Doch angesichts der Aufregung in Klaus' Stimme packt ihn sofort die Neugier.

»Was ist hier los?«

»Der Herr will uns nicht sagen, was er dort in der schwarzen Tüte mit sich führt«, weiht ihn Klaus in den aktuellen Stand der Ermittlungen ein.

»Was haben Sie da drin?«, will nun auch Hermann wissen.

»Hundescheiße«, gestehe ich und genieße die Gesichtsausdrücke meiner beiden uniformierten Freunde.

»Hundescheiße? Sie fahren mit der Scheiße Ihres Hundes durch die Gegend?«

»Das ist 'ne Stuhlprobe für den Tierarzt. Meinem Hund geht's nicht so gut.«

»Aha.« Klaus mustert mich, Hermann meinen Wagen.

»Muss ja ein ziemlich großer Hund sein, wenn ich mir das so angucke«, bemerkt Klaus mit fachmännischem Blick fürs Wesentliche.

»Jep. Eine Dogge.«

»Eine Dogge?«

»Eine Deutsche Dogge, ganz recht.«

»Mhm«, schaltet sich nun Hermann wieder ins Verhör ein, »und wie transportieren Sie Ihre Dogge normalerweise? In diesem Coupé? Mit Mini-Rücksitzbank und praktisch nicht vorhandenem Kofferraum? Etwa auf dem Beifahrersitz? Das gibt gleich den nächsten Strafzettel! Allerdings sehe ich keine Hundehaare auf dem Sitz.«

Donnerwetter! Hermanns Spürnase schlägt jede Dogge. »Eine Dogge haart nun mal nicht, sonst wär's ein Bobtail!«

»So, jetzt reicht's! Aussteigen, bitte!«, befiehlt er.

»Mein Gott, Leute, glaubt ihr, ich transportiere in der Tüte mein Gras, oder was?«

»Aussteigen, haben wir gesagt!«, wird nun auch Klaus lauter.

»Schon gut, schon gut. Wenn ihr unbedingt wollt, bitte schön.«

Entnervt steige ich aus, drehe mich um, lege eher aus Spaß die Hände aufs Dach und werde tatsächlich von oben bis unten abgetastet. Solange ich nicht das Schnalzen eines Gummihandschuhs höre, ist alles gut.

»Stehen bleiben!«, befiehlt Klaus und geht zur Beifahrerseite. Vorsichtig öffnet er die Tür und beugt sich hinunter in den Fußraum. »Boah, das ist tatsächlich Scheiße!«, ruft er aus dem Auto heraus.

Wie schön, dass auf dem Parkplatz noch jede Menge anderer Verkehrssünder und Polizisten stehen, die sich nun nach uns umdrehen. Bühne frei für die öffentliche Hinrichtung von Timo Feuer.

Klaus taucht wieder auf und ist etwas blass um die Nase.

»Was stimmt eigentlich nicht mit Ihnen?«, will er wissen. »Erst erwischen wir Sie halb nackt mit erigiertem Geschlecht am Kondomautomaten, und jetzt das! Sind Sie pervers, oder was?«

»Quatsch! Das ist 'ne Stuhlprobe, hab ich euch doch schon gesagt!«, versuche ich mich zu verteidigen. Mit der

Aussage, dass es um ein Radio-Gewinnspiel geht, würde ich mich bestimmt nur noch verdächtiger machen. Denn wer soll glauben, dass es das tatsächlich gibt? Und wer macht bei so was schon mit?

Hermann öffnet die Tüte und nimmt das Corpus Delicti in Augenschein. Weil er anscheinend tatsächlich eine Spürnase sein will, riecht er gleich noch mal daran.

»Wieso haben Sie das nicht entsorgt?«

Vielleicht sollte ich lieber gestehen, um das Verhör abzukürzen. In weniger als einer halben Stunde ist Einsendeschluss.

»Okay, hören Sie zu. Sie haben recht. Das ist keine Stuhlprobe. Es gibt da dieses Gewinnspiel im Radio. Wer den schwersten Hundehaufen vorbeibringt, gewinnt. Und weil ich das dermaßen bescheuert fand, hab ich mir gedacht, ich schlag die mit ihren eigenen Waffen, und hab ein paar Hundehaufen eingesammelt.«

Hermann und Klaus sind baff. Klaus fängt sich als Erster:

»Von Elb-Radio? Das hab ich auch gehört, Hermann! Die sind dermaßen bekloppt.«

»Stimmt. Ich dachte auch gleich, dass man einfach mehrere Haufen sammeln und hinbringen sollte«, bestätigt Hermann.

Jetzt stehe ich mit offenem Mund da. Nach kurzer Unentschlossenheit versuche ich den endgültigen Befreiungsschlag:

»Dürfte ich dann vielleicht meine Tüte wiederhaben?«

Hermann nickt und legt die wieder geschlossene Tüte

in den Fußraum, als aus meinen Boxen der letzte Aufruf dröhnt:

»Also, Leute, ihr habt noch eine knappe halbe Stunde, um uns die Hinterlassenschaften eurer geliebten Vierbeiner vorbeizubringen. Bis jetzt liegt Vicky mit ihrem Hund Rocco und 421 Gramm klar in Führung. Es bleibt spannend.«

Ein Freispruch erster Klasse. Danke, lieber Gott!

»Das wird aber ziemlich eng für Sie«, bemerkt Hermann mit Blick auf die Uhr. Da hat er bei dem Verkehr nicht ganz unrecht. Ich könnte anmerken, dass das seine Schuld ist und ich normalerweise längst dort wäre, lass es aber lieber.

»Ich denke, wir schulden dem jungen Mann noch einen Einsatz als Freund und Helfer, Klaus«, bekennt sich Hermann zu seiner Verantwortung.

»Stimmt. Kommen Sie, wir räumen mit Blaulicht den Weg frei, und Sie folgen uns.«

»Echt?«

»Echt. Was meinen Sie, wie oft wir uns schon über dieses saudämliche Radioprogramm aufgeregt haben, wenn wir auf Streife waren. Solange Sie nicht den ganzen Gewinn in den Kondomautomaten werfen …«

Mit Blaulicht und Martinshorn rasen wir in unter zehn Minuten zum Sender. Ich springe aus dem Wagen, winke meinen beiden neuen Freunden hinterher und renne ins Sendezentrum.

»Ich will bei diesem Scheißgewinnspiel mitmachen!«, rufe ich der Empfangsdame atemlos zu. Ich muss unbedingt mehr Sport treiben.

»Zweiter Stock, dritte Tür rechts«, informiert sie mich regungslos bis gelangweilt. Anscheinend laufen hier täglich diverse Bekloppte durch. Da fällt jemand mit einem Beutel Scheiße in der Hand nicht weiter auf. Außerdem bin ich ja nicht der Erste.

Im zweiten Stock hinter der dritten Tür rechts nimmt mich eine weitere Dame in Empfang und begleitet mich direkt ins Studio. Hauptsache, ich bin nicht gleich live auf Sendung!

»Moin, ich bin der Morning-Martin.«

»Und ich die nette Anette.«

»Und ich der verrückte Heinz.«

So sehen die also aus. Die ganze Bande live und in Farbe.

»Du kommst praktisch in allerletzter Minute«, brabbelt Morning-Martin weiter. »Wir sind gleich wieder on air und dann werden wir sehen, ob du den Rekord noch knacken kannst.«

»Live?« Per Post schicken wäre wohl besser gewesen. Vielleicht hätte dann sogar Frank den Brief abgestempelt.

Keine halbe Minute später quatscht Morning-Martin Chris Martin von Coldplay ins Liedende: »Leute, ob ihrs glaubt oder nicht, neben mir steht tatsächlich unser letzter Kandidat mit seinem Beutel und will's wissen. So spannend war es wirklich noch nie, hier auf 90,4. Kann er die Marke von Vicky und ihrem Rocco …«

»Die Duftmarke«, fällt ihm der verrückte Heinz ins Wort. Die nette Anette lacht.

»Genau, kann er die gesetzte Duftmarke knacken?!

Wir sind gespannt. Aber erst mal zu unserem Kandidaten: Wie heißt du, und wo kommst du her?«

Das ist mein Einsatz. Hastig setze ich die Kopfhörer auf: »Ähm, Klaus aus Hamburg.«

»Okay, Klaus aus Hamburg, dann zeig uns, was du mitgebracht hast. Oha, das sieht gewaltig aus. Leute, das scheint mir ein ganz schöner Haufen zu sein. Rocco, das wird eng. Mit was hast du deinen Hund denn gefüttert?«, will Morning-Martin wissen.

»Na ja, ganz normal«, antworte ich beinahe wahrheitsgemäß. Woher soll ich wissen, was die beiden Köter zu fressen bekommen haben. Ob das nun wirklich Pedigree Pal war, lässt sich nicht mehr zweifelsfrei entschlüsseln.

»Was für einen Hund hast du denn?«, will der verrückte Heinz wissen.

»Eine Dogge.«

»Eine Dogge? Eine gute alte Deutsche Dogge? Na, das erklärt auch diesen Haufen hier, Leute!«, ruft Morning-Martin ins Mikro. »Also, ich schmeiß das Teil mal eben auf die Waage. Und – ja Wahnsinn, wir haben einen Gewinner, Leute! Klaus mit seiner Dogge und sagenhaften 547 Gramm! Ich dreh durch! Wo bleibt der Tusch?«

Da ist er schon. Fehlt nur noch der Konfettiregen.

»Irre! Wie heißt denn der eigentliche Gewinner, Klaus?«

»Hä?«

»Na, deine Dogge, wie heißt sie?«

»Meine Dogge?«

»Na, die muss doch 'nen Namen haben, oder?«

»Ja, nee, klar, bin nur grad so aufgeregt.«

»Versteh ich. Ist ja auch ’n Riiieeesending! Da fällt mir ein, wo bleibt der Gewinn, nette Anette?«

»Hier ist er! Genau 547 Euro in bar! Und, ist dir der Name wieder eingefallen?«, fragt sie aufmunternd.

»Daisy.«

»Daisy?«

»Ja.«

»Okay, Leute, die Deutsche Dogge Daisy hat’s den ganzen Mischlingen unter euch so richtig gezeigt! 547 Gramm reinrassiges Stoffwechselprodukt! Oder, Klaus?«

»Hm?«

»Ja, ja, immer noch überwältigt, der Gute. Also, Leute, morgen könnt ihr das Foto vom glücklichen Gewinner und seiner Daisy auf unserer Webseite bewundern. Einfach reinklicken. Den Haufen zeigen wir euch dann natürlich auch. Also, schönen Tag noch und bis morgen, sagen …«

»… der verrückte Heinz!«

»… die nette Anette!«

»… und der muntere Morning-Martin! Tschö mit Ö!«

»Und wir sind raus«, höre ich den Sendeleiter über die Kopfhörer sagen.

Was für ein Foto eigentlich? Und mit welchem Hund?

»Wo ist denn deine Daisy?«, will Morning-Martin wissen. »Hättest sie ruhig mit reinbringen können.«

»Die hab ich zu Hause gelassen.«

»Ach so. Na, dann hol sie mal schnell. Unsere Hörer wollen schließlich ’n Foto von unseren glücklichen Gewinnern sehen.«

»Klar doch. Ich fahr schnell los.« Als ich mit meinem Geld schon an der rettenden Tür bin, ruft mir Morning-Martin hinterher: »Warte, Anette kommt am besten gleich mit und schießt das Foto direkt bei dir. Dann musst du nicht extra wieder herfahren.«

»Och, lass mal, ist nett gemeint. Macht mir gar nix.«

»Kein Problem. Ich komm gerne mit«, wirft die nette Anette ein.

Super, woher soll ich auf die Schnelle einen Hund nehmen? Und dann auch noch eine deutsche Dogge?

»Von mir aus können wir«, flötet Anette.

»Super«, entgegne ich leicht entnervt.

»Wohin müssen wir denn?«, fragt mich Anette.

Gute Frage. Leider fehlt mir die passende Antwort.

»Zu mir nach Hause, denke ich, oder?«

»Ja, klar, aber wo genau ist das, meine ich.«

»Ach so, St. Georg. Aber in der netten Ecke.«

»Okay. Und wie lange hast du Daisy schon?«

Offensichtlich ist Anette auf Small Talk aus. Irgendwie muss ich sie loswerden. Fehlt nur noch, dass ausgerechnet die auf mich steht. Würde zu meinem Glück passen. Auf mich stehen immer die kleinen, leicht nervigen Frauen. Maximal 1,60 m groß, aber leider nur minimal interessant.

»Schicker Wagen«, versucht Anette das Gespräch am Laufen zu halten, als wir auf dem Parkplatz angekommen sind. »Was ist das denn für einer?«

»Gemäß des riesigen Alfa-Romeo-Emblems vorn am Kühler würde ich sagen, ein Alfa Romeo.«

»Aha. Und wie kriegst du deine Daisy da rein? Ist ja doch recht sportlich, oder?«

»Das ist korrekt. Und weißt du was: Ich habe gar keinen Hund, okay? Ich hab die Scheiße einfach im Park gesammelt und euch auf den Tisch geknallt. Weil mir euer Programm so dermaßen auf den Sender geht, das kannst du dir gar nicht vorstellen! Und dieses Gewinnspiel hat das Fass zum Überlaufen gebracht! Hört auf mit diesen dämlichen Spielchen, den völlig unlustigen Comedys und vor allem: Lernt endlich vernünftiges Deutsch! Gerade Sätze! Subjekt, Prädikat, Objekt! Und nicht: oh, äh und hihi, was ist nur heute wieder mit mir los!«

Entschlossen greife ich nach meinem Autoschlüssel.

»Wie jetzt? Du hast gar keinen Hund?« Offensichtlich braucht sie eine Weile, bis sie das eben Gesagte intellektuell verarbeitet hat.

Aber so lange kann ich nicht warten. Ich steige ein, verriegle die Türen vorsichtshalber von innen und lasse beim Anfahren eine anständige Schicht Gummi auf dem Asphalt zurück.

Freude am Flüchten

Die Nacht war kurz, aber lukrativ. Ich ignoriere das ohnehin bedeutungslose Wochenende und bleibe den ganzen nächsten Tag im Bett. Entsprechend schwierig gestaltet sich der Montagmorgen, Urlaub hin oder her. Mein Schlafrhythmus ist völlig aus dem Takt. Und auch im Radio läuft das gleiche taktlose Geplärre wie immer: Witze ohne Witz, Sätze, die nicht sitzen, und Musik ohne besondere Note. Nur eins ist heute anders: Ich bin Programm.

»Leute, wir haben hier schon viel erlebt, aber das …«, steigt Morning-Martin ins Thema des Tages ein.

»Echt jetzt, der Typ ist noch verrückter als ich«, lacht der verrückte Heinz.

»Und das soll was heißen«, gluckst die nette Anette.

»Ihr sagt es! Also, wir hatten doch letzte Woche dieses abgefahrene Gewinnspiel mit den Hundehaufen. Der Deal war: Wer den größten, oder besser gesagt, den schwersten Haufen von seinem geliebten Vierbeiner zu uns bringt – natürlich gut verpackt –, der gewinnt einen Euro pro Gramm. Das war die Ansage. Nur einer unserer Hörer war wohl etwas zu ehrgeizig.«

»Oder einfach nur pleite«, spekuliert der verrückte Heinz.

Schockstarre! Dicht gefolgt von Zahnpastahusten, weil

ich mich beinahe an meiner guten Dr.-Best-Bürste verschluckt hätte. Haben die vielleicht irgendwie meinen richtigen Namen rausbekommen?

»Genau, er hatte nämlich gar keinen Hund! Wer nennt seine Dogge auch schon Daisy? Wir haben den Inhalt seines Beutels, nachdem er abgehauen ist, näher unter die Lupe genommen und eindeutig festgestellt, dass da mindestens zwei verschiedene Haufen drin waren. Das kann nur eins bedeuten: Er hat gesammelt!«, ruft Morning-Martin triumphierend ins Mikro.

»Das verstößt eindeutig gegen die Regeln!«, empört sich die nette Anette.

»Megaunfair gegenüber allen anderen«, stimmt der verrückte Heinz in die kritische Würdigung meiner Protestaktion mit ein.

»Tja, nur leider ist er uns entwischt, bevor wir ein Täterfoto machen konnten. Und wie der Typ genau heißt, wissen wir auch nicht«, äußert sich Morning-Martin enttäuscht.

»Das Nummernschild konnte ich mir leider auch nicht merken, als ich ihn zum Auto begleitet hab«, gibt die nette Anette traurig zu.

Erleichtert sinke ich rücklings am Heizkörper auf die Fliesen. Wie bin ich bloß auf diese hirnrissige Idee gekommen? Keine Frage, diese Wahnsinnigen haben mich über die Jahre dazu getrieben. Sollte ich demnächst tatsächlich eine Vorladung in meinem Briefkasten finden, kann ich mich bestimmt auf Notwehr berufen. Andererseits ist der Rechtsweg zum Glück ausgeschlossen. Und überhaupt, wie wollen die mich finden? In meiner neuen Wohnung bin ich noch gar nicht amtlich gemeldet, und meine alte steht leer. Dürfte einigermaßen schwierig werden. Ein paar Tage unterzutauchen kann trotzdem nicht schaden. Wo ist das Geld? So eine Flucht kostet. Ich muss zwar keine Schlepper bezahlen, aber dafür Tankwarte und Hoteliers. Wo ist mein Koffer?

Plötzlich vibriert mein Handy. Eine Nachricht um diese Uhrzeit heißt nie was Gutes.

»Hi, mir geht's überhaupt nicht gut. Tut mir wirklich leid, wie die ganze Sache zwischen uns gelaufen ist. Wollen wir nicht doch noch einmal drüber reden? Liebste Grüße, Viviane.«

Nein, wollen wir nicht. Ganz bestimmt nicht! Ich werfe den Koffer ins Auto und fahre los. Mein Ziel: Abstand. Ruhe. Harz. Zwischen den Bergen kann ich mich gut verstecken. Hauptsache, ich bin außerhalb des Sendegebiets von diesen drei Morning-Mongos. Außerdem sind einsame Waldspaziergänge nach dem Wahnsinn genau das Richtige. Auch wenn mir unter Tannen und Fichten vermutlich genügend Zecken Gesellschaft leisten werden. Leider hat die Vorhersage gestern für die Mitte Deutschlands nur durchwachsenes Wetter angekündigt, aber was heißt das schon. Den Regenschirm hab ich jedenfalls dabei, dann regnet's bestimmt nicht. Und wenn, wäre es auch egal. Ich will nicht zu denen gehören, die dauernd übers Wetter meckern. Zu heiß, zu kalt, zu nass, zu trocken, zu sonnig, zu wolkig, zu schwül – das kleinste Small-Talk-Thema überhaupt. Besonders von den Verbal-Akrobaten im Radio immer wieder gern genommen.

Kurz hinter Maschen fängt zwar nicht der Wilde, Wilde

Westen an, aber das Gefühl von Freiheit packt mich trotzdem. Allerdings auch das Gefühl von Einsamkeit. Denn von was habe ich mich schon befreit? Ich bin Single, lebe allein und fühle mich einsam. Seit dem Umzug kenne ich nicht mal meine Nachbarn. Was auch ein Vorteil ist. Ich kann jeden Tag machen, was ich will. Ohne quälende Ruhestörung. Die Stille im Wagen und den leeren Beifahrersitz neben mir mag ich mindestens genauso gern. Zumal ich dort ausreichend Essen, Trinken und CDs deponieren kann. Das richtige Equipment verkürzt selbst einen kurzen Abstecher in den Harz enorm. Der Nachteil: Ich brauche noch mehr Pinkelpausen als sonst. Einer der wenigen Punkte, in denen ich Frauen gut verstehen kann.

Mein erstes Ziel ist Goslar. Zu einsam muss es nun auch nicht werden. Ein bisschen mehr Auswahl als den örtlichen Dorfkrug, wenn der überhaupt noch aufhat – nach 20 Uhr oder grundsätzlich –, will ich schon haben. Stellt sich die Frage, wo ich mich einquartiere. Natürlich habe ich vorher nicht recherchiert, welche günstigen Häfen es in und um Goslar für seelische Wracks wie mich gibt. Das hätte meiner Flucht irgendwie die Spannung genommen. Schließlich will ich mir impulsiv und leidenschaftlich vorkommen. Dazu passen keine gründlichen Vergleiche von Hotels und Pensionen auf irgendwelchen Internetportalen. So flüchtet vielleicht ein Verwaltungsfachangestellter mit lustigen Comic-Boxershorts von H&M, aber kein Kreativer aus der Werbung! Meine Strategie lautet wie folgt: einfach mitten in die Stadt fahren, Parkplatz und Touristeninfo suchen, Hotel buchen und fertig. Eigentlich ein genialer Plan. Erster Schwachpunkt: kein freier Parkplatz. Zweiter Schwachpunkt: Der letzte freie Platz, den ich finde, liegt viel zu weit außerhalb. Dritter Schwachpunkt: Es schifft wie Sau. Und ich muss zu Fuß zur Touristeninfo.

Einige Liter Niederschlag später laufe ich auf ein frisch saniertes Haus mit großem I am Giebel zu, das so trostlos perfekt aussieht, wie es nur öffentliche Gebäude können. Ohne Seele, ohne Wärme, ohne Geschmack. Drinnen empfängt mich der muffige Geruch von feuchten Touri-Klamotten, die langsam ausdünsten. Ich reihe mich direkt hinter eine Anorak-Familie in die Schlange am Infoschalter ein. Vermutlich ist er ein einfacher Angestellter mit einem Gehalt, das den Familienurlaub nicht gerade einfacher macht, und sie eine Tippse, die halbtags in einer kleinen Spedition arbeitet. Die beiden Kinder heißen wahrscheinlich Leon und Luca und sollen mal aufs Gymnasium. Fehlt nur noch der Partnerlook. Aber den tragen zum Glück bloß ältere Ehepaare mit psychedelisch gemusterten Regenjacken von Aldi. Irgendwann bin ich an der Reihe.

»Hallo, haben Sie einen Flyer mit allen Hotels der Stadt, und können Sie eins besonders empfehlen?«, frage ich die Azubine hinterm Tresen.

»Die Broschüren liegen da drüben auf dem Ständer.« Sie zeigt auf die gegenüberliegende Seite des Raums und das Riesenregal voller Prospekte. Das Interessante daran: Man hätte sich dafür nicht anstellen müssen. Aber vielleicht für die Hotel-Empfehlung.

»Ah ja. Und können Sie mir ein Hotel empfehlen?«, hake ich nach.

»Nein, das darf ich leider nicht. Wir dürfen keinen Anbieter bevorzugt behandeln.«

»Hätte ich mir denken können. Trotzdem danke.«

Leicht genervt schlurfe ich zum Regal. Zwischen drei Kubikmetern zukünftigen Altpapiers entdecke ich eine Broschüre mit dem schönen Titel »Für ausgeschlafene Gäste – Hotels & Pensionen in und um Goslar«. Ist die grinsende Anorak-Familie auf dem Cover die von eben? Von der Aufmachung her erinnert das Faltblatt an eine AOK-Werbung. Die war mir schon immer ein Rätsel. Seit dreißig Jahren macht sich jeder darüber lustig, außer bei der AOK. Die glauben immer noch, dass die »jungen Leute« es »echt cool« finden, wenn sie zwei Streber mit Zahnpastafresse sehen. Einer davon lässig an seinen neuen Roller gelehnt (Rocker), der andere mit einer Dose Cola in der Hand (Rebell, besonders seit dem Dosenpfand) und drei Mädels, die die beiden unberührten Pickelfressen anhimmeln, aber bisher offensichtlich auch noch unfreiwillig keusch geblieben sind. Dazu eine Headline à la: »Vorsorge ist cool. Check jetzt unsere neue Webseite aus und vereinbare ein Date mit deinem AOK-Berater. AOK ist voll OK.« Wie gesagt, ich verstehe es nicht.

Schlimmer wird's nur noch bei unserem Verteidigungs-Verein. Offensichtlich hat die Bundeswehr einige Leute aus der Marketingabteilung der AOK abgeworben. Allein für die Radiospots unseres Heers braucht man ein dickes Trommelfell. Lauter junge Leute, die total begeistert von ihrem Job bei der Armee schwärmen: »Da kann ich nebenbei studieren und sogar ein Auslandssemester absolvieren.« Dass der Auslandsaufenthalt vermutlich in Afghanistan stattfindet, lassen sie verständlicherweise weg. Warum ist man nicht einfach ehrlich und sagt: »Du liebst Killerspiele? Dann raus aus dem Kinderzimmer und rein ins wahre Leben oder den Tod. Brunnen buddeln war gestern. Lerne fremde Kulturen kennen oder lösche sie aus und erlebe die einmalige Kameradschaft bei der Bundeswehr: Saufen, bis keiner mehr geradeaus schießen kann, und Mobbing der Frischlinge gegen die Langeweile – und das bei einem attraktiveren Gehalt als beim Job am Drive-in.« Das Ganze für schlappe fünf Millionen Euro Werbeetat. Ich hätte es denen für die Hälfte gemacht.

Die Hotels in dem Prospekt sind nicht der Bringer, aber brauchbar. Hauptsache, keine Pension inklusive alter Wirtin, die einen beim Frühstück im Wohnzimmer mit selbst beantworteten Fragen belästigt: »Sie reisen allein? Sind Sie Single, wie man heutzutage so schön sagt? Meine Enkelin, die Lisa, ist auch noch unverheiratet, wissen Sie?! Und das mit sechsundzwanzig! Nächstes Jahr wird sie schon siebenundzwanzig. Früher hatte man in dem Alter Mann und Kind und hat gerade gebaut. Aber das kann man sich heute ja kaum noch leisten. Wie auch, ohne Mann. Sie kommt übrigens morgen zum Kaffee vorbei. Hätten Sie vielleicht Lust? Ich backe extra einen Apfelkuchen nach altem Familienrezept. Den müssen Sie probieren …« Nee, muss ich nicht!

Ich will Einsamkeit. Ich will ein stilles, anonymes Hotelzimmer mit Flatscreen und gut gefüllter Minibar. Für den Fall, dass die großen Flaschen, die ich total unauffällig in Plastiktüten an der Rezeption vorbeischmuggeln werde, nicht reichen sollten.

Ich beschließe, mir etwas zu gönnen, und suche die Telefonnummern der besten Hotels der Stadt raus. ElbRadio übernimmt ja freundlicherweise die Rechnung.

»Hotel Zur Linde, mein Name ist Gronau, was kann ich für Sie tun?«, flötet mir eine reizende Rezeptionistin ins Ohr.

»Feuer, guten Tag. Ich würde gern ein Zimmer bei Ihnen buchen. Haben Sie noch was frei?«

»Wann möchten Sie denn anreisen, Herr Feuer?«

»Ich bin quasi schon da. Also ab heute. Für ungefähr eine Woche.«

Einen Augenblick lang sagt sie nichts. Vor meinem inneren Auge sehe ich, wie ein mildes Lächeln über ihr Gesicht huscht, das allerdings im nächsten Moment wieder ihrem professionellen Perlweiß-Gebiss weicht.

»Ich fürchte, Herr Feuer, dass ich Ihnen so kurzfristig nicht weiterhelfen kann. Bis übernächste Woche sind wir komplett ausgebucht.«

»Schade. Können Sie mir dann wenigstens ein anderes Haus empfehlen?«

»Versuchen Sie es im Erlenhof. Da könnten Sie vielleicht Glück haben.«

»Okay, danke.«

»Sehr gern.«

Nach kurzem Blättern habe ich die Seite mit der Nummer des Erlenhofs gefunden. Eher gutbürgerlich als exklusiv, aber okay.

»Erlenhof?«

»Feuer, Tag. Ich würde gern ein Zimmer b…«

»Alles dicht.«

»Nichts mehr frei?«

»Richtig. Genau das meinte ich, als ich sagte: Alles dicht.« Dafür ist er offensichtlich nicht ganz dicht.

»Aha. 'ne Ahnung, wo noch was frei sein könnte?«, werde auch ich jetzt etwas pampig.

»Schwierig. In der Tanne vielleicht, wenn Sie Glück haben. Glaub ich aber nicht.«

»In der Tanne?«

»Ja.«

»Okay, und wenn ich da nix krieg, versuch ich's unter irgendeinem anderen Baum?«

Aufgelegt. Wie gut, dass in dem Laden alles dicht war. Von wegen kein Glück.

Nachdem ich mich die Sterneskala komplett runtertelefoniert habe, bleiben mir nur noch die Pensionen. Oder die Jugendherberge, aber irgendwo hört's auf. Leider präsentieren sich die Pensionen und Fremdenzimmer im Prospekt nur mit ganz kleinen Fotos, wenn überhaupt. So viel also zum Thema spontan wegfahren. Da eine Vorselektion unter den gegebenen Umständen keinen Sinn macht, schließe ich die Augen, kreise mit dem rechten Zeigefinger über die Inserate und tippe drauf. Pension Steirer.

»Steirer«, begrüßt mich eine junge, überaus angenehme Frauenstimme. Vielleicht hab ich in diesem Urlaub ja doch noch Glück.

»Hallo?«, fragt die junge Frau. Offensichtlich habe ich mich eine Spur zu lange gefreut.

»Ja, F-F-Feuer mein Name«, stammle ich. Es kann ja keiner ahnen, dass sich bei einer Pension so eine süße Stimme meldet. »Ich würde gern bei Ihnen einziehen, also wohnen, meine ich.«

Idiot! Sie lacht.

»Aber, Herr Feuer, wir kennen uns doch erst seit ein paar Sekunden«, flachst sie. Eine Frau mit Humor, wie schön.

»Umso besser, sonst würden Sie vielleicht Nein sagen«, gebe ich zurück. Schnell wieder gefangen.

»Tja«, meint sie, »ob ich Ja sage, hängt davon ab, wann Sie bei mir einziehen wollen und für wie lange.«

»Ach, meinen Rausschmiss planen Sie von Anfang an mit ein?«

»Ich befürchte, ja.«

»Na gut, ich dachte an diese Woche.«

»Nur eine Woche? Und das war's dann?«

»*Sie* wollten doch gleich wissen, wann Sie mich wieder loswerden können!«

»Auch wieder wahr. Sie haben Glück, in der Zeit ist noch ein Zimmer frei. Reisen Sie allein?«

»Natürlich. Wäre doch noch schöner, wenn ich mit Begleitung bei Ihnen einziehen würde, oder?«

»Stimmt. Um wie viel Uhr können wir mit Ihnen rechnen?«

»Na ja, wie lange muss ich bei Ihnen denn voraussichtlich nach einem Parkplatz suchen? In Goslar bin ich bereits.«

»Das dürfte kein Problem sein, wir haben drei Stellplätze direkt vorm Haus.«

»Super! Scheint mir in Goslar ein echter Standortvorteil zu sein. Dann bis gleich.«

»Bis gleich.«

Sofort renne ich zum Auto und fahre los. Direkt vorm Haus ist tatsächlich ein Parkplatz frei. Mit leichtem Kribbeln drücke ich auf die Klingel.

»Guten Tag, Sie müssen Herr Feuer sein.« Sprachlos starre ich auf die Frau, die mir soeben die Tür zur Vorhölle geöffnet hat. Vor mir steht kein junges Mädel, sondern ein altes Weib. Und in meinen Ohren hallt nicht der Klang einer lieblichen Stimme, sondern ein zittriges Krächzen.

»Äh, hatten wir telefoniert? Ist das hier die Pension Steirer?«, versuche ich das hoffentlich vorhandene Missverständnis aufzuklären. Doch schon der prüfende Blick aufs Klingelschild sorgt für Ernüchterung.

»Ja und nein, das hier ist die Pension Steirer, aber das am Telefon war meine Enkelin, die Sandra. Sie ist grad zu Besuch.«

»Wie schön …«

»Kommen Sie doch rein.«

Beim Betreten meiner Zuflucht für die kommenden Nächte – die Tage werde ich mit Sicherheit nicht hier verbringen – schlägt mir ein Gemisch aus getäfelten Decken und mitteldeutscher Provinzialität entgegen.

»Hier unten haben wir den Frühstücksraum«, beginnt meine Herbergsoma mit der Führung. »Möchten Sie um acht frühstücken oder lieber etwas früher?«

»Um acht?«

»Also lieber etwas früher.«

»Nee, später!«

»Oh, das wird schwierig.«

»Wieso?«

»Weil wir nur bis halb neun Frühstück servieren und dann abräumen. Morgenstund hat bei uns Gold im Mund.«

Das finde ich zwar nicht besonders witzig, halte es aber trotzdem für einen Scherz.

»Dann verzichte ich aufs Frühstück.«

»Sind Sie sicher?«

»Und wie!«

»Na gut, dann zeige ich Ihnen mal Ihr Zimmer.«

Das Geweih über der Tür lässt nichts Gutes erahnen. Drinnen empfangen mich ein Doppelbett mit verschnörkelten Eckpfosten, zwei Nachttische im allerschönsten Gelsenkirchener Barock, ein alter Ohrensessel und ein wuchtiger Bauernschrank. Hätte besser kommen können.

»Und hier sind Ihre Schlüssel. Der kleine ist für das Zimmer, und der große für die Haustür.«

»Danke. Das mit der Bezahlung regeln wir beim Auszug?«

»Genau, das läuft uns nicht weg.«

Ich hingegen würde gern weglaufen, bin aber zu entnervt, um nach etwas Besserem zu suchen. Irgendwann muss man sich seinem Schicksal stellen. Oder ergeben. Außerdem spekuliere ich darauf, dass ihre Enkelin irgendwann auftaucht.

Endlich wieder allein. Zeit für meinen Pyjama. Obwohl es draußen fast noch hell ist. Ich liebe es, wenn man tagsüber unter die Bettdecke kriecht, dann fühlt es sich anders an als abends. Ein bisschen wie an Tagen, an denen man krank war, nicht zur Schule musste und den ganzen Tag im Bett liegen und »Der Preis ist heiß« und »Familienduell« gucken konnte. Wenn man in einer fremden Stadt ist und sich eigentlich die Sehenswürdigkeiten angucken müsste, fühlt es sich fast noch besser an – wie Schwänzen. Ich kann machen, was ich will. Rock 'n' Roll!

Das Erste, was ich will, ist schlafen. Obwohl es draußen mittlerweile dunkel ist, klappt das aber leider nicht, da direkt vor meinem Fenster eine Straßenlaterne steht, mit der man problemlos das Berliner Olympiastadion fluten könnte. An schlafen ist nicht zu denken. Eher an Viviane. Mit ihr wäre es bestimmt noch gemütlicher in diesem Bett. Allein ist es doch etwas langweilig. Was soll's, Freiheit ist das, was man daraus macht. Ich stehe auf, hole mein Netbook samt Surfstick aus der Tasche, krieche wieder unter die warme Decke und polstere das Kopfende mit dem dicken Kissen auf, um aufrecht sitzen zu können. Zeit, um in meinen drei Singlebörsen nach dem Rechten zu schauen. Die Besucherinnen auf meiner *Finya*-Seite sind allesamt so attraktiv wie die hässliche Brillenschlange aus der Schule, neben der sich noch nicht einmal die Klassenschönheit zeigen wollte, um im Vergleich zu erstrahlen wie das Flutlicht vor meinem Fenster neben einem Schwarzen Loch. Wenigstens hat mir keine von denen geschrieben. Sonst müsste ich die jetzt auch noch abwimmeln. Andererseits, wenn mir schon keine Hübschen schreiben, warum dann nicht die, die es wirklich nötig hätten? Glauben die etwa, sie finden was Besseres als mich? Bin ich zu unattraktiv für solche grauen Flecken an einer grauen Wand? Bin ich hier etwa das Schwarze Loch? Meinem Einsamkeits-Level nach zu urteilen, bin ich höchstens der Mann im Mond. Lichtjahre entfernt von der Venus. Selbst wenn die in erreichbarer Nähe wäre, würde sie wohl eher mit dem arroganten Mars in die Sterne gucken.

Vielleicht sieht es auf *ElitePartner* vielversprechender aus. Kostet mich schließlich einiges. Volltreffer! Eine fünfundzwanzigjährige Marketingassistentin hat mir geschrieben:

»Hi, interessantes Profil. Lust, dich mal bei mir zu melden?«

Kreativ und witzig ist das zwar nicht, aber immerhin. Bei meinem Flirtvermögen kann ich mir keine überhöhten Ansprüche leisten. Lust mich zu melden habe ich trotzdem nicht. Obwohl die Fotos nicht schlecht sind. Eine gesunde Mischung aus süß und sexy. Weibchen müssen auf diesem Marktplatz der Einsamkeit genauso zeigen wie ich, was sie im Angebot haben, um die Männchen anzulocken. Bei Lena haben sich alle Typen den Hals verrenkt. Und wer durfte als Einziger mit ihr nach Hause? Genau, ich! Abgesehen von unserem Nachbarn.

Weiter zu *IN ist*... DRIN – dem Singleportal mit den blondiertesten Damen, die wohl trotzdem nicht die hellsten Köpfe sind. Siehe da: elf Flirts, neun Küsse, sieben Punkteverteilungen und drei Einladungen zur privaten Bildergalerie. Geht doch! Meine Stimmung hellt sich schlagartig auf und macht damit der Laterne vor meinem Fenster gehörig Konkurrenz. Anscheinend bin ich hier zwischen den ganzen Flachzangen mit nacktem Oberkörper und tiefergelegtem Intellekt der Schwan im Baggersee. Einige Frauen sehen dermaßen scharf aus, dass ich unter dem Eintrag Wohnort »Hamburg, Herbertstraße« vermute. Sehr weit gefehlt. Bis auf eine kommen alle aus den südlichen bis südöstlichen Bundesländern. Dabei dachte ich immer, die schneiden beim PISA-Test besser ab als der Norden?! Oder waren die alle gar nicht in der Schule und konnten somit nicht getestet werden und die Statistik versauen? Möglich. Bei so vielen billigen Tussis ist guter Rat teuer. Wie komme ich an eine tollere Frau als Lena ran? Manchmal frage ich mich, wie ich es geschafft habe, sie von mir zu überzeugen. Aber vielleicht musste ich das gar nicht. Denn eigentlich suchen sich Männer ja nie Frauen aus, sondern Frauen Männer. Ob was läuft oder nicht, bestimmt selbst in einer festen Beziehung immer die Frau. Wehe, man möchte als Mann lieber die Sportschau zu Ende gucken als sofort ins Bett. Das zieht nicht nur mindestens eine Woche sexuelle Unterversorgung nach sich, sondern auch einen Monat Diskussionen und ein Jahr mit versteckten Seitenhieben. David O'Dorian, hilf mir! Hoffnungsvoll aktualisiere ich mein Postfach. Nichts. Lässt mich mein neuer Freund und Helfer schon jetzt im Stich?

Vorsprung durch Technik

»Mann, ich brauch die Tipps, Alter!«, brülle ich den ersten Newsletter meines neuen Freundes David an. Bis der mal auf den Punkt kommt! Wieso labern Amis eigentlich immer so lange, bis sie endlich was Gehaltvolles sagen?

> Hi, hier ist dein neuer Freund David. Schön, dass du dir meinen Newsletter mit phantastischen und von mir persönlich getesteten Tipps und Tricks bestellt hast. Es ist mir wirklich eine Herzensangelegenheit, dir weiterzuhelfen. Es geht nicht ums Geld. Es geht um dich und dein Liebesleben. Es geht darum, dass du dein Leben änderst. Dass du dich änderst! Mit meinen Tipps und Tricks wird sich dir eine völlig neue Welt eröffnen. Du wirst Dinge erleben, von denen du immer dachtest, sie passierten nur Film- oder Rockstars. Weit gefehlt! Mit meinen persönlich getesteten Tipps und Tricks lernst du die von mir entwickelte Technik des frechen Humors. Denn was antworten Frauen, wenn man sie danach fragt, was für sie an einem Mann das Wichtigste ist? Genau, Humor. Natürlich hilft es, so auszusehen wie Brad Pitt oder George Clooney – aber hey, die wenigsten von uns tun das. Wenn du die von mir in jahrelanger Arbeit

gesammelten Tipps und Tricks verinnerlichst, kannst du aussehen, wie du willst, und trotzdem fallen die Frauen reihenweise in dein Bett. Und wenn du am Ende noch besser werden willst, dann hol dir mein E-Book mit den dazugehörigen Kursen auf DVD. Es geht mir wirklich nicht darum, möglichst viel Geld zu scheffeln. Wozu auch? Das, was ich selbst mit meinen Tipps und Tricks erreicht habe, kann man mit Geld gar nicht kaufen. Ich will dir helfen, ein besseres Leben zu führen. Ein Leben, von dem du immer geträumt hast. Schon im nächsten Newsletter verrate ich dir die ersten Schritte zur Anwendung meiner von mir entwickelten und persönlich getesteten Technik des frechen Humors. Wenn du nicht bis dahin warten kannst, bestell dir schon jetzt mein E-Book und die dazugehörige DVD für nur 89,95 Euro! Wenn du bis zum 31. Dezember bestellst, erhältst du außerdem mein Buch »Der freche Humor« in gedruckter Version gratis dazu! Ich freue mich darauf, dir meine besten Tipps und Tricks verraten zu dürfen.

Dein Freund David

Wie verzweifelt muss ich eigentlich sein, dass ich mir so etwas bis zum Ende durchlese?! Wenn der zweite Newsletter nicht radikal besser wird, kündige ich David die Freundschaft. Und zwar fristlos! Die Frage ist nur: Was mache ich bis dahin? Am besten eine Runde schlafen.

Mittlerweile ist es halb zwei. War eine kluge Entscheidung, auf das Frühstück zu verzichten. Bei meinem Glück serviert das zwar ihre süße Enkelin, aber darauf kann ich keine Rücksicht nehmen. Wenn ich die Tipps und Tricks meines neuen Nochfreundes David erst einmal anwende, ist es egal, wenn mir mal eine durch die Lappen geht. Andere Großmütter haben auch hübsche Enkelinnen.

Am nächsten Morgen schlafe ich konsequent aus. Na ja, sagen wir halb konsequent. Meinen Wecker habe ich mir nämlich trotzdem gestellt. Nun drücke ich wieder und wieder auf die Schlummertaste, um in dieser besonderen, halb wachen, bewussten Traumphase zu bleiben. Natürlich träume ich von Lena. Und von Viviane. Um genau zu sein, von beiden. In meinem Traum liege ich grade mit ihnen im Bett. Wer bei so was aufwacht, ist selber schuld. Leider folgt auf dieses schläfrige Glück die hellwache Ernüchterung. Wie nach einem One-Night-Stand. Wer will schon, dass der die ganze Nacht bleibt? Wegen mir könnte es auch One-Hour-Stand oder meinetwegen Two-Hour-Stand heißen, je nach Kondition und Alkoholpegel. Es will wirklich niemand mit jemandem frühstücken, den man sich am Abend vorher schön gesoffen hat und der im Halbdunkel des Clubs definitiv besser aussah als im nüchternen Neonlicht der Küchenlampe.

Ein stechender Schmerz in der Brust weckt mich endgültig auf. Blutendes Herz – offene Wunden. Die eine war schon fast vernarbt. Die andere ist noch ganz frisch. Wie soll man über eine Frau, erst recht über zwei, hinwegkommen, wenn einem die Ablenkung fehlt? Der pure Gedanke an andere und vielleicht noch viel hübschere Frauen als die, die einem den Liebeskummer eingebrockt haben, hilft jedenfalls nicht. Jedes Mal, wenn man hofft, es ist endlich vorbei, meldet er sich umso stärker zurück. Nur um wieder wehzutun.

Wo Männer ein Herz haben, muss bei Frauen ein Taschenrechner sitzen. Oder gibt es noch berechnendere Wesen? Während trottelige Männer in der völlig verblödeten Verliebtheitsphase festhängen, haben Frauen längst das Ende der Beziehung mit einkalkuliert und regeln bereits die Nachfolge. Jede zweite Frage ist bei denen ein Test. Und wehe, du fällst durch, dann bist du so gut wie draußen. So sieht's doch aus! Nur gut, dass ich nicht verbittert bin …

Ich versuche, die akuten Blutungen mit einem Besuch auf meinen Flirtportalen zu stoppen. Hat durchaus Suchtpotenzial, dieses Single-Zapping.

Auf *ElitePartner* tut sich absolut nix. Nicht ein einziger Single mit Niveau hat sich auf meine Seite verirrt, geschweige denn eine den Geist stimulierende Nachricht hinterlassen.

Auf *IN ist …* DRIN fliegen mir dafür tonnenweise blinkende Bärchen, Küsse, Anstupser und Wollte-nur-mal-hallo-sagen-Mails entgegen. Also auch nicht viel besser.

Meine letzte Hoffnung ist *Finya.* Und tatsächlich: Sieben Frauen haben mein Profil besucht, mit zweien würde ich mich sogar öffentlich blicken lassen, und eine hat sich bei mir gemeldet. Es geht doch! Mit etwas Herzklopfen öffne ich die Mail:

»Hi, finde deine Antworten zu den hundert Profilfragen echt witzig. Lust, mit mir gemeinsam zu lachen? Liebe Grüße, Anna.«

Sofort klicke ich auf ihre Seite. Das Profilbild scheint ein Bewerbungsfoto zu sein. Klassisch, seriös, aber sehr sympathisch. Auf dem zweiten prostet sie mit Bierflasche und umwerfendem Lächeln direkt in die Kamera. Das dritte ist das Beste: In einem kurzen weißen Sommerkleid, das mehr Bein zeigt als bedeckt, sitzt sie auf einer Bank und blinzelt in die Sonne. Die will ich! Kennenlernen und haben! Jetzt muss eine witzige und unpeinliche Antwort her. Wie ein Mantra sage ich mir immer wieder: »Du bist Texter, dir fällt was ein!« Also schreibe ich:

»Hi, klar hab ich Lust, mit dir zu lachen. Kennste den? Kommt ein Mann zum Arzt…« Okay, schlechter Versuch. Noch mal.

»Hi, dir würde ich am liebsten den ganzen Tag und die ganze Nacht Witze erzählen, nur um immer wieder dein süßes Lächeln sehen zu dürfen…« Würg! Ich brauche Inspiration. Vielleicht geben ihre Antworten auf die einhundert megaoriginellen Fragen des *Finya*-Teams was her.

Frage 1: »Würdest du jemandem aus einem Buch vorlesen?«

Ihre Antwort: »Philosophische Gegenfrage: Würdet ihr euch weniger bescheuerte Fragen ausdenken, wenn ihr schon mal eins gelesen hättet?!«

Ich glaube, ich bin verliebt. Und eine passende Antwort auf ihre Nachricht hab ich jetzt auch.

»Hi, klar hab ich Lust, mit dir zu lachen. Hab mir grad ein nigelnagelneues Witzebuch mit dem Besten von Fips Asmussen gekauft – hast du ein Glück! Daraus würde ich dir sofort vorlesen, wenn du willst. Liebe Grüße, Timo.«

Mit einem gezielten Klick ist die Nachricht abgeschickt.

Keine zehn Minuten später macht es »pling«: eine neue Nachricht.

»Extrem verlockendes Angebot, aber ich will ja nichts von Fips Asmussen, sondern vielleicht von dir. Bin übrigens schon etwas länger hier unterwegs und hab die Erfahrung gemacht, dass ewig langes Hin- und Herschreiben nichts bringt. Wenn man sich dann irgendwann trifft und merkt, dass es nicht funkt, war das ganze Getippe umsonst. Wollen wir das nicht lieber überspringen und gleich was trinken gehen? Meinetwegen kannst du mir dann auch 'nen Witz von Fips erzählen. Aber nur einen! :-)«

Mir wird schlagartig heiß. Treffen? Jetzt schon? Eigentlich sollte dieses Online-Flirten harmlos starten. Ich muss erst wieder warm werden. Ich fühle mich eingerostet und hab keine Ahnung, ob ich ein Quasi-Blind-Date schon packe. Bloß nicht durchdrehen. Tief durchatmen.

»Gut, dann leg ich noch 'nen Witz von Bauer Piepenbrink oben drauf. Wann und wo wollen wir uns denn treffen? Ich sehe, du wohnst in Lüneburg?«

Eine Minute später macht es wieder »pling«. Inzwischen liebe ich dieses Geräusch.

»Genau. Praktisch bei dir um die Ecke. Von Hamburg aus ist es ja nicht so weit. Wäre dir morgen zu spontan? Ich kenne einen netten Laden in der Schröderstraße, mitten in der Lüneburger Innenstadt. Café Central. Vielleicht um 19 Uhr?«

»Kenn ich. Läuft. Morgen, 19 Uhr. Freu mich!«

»Ich mich auch. Bis dann.«

Erschöpft sinke ich auf meinem Stuhl zusammen. Ich hab ein Date! Das erste nach Lena. Wenn man die Heidi nicht mitzählt.

In meinem Facebook-Chatfenster ploppt Nils auf.

»Stalkst du schon wieder deine Ex?«

Während ich auf der einen Seite mit einer neuen Frau flirte, behalte ich auf der anderen Seite im Blick, was meine Ehemalige so treibt. Na und? Ist ja wohl meine Sache.

»Wen interessiert denn die? Hab grade ein Date klargemacht für morgen.«

»Aha. Mit wem?«

»Eine aus Lüneburg. Kennst du nicht.« Ich werde mich hüten, zuzugeben, dass ich sie über eine Partnerbörse kennengelernt habe. Hat immer noch einen armseligen Beigeschmack.

»Wie heißt sie, was macht sie, wie sieht sie aus?«

»Anna, keine Ahnung, Bombe! Morgen weiß ich mehr.«

»Na denn, viel Spaß. Und hör auf, Lenas Facebook-Seite zu observieren. Du machst dich bloß selber fertig.«

»Ich hab nicht …! Vergiss es! Bis dann.«

Schon fast zwölf Uhr. Zeit, in die Gänge zu kommen. Den ganzen Tag im Zimmer zu bleiben, wenn man extra weggefahren ist, macht irgendwie doch keinen Sinn. Auch wenn die Ausbeute bereits sehr ergiebig war. Jetzt könnte es nur problematisch werden, hier zur Mittagszeit irgendwo ein Frühstück aufzutreiben. Oder ist Goslar eine Studentenstadt?

Auf dem Weg ins Zentrum komme ich an drei Läden

mit dem dezenten Hinweis vorbei: Frühstück nur bis zwölf. Jaja, und draußen nur Kännchen. Andererseits könnte ich auch was Warmes vertragen. Ein Bauernfrühstück zum Beispiel. Das wiederum bekommt man sinnigerweise nur zum Mittag, also ab zwölf.

Ein kleines Bistro einige Hundert Meter weiter bietet tatsächlich bis 15 Uhr Frühstück an. Nur leider dauert es auch fast bis dahin, bis es mir serviert wird. Zum Glück habe ich mein Netbook mitgenommen. Schließlich darf ich den Eingang von Davids rettenden Tipps und Tricks nicht verpassen. Während ich auf mein Frühstück warte, checke ich meine Mails – und siehe da: Mein Freund auf Bewährung hat mir geschrieben. Auf drei Seiten breitet David Weisheiten aus, die man auch in drei Sätzen hätte sagen können. Ohne heiße Luft und zusammengedampft lehren mich Davids weise Worte Folgendes:

1. Provoziere Frauen mit der Technik des frechen Humors und locke sie aus der Reserve.
2. Sei kein Weichei und entschuldige dich nicht, wenn ein Spruch danebengeht.
3. Kauf mein E-Book.

Tolle Tipps. Und Tricks natürlich. Das Blöde daran: Bevor ich eine Frau überhaupt mit der ausführlich getesteten Technik des »frechen Humors« provozieren oder mich dafür entschuldigen kann, muss ich zunächst eine ansprechen. Wie ich meine Schwellenangst überwinden soll, steht da aber nicht – wahrscheinlich steht das im E-Book. Ernüchtert ziehe ich mir mein Frühstück rein und bekämpfe die Enttäuschung mit einem Eis zum Nachtisch.

Plötzlich kommt mir ein wirklich hilfreicher Tipp oder meinetwegen Trick in den Sinn. Verhöker dein E-Book für 89,95 Euro an jemand anderen, David! Denn was hatte mir mein CD in Dresden gesagt? »Du musst deine Angst einfach überwinden und Frauen ansprechen. Sie warten nur darauf. Einfach hingehen und anschnacken. Und wenn man abblitzt, versucht man es bei der Nächsten.« Abblitzen werde ich bestimmt, aber selbst wenn ich neun Mal auf die Schnauze fliege, beim zehnten Mal fliegt das Mädel auf mich! Kombiniere: Ohne Rücksicht auf meinen Stolz Frauen ansprechen, egal wo, und dann mit frechem Humor und ohne Weicheierei angreifen. Das nenne ich einen Plan. Euphorie vs. Angst: eins zu null. Optisch liege ich zwar sehr wahrscheinlich näher an Fips Asmussen als an Brad Pitt, aber auf die Technik kommt es an. Und die habe ich jetzt.

Vollgepumpt mit Selbstbewusstsein, verlasse ich das Bistro und stolziere mit offenen Augen und geradem Kreuz über die Einkaufsmeile. Leider sind um die Mittagszeit hauptsächlich Muttis unterwegs. Was grundsätzlich nichts Schlechtes sein muss. Kann auch der dankbare Typ dabei sein. Andererseits habe ich hier das, was ich auf dem Rummel nie hatte: freie Auswahl. Warum sollte ich mir da ausgerechnet eine Mutti aussuchen?

Nach einer halben Stunde ergebnisloser Suche kommen mir allmählich Zweifel ob der Genialität meines Plans. Vielleich sollte ich das lieber vergessen. Immerhin habe ich morgen ein Date. Auf der anderen Seite wollte ich mich nicht nur auf eine festlegen, sondern flirtmäßig voll durchstarten. Was ich brauche, ist eine zusätzliche Motivation. Etwas, das dafür sorgt, dass ich nicht beim kleinsten Hindernis aufgebe. Da hilft nur Nils:

»Nils, ich brauch dich als Druckmittel.«

»Was?«, höre ich Nils' verwirrte Stimme am anderen Ende der Leitung.

»Also, folgender Plan: Ich werde zehn Frauen ansprechen. Einfach so. Und damit ich zwischendurch nicht den Mut verliere, erzähle ich dir das jetzt, und du musst mir dann im Fall der Fälle in den Hintern treten. Okay?«

»Ich kapier kein Wort. Du willst zehn Frauen ansprechen? Und dann?«

»Na, dann klappt's entweder mit einer oder eben nicht.«

»Einfach auf gut Glück? Und wenn's mit keiner klappt, was dann?«

»Keine Ahnung, dann denk ich mir was Neues aus.«

»Ich würde sagen, du brauchst 'ne zusätzliche Motivation. Sonst hakst du bloß eine nach der anderen ab, um es hinter dich zu bringen. Ich wüsste auch schon was: Lenas Brief.«

»Was?«

»Du hast schon richtig verstanden. Wenn mit keiner von den zehn was läuft, machst du das Teil endlich auf. Und ich meine nicht bloß Küsschen auf die Wange oder ein bisschen Fummeln. Koitus, mein Freund. Und ich merke, ob du lügst.«

»Ich finde, wir sollten Lena da raushalten.«

»Raushalten? Mach uns beiden nichts vor, hier geht's

doch einzig und allein um sie! Also, die Sache gilt. Ach, und aufmachen bedeutet dann auch lesen! Wehe, du schummelst! Muss Schluss machen.«

Lenas Brief. Ausgerechnet. Natürlich hab ich ihn dabei. Schließlich trage ich meine Lieblingsjacke, da steckt er nun mal drin – mir wird schwindelig. Wieso hab ich Nils bloß eingeweiht? Aus der Nummer komm ich nicht mehr raus.

Mann, bin ich 'ne Wurst!

Draußen wird es allmählich kühl. Bei wärmeren Temperaturen bin ich lockerer – und die Frauen tauen auch schneller auf. Ab zu Karstadt. Die Frage ist nur, in welcher Abteilung ich anfangen soll. Die Wäscheabteilung fällt von vornherein flach – zwischen BHs und Spitzenhöschen würde ich wirken wie ein perverser Spanner. Bei den Haushaltswaren denken Frauen eher an ihre Küche als ans Schlafzimmer. Vielleicht die Etage mit den Schlafzimmergarnituren? Da ist die Wahrscheinlichkeit, dass sie an den denkt, der normalerweise neben ihr im Bett liegt, viel zu hoch. CD-Abteilung? Böte gute Aufhänger für Small Talk. Am besten gehe ich durch den ganzen Laden und spreche einfach jede an, die mir gefällt, völlig egal, ob sie vorm Fahrstuhl oder vorm Klo steht. Was bleibt mir auch übrig, jetzt, wo mir der Brief und Nils im Nacken sitzen.

In der Abteilung für Damenoberbekleidung werde ich fündig. Blond, blond und blond. Mehr sehe ich auf den ersten Blick nicht. Denn ich starre, ohne zu blinzeln, um möglichst keine ihrer Bewegungen zu verpassen. Sie ist Anfang dreißig und hat eine Figur zum Niederknien. So was hat man früher gemalt! Es ist mir sogar gleichgültig, ob sie 'ne Mutti ist oder nicht. Stellt sich die alles entscheidende Frage: Wie spreche ich sie an – und zwar bevor sie bemerkt, dass ich sie bemerkt habe? Mir wird übel.

Seit ich denken und fühlen kann, hab ich ständig für irgendwelche Mädchen geschwärmt. Heimlich, versteht sich. Eher wäre ich in Unterhose über den Schulhof gelaufen, als dass ich meinen jeweiligen Klassenschwarm gefragt hätte, ob sie mit mir gehen will. Was, wenn sie Nein gesagt hätte? Dann hätte sie es garantiert ihren Freundinnen erzählt, und die allen anderen in der Klasse. Das Schlimmste wäre jedoch gewesen, ihr danach wieder unter die Augen zu treten. Wird Zeit, meine Angst vor den Körben zu überwinden. Vielleicht sterbe ich wirklich nicht, wenn mich eine Frau ablehnt. Vorsichtig nähere ich mich dem Moment der Wahrheit und meiner Nummer eins von zehn.

»Die 32 hängt übrigens dort drüben«, wage ich meinen ersten Vorstoß.

Überrascht schaut sie mich an: »Hä?«

»Entschuldige meine Direktheit, aber du kannst doch unmöglich eine 34 sein.«

Erster Spruch, und schon habe ich mich entschuldigt. Weichei!

Skeptisch werde ich gemustert. Am liebsten würde ich sie fragen, was sie jetzt denkt. Aber nach dem Weichei-Ausrutscher wäre das bereits der zweite Fehler. David würde mir wahrscheinlich die Freundschaft kündigen. Es sei denn, ich kaufe sein E-Book.

»Bin ich aber. Die 32 spannt zu sehr hier oben, weißt du?!« Sie zeigt direkt auf ihre beeindruckende Oberweite. Verkrampft versuche ich, ihr wieder in die Augen zu schauen.

»Ähm, klar. Ich bin übrigens Timo. Wenn du bei der

Auswahl ein männliches Feedback brauchst, steh ich dir gern zur Verfügung.«

»Weil du so einen Blick dafür hast, wo du mir eben schon die falsche Größe vorschlagen wolltest?«

»Sollte vor allem ein Kompliment sein.«

»Ach, es war also gar nicht ehrlich gemeint? Hältst du das für einen guten Anfang?«

»Geht so. Kann nur besser werden.«

»Glaub ich nicht. Und mein Freund da drüben wahrscheinlich auch nicht.« Sie zeigt auf einen mit drei Tüten beladenen Typen.

Jetzt heißt es schnell Land gewinnen, ohne dabei an Souveränität zu verlieren. Ich suche Zuflucht auf der Kundentoilette. Hinsetzen, Puls runterfahren, tief durchatmen. Hier stinkt's. Aber ich lebe noch! Und mir tut gar nichts weh. Kein verletzter Stolz mit klaffender Wunde – eher 'ne Schramme, die schnell wieder verheilt. Ich hab mich endlich getraut. Nach fast drei Jahrzehnten an der Beziehungsfront, wenn man die Schwärmereien für Susi und Nele im Kindergarten mitrechnet. Ich bin zwar abgeblitzt und stehe immer noch unter Strom, aber dafür hat dieses kleine Flirt-Desaster meinen männlichen Mut wiederbelebt. Vielleicht sollte ich es wirklich in der Herrenabteilung versuchen und eine ansprechen, die etwas für ihren erschlafften Göttergatten aussucht. Oder noch besser: Ich verbessere auf dem Weg zu meiner Nummer zehn stetig das Angebot. Ich beschließe, mir eine Typerneuerung zu verpassen. Das heißt: neue Jeans, neue Schuhe, neue Frisur, neues Oberteil.

Leider bedeutet Jeanskauf für einen Mann allein die

Hölle. Egal, was für eine intellektuell begrenzte Vollbratze einen im Laden erwartet – sie hält einen garantiert für noch dümmer. Kompetente, aber anscheinend zu alte Verkäuferinnen wurden schon vor Jahren aus solchen Geschäften verbannt. Die konnten zwar mit einem Blick abschätzen, welche Größe man hatte (im Gegensatz zu mir), und schauten selbstverständlich nach, ob hinten im Lager noch eine passende Hose auf einen wartete – aber wen kümmern heute derlei Details. Die Minijobber-Tussis bewegen ihren hüftfreien Speck selbstverständlich keinen Millimeter zu viel, sie könnten ja ins Schwitzen geraten. Bevor die Billigschminke aus der Drogerie verläuft, laufen sie lieber gar nicht.

Während ich mich in eine schon auf den ersten Blick zu klein geschnittene Hose (»Is' aber 'ne 36«) hineinzwänge und dabei in dem einen Quadratmeter kleinen Umkleidekäfig zweimal den Musikknochen zum Swingen bringe, muss ich mir anhören: »Die hätten wir auch noch 'ne Nummer kleiner da.«

Das gezielte Ansprechen verkneife ich mir bei der Jeans-Jacqueline lieber. Was soll dabei auch Gutes rumkommen? Außerdem brauche ich für meine Typumwandlung noch die passenden Schuhe. Bis zum nächsten Schuhgeschäft sind es nur ein paar Schritte.

Bevor man einen einzigen Herrenschuh zu Gesicht bekommt, muss man sich natürlich einen Weg bahnen durch eine Horde völlig paralysierter Frauen vor Bergen von Stiefeln und Riemchensandalen. Die Herrenschuhe werden grundsätzlich im hinteren Bereich oder sogar im ersten Stock versteckt.

Zwischen den Regalen der Herrenabteilung erspähe ich eine nette Brünette, von der ich mir gern helfen lassen würde. Leider hilft sie momentan einem beleibten Herrn bei der Auswahl von Schuhen, die er unter seiner bierfassrunden Problemzone sowieso nie wieder zu Gesicht bekommen wird. Mit offenem Blick schreite ich besagte Regalreihe ab. Ein kurzes Nicken, mehr nicht. Immerhin, ein Anfang. Kontaktaufnahme gelungen. Sie weiß jetzt, dass ich hier bin. Dass sich ein Wahnsinnstyp im Laden befindet, für den es sich lohnt, diese Qualle schnellstmöglich abzuwickeln. Hauptsache, mich spricht in der Zwischenzeit keine von den alten Schabracken an. So gut ältere Verkäuferinnen im Jeansladen sind, so überflüssig sind sie im Schuhladen. Niemand braucht beim Schuhkauf Beratung. Was sollen die auch sagen? Der Schuh steht Ihnen? Wir hätten ihn auch noch eine Nummer kleiner da? Wie eine Hose am Hintern sitzt, sieht jeder. Wie ein Schuh am großen Zeh sitzt, sieht noch nicht einmal der Zehbesitzer. Man kann es nur spüren. Schmerzen? Eine Nummer größer. Zu viel Luft am Hacken? Eine Nummer kleiner. Entweder sie gefallen oder nicht. Sneakers, klassische Lederschuhe, Turnschuhe und Stiefel kann jeder tragen. Sandalen keiner.

»Kann ich Ihnen weiterhelfen?«

Als ich grade zum Satz »Nein danke, ich schau …« ansetze, sehe ich, dass mich kein verwitterter Oil-of-Olaz-Ernstfall, sondern der frische Pfirsich angesprochen hat.

»Äh, oder vielleicht doch«, versuche ich mit quietschender Stimme die Kurve zu kriegen. »Ich brauche stylische Sneakers.«

»Stylische Sneakers?«, lächelt sie leicht spöttisch.

»Genau.«

»Aha. Dann sollten wir vielleicht zur Sportabteilung rübergehen. Hier stehen nämlich nur die Lederschuhe.«

»Gute Idee. Man merkt, Sie sind vom Fach.«

»Danke. Haben Sie denn eine konkrete Vorstellung, wie sie aussehen sollen?«

»Nö.«

»Hm, welche Größe? 46?«

»Genau! Das sehen Sie auf einen Blick?«

»Ich mach das beruflich, müssen Sie wissen.«

»Richtig.«

Wie komme ich jetzt schneller auf den Punkt als David und frag sie nach ihrem Feierabend? Wir könnten ja noch was trinken gehen. Schließlich bin ich neu (und bestimmt nicht mehr lange) in der Stadt. Da wäre eine Tour durch die angesagten Locations von Goslar nicht verkehrt. Gut, wahrscheinlich ein Widerspruch in sich, aber trotzdem einen Versuch wert.

Zurück zu den Schuhen. Ich muss mich konzentrieren. Sonst stehe ich wieder wie der starrende Trottel da, der nicht richtig zugehört hat und ins Stottern gerät.

»Schon was gefunden, das Ihnen gefällt?«

Auf diese Frage könnte ich natürlich mit einem koketten »Ja« antworten und sie vielsagend anlächeln, aber dann kann ich mir für heute Abend gleich was zu trinken aus dem Supermarkt holen, um mich allein in die Pension zu hocken. Dummerweise sehen praktisch alle Schuhmodelle lahm aus.

»Tja, den braunen finde ich nicht schlecht.«

»Der ist aber etwas enger geschnitten.«

Ich probiere ihn trotzdem an. Sitzt wirklich etwas zu eng. Würde damit gut zu meiner neuen Jeans passen. Deshalb, und weil ich ihr irgendwie gefallen möchte, höre ich mich sagen:

»Könnte ich davon auch noch den anderen anprobieren?«

»Selbstverständlich. Ich hole Ihnen den zweiten schnell aus dem Lager.«

In Socken warte ich auf meine neuen Schuhe. Noch so ein Einkaufsritual, das einem Mann die Würde raubt. Allein damit sich diese Prozedur lohnt, werde ich die Schuhe kaufen. Natürlich auch, um ihr zu imponieren und sie freundlich zu stimmen. Dann *muss* ich sie fragen, sonst lohnt es sich gleich doppelt nicht.

Sie kommt mit beiden Schuhen zurück. Ich tue so, als ob es mich wirklich interessiert, wie es sich darin läuft, und nehme sie. Weil ich small-talk-technisch wieder heillos überfordert bin, gehen wir schweigend zur Kasse. Sie legt die Schuhe auf den Tresen und scannt den Barcode ein.

»Mit Karton?«

»Nee, das geht so«, erwidere ich lässig. Wie kriege ich jetzt den Bogen zu ihrem Feierabend, verdammt?!

»Das macht dann 89,95 Euro.«

»Oh, wie fürs E-Book«, rutscht mir raus. Mist!

»Bitte? 89,95 für ein E-Book? Muss aber ein wirklich gutes Buch sein.«

»Nee, nicht wirklich. Ich hab's auch nicht gekauft. Ist mir nur grade eingefallen.«

»Worum geht's denn in diesem E-Book? Harry Potter 1 bis 8?«

»Harry Potter!«, stoße ich verächtlich aus. »Geht eher darum, wie man Frauen verzaubert und am besten anspricht. Das hat sich ein Freund von mir gekauft, ich brauch das natürlich nicht.«

»Mh.«

»Damit will ich nicht behaupten, ich hätte jeden Abend eine andere.« Timo, halt doch einfach mal die Fresse! Stattdessen blubbert es weiter aus mir heraus:

»Andererseits könnte es nicht schaden, wenn Männer mehr in solche Bücher investieren würden. Was sich Frauen alles anhören müssen, bis sie den Prinzen unter den Fröschen gefunden haben!«, versuche ich mich zu retten.

»Ach ja? Was denn zum Beispiel? Etwas über Selbsthilfe-E-Books vielleicht?«

Ich muss mich kurz räuspern. Schätze, es ist Zeit, meine drückenden Schuhe und meine zwickende Jeans zu nehmen und zu verschwinden. Die Leute hinter mir an der Kasse werden allmählich ungeduldig. Ich zahle und gehe. Weichei!

100 % BH-neutral

Zwei Versuche, zwei Fehlschläge. Es kann nur aufwärts gehen. Gott sei Dank liegt meine Benchmark lediglich bei einer Erfolgsquote von zehn Prozent – eine von zehn. Noch ist alles drin. Ich muss einfach die Sache mit dem frechen Humor weiter ausbauen – oder damit anfangen.

Nächster Versuch: Friseuse. Liegt zwar etwas zu dicht am Niveau von »*IN … ist* DRIN«, aber man soll seine Ansprüche nicht zu hoch schrauben. Hört man ja immer wieder von seinen verpaarten Freunden. Selbst sind sie nur zufällig übereinander gestolpert, aber als Single bin ich quasi dazu verpflichtet, gezielt zu suchen, und muss mir kluge Ratschläge anhören. Als ob es an zu hohen Ansprüchen scheitern würde. Als ob ich mir aussuchen könnte, in welche ich mich verliebe.

Jetzt also zum Friseur. Dieses Mal möglichst nicht zu einer von diesen Billigketten, bei denen man selber föhnen und fegen muss. Schließlich brauche ich diesmal kein Büschel für irgendwelche hirnrissigen Racheaktionen. In einer Seitenstraße finde ich den anscheinend angesagtesten Friseur Goslars. Was nicht nur daran zu erkennen ist, dass er weder Haarekrishna, Haaribo oder Haarlelujah heißt. Auch die flockige Lounge-Musik, die auf die Straße plätschert, macht dem Passanten deutlich: Hier bekommst du nicht nur eine neue Frisur – wir schenken dir ein neues Leben. Genau das, was ich brauche. Der Name Hairstudio 54 geht auch in Ordnung. Am Empfangstresen erwartet mich ein feuerroter Lockenkopf.

»Hi, was können wir Schönes für dich tun?« Klar, im Studio 54 wurde auch nicht gesiezt.

»Mir die Haare schneiden«, entgegne ich trocken, aber mit breitem Grinsen. Endlich lacht mal eine. Das kann aber auch die Hoffnung auf Trinkgeld sein, wer weiß.

»Na, das kriegen wir hin. Hast du eine Kundenkarte?«

»Nein, nur zu lange Haare.«

»Alles klar«, lacht sie. »Möchtest du zu jemand bestimmtem?«

»Am besten zu jemandem, der das gelernt hat.«

»Sollte hier zu finden sein. Setzt dich am besten schon mal drüben in die Lounge, meine Kollegin kommt dann gleich. Möchtest du vielleicht was trinken?«

»Mitten am Tag?«

»Nee, was Alkoholfreies, meinte ich natürlich.«

»Ach so, dann nehme ich einen Kaffee.«

»Mit Milch und Zucker?«

»Nur mit Wasser und Kaffeepulver.«

»Ich seh schon, wird lustig mit dir. Vielleicht einen Keks dazu, du Scherzkeks?«

»Wenn du das gebacken kriegst, nehme ich gern etwas Gebäck.«

»Unfreundlich, aber nicht schlecht.«

Sie dreht ab in Richtung Küche, ich in Richtung Lounge. Sekunden später versinke ich in einem weichen weißen

Ledersofa. Die Dinger stellt sich auch niemand freiwillig ins Haus, seit die Achtziger vorbei sind. Abgesehen von Lenas Eltern. Werden bestimmt nur noch für Haarstudios und Arztpraxen mit Privatpatienten-Klientel gebaut. Hässlich, aber durchaus bequem. Sandy, wie ich ihrem Namensschild entnehme, kommt mit meinem Kaffee zurück.

»Bitte schön, dein Kaffee mit Wasser und Pulver und einem extra leckeren Keks.«

»Danke schön.«

»Jessie bedient grad einen Kunden, ist aber gleich für dich da.«

»Kein Stress.«

Das Vokabular und die Vornamen erinnern mich stark an den Puff in Dresden: »Jessie bedient grad einen Kunden, ist aber gleich für dich da.« So hat Monique auch mit den noch nicht abgemolkenen Freiern an der Bar gesprochen. Allerdings gab es dort keine Kundenkarten mit Bonusprogramm. Obwohl es ganz witzig gewesen wäre, wenn Monique beim Abkassieren gefragt hätte: »Sammelst du G-Punkte? Für zehn Stück gibt es einen Blowjob gratis.«

Nach zehn Minuten ist Jessies anderer Kunde wohl bedient.

»Hi, ich bin Jessie. Wollen wir?«

»Aber immer!«

Jessie trägt ein enges pinkes Top, eine schwarze Hüfthose und mehrere Schichten viel zu dick aufgetragenes Make-up, das wohl nur Herrn Rossmann oder Herrn dm gefallen dürfte. Ich trotte hinter ihr her und setze mich auf den dargebotenen Stuhl. Sie wickelt mich in den obligatorischen Umhang und sorgt mit der Halskrause für die bekannte Unterversorgung meines Gehirns.

»Geht's so?«, fragt sie ebenfalls obligatorisch.

»Jaja«, antworte ich gequält, nur um nicht als Weichei dazustehen. Danke schön, David.

»Wie soll's denn werden?«

»Kürzer.«

Sie stößt einen kurzen, aber heftigen Lacher aus: »Sach bloß? Keine Extensions? Während ich schneide, würde ich an deiner Stelle auf die blöden Witze verzichten.«

Sie holt den Rasierer und will loslegen, aber natürlich ist der Akku fast leer. Typisch Frau. Anstatt Akku-Geräte rechtzeitig ans Ladegerät zu hängen, wundern sie sich lieber, dass die Dinger plötzlich und unerwartet alle sind und absterben. Deswegen sind schnurlose Telefone für Frauen auch völlig ungeeignet. Zur Ladestation schaffen es die Haus-Handys nie zurück. Wenn man dann selbst telefonieren möchte, hört man statt des Freizeichens nur noch das Piepen der Ladestandsanzeige.

»Ich scheide dir zuerst die Seiten, und dann gehen wir rüber zum Waschen, okay?«

»Wie du meinst. Da lasse ich dir völlig freie Hand.«

»Echt? Wie wäre es dann mit einem Irokesenschnitt?«

»Sind die Achtziger nicht schon vorbei? Wenn, dann will ich so einen Undercut wie Justin Biber, damit die Mädels auf mich abfahren.«

»Die sind dann aber alle unter vierzehn.«

»Auch wieder wahr. Und strafbar.«

Ich liebe schlagfertige Frauen. Nachdem sie mir die

Seiten geschnitten hat, folge ich ihr zum Waschbecken, lege meinen Kopf in die Mulde und entspanne total. Kopfmassagen sind interessanterweise genauso angenehm wie Fußmassagen.

»Ist das Wasser okay?«

»Kommt drauf an. Nass genug isses. Nur etwas zu heiß.«

»Oh.«

Sie vergrößert den Abstand zum Siedepunkt.

»Besser?«

»Erstklassig!«

Das Problem am Zustand der absoluten Entspannung ist bei mir, dass er mit dem Zustand absoluter Angstfreiheit einhergeht. Was bei Weitem nicht so positiv ist, wie es klingt.

»Sag mal«, frage ich süffisant »wann hast du eigentlich Feierabend?«

»Mein Freund wollte mich um sechs abholen. Wieso?«

»Ach, nur so.«

Korb Numero drei. Kurz und schmerzvoll. Der Rest ist Schweigen. Manchmal muss man die Scham einfach wie einen Schauer heißer Lava über sich ergehen lassen. Oder wie einen Schwall kochend heißes Wasser. Jessie scheint gegen den Wasserhahn gekommen zu sein.

Unterbrochen wird die peinliche Stille nur von einer professionellen Frage. Nachdem ich mit dampfendem Schädel zurück auf den Frisierstuhl verfrachtet wurde, schnippt Jessie ein Bündel Haare auf meinem Kopf zusammen und fragt:

»So viel ungefähr?«

»Ich kann's zwar ohne Brille nicht sehen, aber wird schon passen.«

Zehn Minuten später bin ich fast wieder frei. Nur noch das obligatorische »Nein« auf die Frage, ob Gel in die Haare soll. Bloß nicht! Ich bändige ihr für Friseusen typisches Verlangen, aus mir einen Rico, Sandro oder Jermaine zu machen – Haare platt nach vorne gelen und den Pony hochstylen. Wie oft ich deswegen schon beschämt zum Auto gerannt bin, um möglichst schnell nach Hause unter die Dusche zu kommen! Seitdem parke ich immer direkt vor dem Salon. Und nach genau diesem Kriterium wird der normalerweise auch ausgesucht. Frauen mögen eher ihren Mann verlassen als ihre Friseuse, ich brauche bloß einen Parkplatz vor der Tür.

Zwanzig Euro ärmer und mit feinen Härchen in Gesicht und Nacken stehe ich wieder auf der Straße. Nummer drei kann ich ebenfalls abhaken.

Exklusive Männermode – zieht Frauen an

Dank des kurzen und nur mäßig erfolgreichen Besuchs beim Friseur bleibt mir genug Zeit für die letzte Etappe auf dem Weg zum neuen Typ: Peek & Cloppenburg. Mein Stammladen. Bei Karstadt fühle ich mich zwar heimisch, aber zum Anziehen habe ich dort das letzte Mal was gefunden, als ich Mädchen noch doof fand. Um C&A sollte man sowieso einen großzügigen Bogen machen, wenn man klamottentechnisch ernst genommen werden will. Verständlich, dass die meisten Kunden das Zeug höchstens klauen.

Nachdem ich einige Minuten durch die Herrenabteilung gestreift bin, mache ich mich mit meiner Beute – mehreren Pullovern mit V-Ausschnitt – auf den Weg zur Umkleide.

»Hast du's nun endlich anprobiert?« Eine Frau Ende vierzig zieht ungeduldig den Vorhang der Nachbarkabine beiseite und gibt ihren halb entblößten Gatten mit einem Arm im Ärmel des anzuprobierenden Oberteils der Öffentlich- und Lächerlichkeit preis. Allerdings lacht keiner der anwesenden Geschlechts- und Leidensgenossen, schließlich unterstehen sie einem ähnlichen Kommando.

»Nee, das steht dir überhaupt nicht! Hab ich dir gleich gesagt, aber du wolltest mal wieder nicht auf mich hören.

Das nächste Mal weißt du gleich Bescheid. Zieh bitte das rote an.«

»Aber letztes Jahr fandst du Grün an mir noch ganz toll«, versucht er sich zu verteidigen.

»Letztes Jahr! Das war doch was anderes. Außerdem war das kein Grün, sondern Mint. Und jetzt sieh zu, andere wollen auch.«

Kaum betritt ein Mann ein Kleidungsfachgeschäft, beginnt das Matriarchat. Gegen das Klischee, dass Männer eine Rot-Grün-Blau-Braun-Gelb-Schwarz-Weiß-Schwäche haben, ist man machtlos. Mag sein, dass ich nicht mit sonderlich vielen Bettgeschichten prahlen kann, aber dafür suche ich meine Klamotten selbst aus. Was einen nicht geringen Teil meines männlichen Stolzes ausmacht.

Irgendwie muss ich es schaffen, genau den wiederzubeleben und mehrere Kandidatinnen an einem Ort abzuhaken. Weiter durch die Geschäfte zu rennen und Frauen nach ihrem Feierabend zu fragen, erscheint mir wenig erfolgsversprechend. Aber wo sonst könnte ich mehrere Bienen mit einer Klappe schlagen? Logisch, in einem Club! Gut, ich bin in Goslar. Also in einer Bar? Gut, sagen wir in einer Kneipe. Entschlossen greife ich mir am Ausgang das kostenlose Szene-Magazin der Stadt und gehe zurück zur Pension. Als ich unterwegs an einem Kiosk vorbeikomme, fällt mir noch ein, dass ich die neuen und viel zu engen Schuhe zum Dehnen über Nacht mit Zeitungspapier ausstopfen muss, damit meine Füße später nicht vor die Hunde gehen. Das Szene-Magazin ist dafür zu schade und zu dünn. Da muss was Dickeres her. Wie zum Beispiel die BILD. Zum Schuheausstopfen reicht die allemal. Wobei ich einer der wenigen bin, die öffentlich zugeben, sie vor dem Zusammenknüllen auch zu lesen. Die anderen Millionen Leser werfen dieses »Revolverblatt« wohl unmittelbar nach dem Kauf weg. Gern in Verbindung mit einem Spruch, um sich intellektuell davon abzugrenzen:

»BILD sprach als Erstes mit der Leiche, was? Hö hö! Nur Mord und Totschlag.«

Als ich noch in einem Kiosk gejobbt habe, bin ich Zeuge jeder BILD-Leser-Ausrede geworden, die man sich vorstellen kann. Freiwillig hat diesen »Schund« offenbar niemand gekauft.

Der geneigte Bildungsbürger verlangte zum Beispiel mit ironischem Unterton: »Eine Bildung, bitte«, um dem Verkäufer und den anderen in der Warteschlange klarzumachen, dass man die BILD total durchschaut hat.

Fast schon ein Klassiker: »Was kostet die noch mal?« Die Botschaft: Der letzte Kauf ist einfach viel zu lange her, als dass man sich daran erinnern könnte.

Andere haben erst eine BILD aus dem Regal genommen und dann einen SPIEGEL obendrauf gelegt. Einer, der die BILD im Pornoheftchen einwickelt, ist leider nie gekommen.

Eigentlich ist die BILD so etwas wie Modern Talking zum Lesen: 120 Millionen verkaufte Platten, aber keiner hat sie. Mir gehören drei davon. Macht 119 999 997 verschollene Modern-Talking-Platten.

Auf meinem Zimmer stopfe ich die Schuhe mit dem Sportteil aus. Den braucht kein Mensch. Außer die letzte

Seite mit den Promi-News. Auf ein paar nackte Tatsachen darf man da immer hoffen.

Als Nächstes folgen meine Dehnübungen in der neuen Jeans. Damit die sich überhaupt dehnt, muss man kräftig nachhelfen. Erste und effektivste Übung: Hände zur Faust ballen, in die Hosentaschen stecken und hinhocken. Dabei leicht auf und ab wippen. Anschließend die Ski-Abfahrtshaltung einnehmen und immer schön weiterwippen. Zum Schluss die kritischste Übung für die Bänder: einen Fuß auf den Tisch und das Bein mit dem anderen Fuß durchdrücken. Zieht höllisch im Schritt, ist aber notwendig. Anschließend die Hose wieder ausziehen, kräftig ausschütteln und weich kneten. Das Ganze zwei- bis dreimal wiederholen und danach nicht den Fehler machen, die Hose zu waschen. Sonst geht das Ganze von vorne los, nur mit erhöhtem Schwierigkeits- und Schmerzgrad. Für den neuen Pullover wende ich in Ermangelung eines Bügeleisens die von mir persönlich entwickelte und getestete Zugmethode an. Auseinanderziehen, festhalten, fertig. Die Schuhe drücken nach wie vor.

Übermorgen muss das alles einigermaßen sitzen. Denn laut meinem jüngst ergatterten Szene-Magazin muss ich doch nicht in eine Kneipe. Im Music-Club steigt der offenbar ziemlich angesagte After-Work-Dance. Da bin ich natürlich dabei, auch wenn ich grade Urlaub hab!

Komm, Welt, lass dich umarmen!

Morgens von wärmenden Sonnenstrahlen im Gesicht geweckt zu werden, ist das Paradies. Das Blöde an solch perfekten Momenten ist nur, dass sie nie lange anhalten. Ich hätte gestern Abend weniger trinken sollen. Mir platzt gleich die Blase. Was soll's. Immerhin bin ich heute wieder in meiner Mission »wildes und ausgelassenes Singleleben« unterwegs. Nach Lüneburg. Zum Date mit Anna, meiner ersten Online-Bekanntschaft.

Bei Sonnenschein wirkt die zweieinhalb Autostunden von Goslar entfernte Mittelalterstadt extrem idyllisch. Fachwerkhäuschen, grün-bunte Vorgärten, kleine inhabergeführte Geschäfte. Gibt schlimmere Orte, um alt zu werden. Trotzdem verbiete ich mir, von einem gemeinsamen Leben mit Anna zu tagträumen. Wobei, schön wäre es schon. Vielleicht könnte ich hier meine eigene Agentur eröffnen und Werbung für den ortsansässigen Optiker machen. Und sie würde unsere Kinder in unserem Fachwerkhäuschen … Stopp! Ich darf nicht überschnappen, bloß weil mich online eine angeflirtet hat.

Noch fünf Stunden bis zu meinem Date. Vielleicht hätte ich doch nicht gleich nach dem Frühstück losfahren sollen. Andererseits hat die Hinfahrt meine Nerven beruhigt. Nichts ist schlimmer als Warten. Egal, auf was. Sobald es losgeht, verschwindet bei mir die Nervosität.

Nur das Warten ist für mich absolute Folter. Nägelrausreißen, Waterboarding oder Schlafentzug sind nichts dagegen.

Dummerweise hat sich durch meinen Frühstart das Warten und damit die Nervosität bloß nach hinten verschoben. Auch wenn die äußeren Rahmenbedingungen äußerst angenehm sind. Ich sitze mitten in der Stadt auf einer Bank am alten Marktplatz. Rechts das barocke Rathaus, vor mir der beschauliche Wochenmarkt, links Karstadt und hinter mir an der Straßenecke eine kleine Buchhandlung.

Um bereits im Café Central rumzulungern, unserem Treffpunkt, ist es viel zu früh. Bin schon drei Mal daran vorbeigelaufen, nur um sicherzugehen, ob es noch da ist. Man weiß ja nie.

Die nächsten Stunden schlage ich mit einem ausgiebigen Besuch in der Buchhandlung und einem Bummel durch die mittelalterlichen Gassen tot. Punkt 18.30 Uhr betrete ich einen Einrichtungsladen direkt neben dem Café Central. Allein die Duftkerzenwolke, die mich am Eingang empfängt, ist den Besuch wert. Geborgenheit pur. Dass sich der Laden über mehrere kleine, verwinkelte Altbauzimmer verteilt, lässt alles noch behaglicher erscheinen. Ich gehe die zwei Stufen im hinteren Teil des Geschäfts hoch und setze mich auf das alte Sofa am Fenster zum Hof. Hier bleib ich. Noch zwanzig Minuten.

»Hi! Na, bequem?«, reißt mich eine sonnige Stimme aus meinen Gedanken. Das Gesicht dazu kommt mir bekannt vor. Anna. »Ist mein Lieblingsplatz«, lacht sie. Für Sekunden verfalle ich in absolute Schockstarre. Wie soll ich mich verhalten? So tun, als ob ich sie nicht erkenne, mich verabschieden, rüber ins Café Central gehen und dort auf sie warten? Lächerlich. Ich entscheide mich für die Wahrheit.

»Anna?«

»Ja?«

»Also, die Anna? Von *Finya*?«

»Weiß ja nicht, wie viele Annas du da kennengelernt hast. Ich bin die aus Lüneburg.«

»Oh, hallo, Timo«, stammle ich. Gott, wie bescheuert.

»Hab ich mir schon fast gedacht«, grinst sie.

»Wolltest dir hier auch noch ein bisschen die Zeit vertreiben?«, versuche ich die Plauderei am Laufen zu halten.

»Kann man sagen. Mir gehört der Laden.«

»Wie? Dieser Laden?«

»Ja. Ich hab das Geschäft vor drei Jahren übernommen und will demnächst ein zweites aufmachen. In Hamburg.«

»Oha, eine richtige Unternehmerin.«

»Davon lässt du dich hoffentlich nicht einschüchtern. Ihr Männer könnt damit ja immer nicht so gut umgehen, wenn Frauen mit euch gleichziehen«, sagt sie mit einem Augenzwinkern.

»Was heißt gleichziehen? Überholen! Ich bin bloß ein kleiner Werbetexter. Und ob ich eingeschüchtert bin! Aber wir können trotzdem nebenan was trinken gehen.«

»Gott sei Dank! Du machst mich zu einer sehr glücklichen Frau.«

Erleichtert stehe ich auf. Wir funken anscheinend

auf derselben Wellenlänge. Das entspannt die Situation enorm.

Im Central sind bis auf zwei Tische alle besetzt. Zum Glück hab ich reserviert. Sonst hätten wir womöglich nur noch den Tisch direkt vor den Toiletten bekommen.

»Hi, Torben!«, ruft Anna dem Mann hinter der Theke zu. »Hast du mir meinen Platz frei gehalten?«

»Na, logisch.«

Wir gehen zum freien Tisch am Fenster. Gekonnt ignoriere ich das Reserviert-Schild auf dem anderen.

Ihr Outfit ist phänomenal. Nicht weil sie einen extra kurzen Minirock und ein tief dekolletiertes Oberteil anhätte. Im Gegenteil. Mit ihrer engen Jeans und dem dazu passenden Sweatshirt wirkt sie angenehm normal und trotzdem sexy. Einfach hübsch. Keine Liebe auf den ersten Blick, aber wir haben ja den ganzen Abend Zeit, weitere Blicke auszutauschen.

»Hast du das schon mal gemacht?«, will sie wissen, als uns Torben die Karten bringt.

»Was zu trinken bestellt?«

»Haha. Um mich zum Lachen zu bringen, musst du dir schon was Besseres einfallen lassen. Ich meine, mit einer aus dem Internet getroffen?«

»Nein. Hab mich erst vor Kurzem angemeldet. Auf diesem Gebiet bin ich noch ein Frischling.«

»Kein Problem. Dann erklär ich dir kurz die Spielregeln«, schmunzelt sie.

»Bin gespannt.«

»Ähem, räusper, räusper: Zuerst machen wir ein bisschen Small Talk über den Laden hier. Dann über die

Karte. Was wir bestellen wollen, ob ich wirklich nur den Salat oder doch lieber was Richtiges nehme und ob du ein Bier nimmst oder lieber was Alkoholfreies, weil du nachher noch fahren musst. Dann erzählt jeder etwas über sich: Beruf, Studium, Heimat, Elternhaus und natürlich Exfreunde oder eben -freundinnen. Und wenn wir uns bis dahin nicht gegenseitig gelangweilt haben, kommen die philosophischen Themen auf den Tisch: Zum Beispiel das Leben an sich, und was wir uns davon versprechen.«

»Klingt spannend. Dann lass uns am besten gleich anfangen, sonst schaffen wir das Pensum nicht, bevor die hier dichtmachen. Würde vorschlagen, du nimmst keinen Salat und teilst dir mit mir lieber die große Käseplatte mit frisch gebackenem Brot und Feigensenf.«

»Sehr guter Vorschlag. Damit wäre Punkt eins abgehakt. Werbetexter also, wenn man deinem Profil glauben darf. Wie kommt man denn dazu? Hast du nichts Vernünftiges gelernt?«

»Ich hab gar nichts gelernt. Jedenfalls nichts, was ich heute gebrauchen könnte. Mit BWL ist das ja so eine Sache.«

»Stimmt, konnte mich danach auch nicht entscheiden. Das Angebot, mich selbstständig zu machen, kam eher zufällig. Und jetzt kann ich mir gar nichts anderes mehr vorstellen.«

»Genauso geht's mir mit dem Texten. Den ganzen Tag in Schlips und Kragen rumzurennen und PowerPoint-Präsentationen zusammenzuschrauben, die die Menschheit nicht weiterbringen, wäre auch nichts für mich.«

»Bringt denn deine Werbung die Menschheit weiter?«

»Wahrscheinlich nicht. Aber vielleicht bringt sie jemanden zum Lachen. Zum Beispiel dich, wenn du an einem verregneten Tag an einem Plakat mit lustiger Headline von mir vorbeiläufst. Das reicht mir.«

»Klingt irgendwie gut.«

Wir gehen ihre Date-Liste Punkt für Punkt durch und lachen, bis uns der Käse aus dem Mund fällt. Gegen halb eins kommt Torben an unseren Tisch.

»Ihr Lieben, wir schließen gleich.«

»Schon?«

»Tut mir leid.«

»Wie wär's, wenn du uns dann noch eine Flasche Wein und eine Flasche Wasser bringst, damit Timo und ich bei mir nebenan nicht auf dem Trockenen sitzen? Oder willst du schon nach Hause, Timo?«

Ich? Nach Hause? Mit Sicherheit nicht. Und in meine Pension zieht mich genauso wenig.

»Bin dabei.«

Torben gibt uns einen leichten Roten und eine Flasche stilles Wasser zum Verdünnen mit auf den kurzen Weg.

»Auch auf die Gefahr hin, uncool zu klingen: Können wir ein paar von den Duftkerzen aus deiner Auslage anzünden?«, frage ich, als wir vor ihrem Laden stehen und Anna nach dem Schlüssel kramt.

»Klar«, schmunzelt sie, »darfst dir sogar welche aussuchen.«

»Au ja! Dann nehm ich die Vanille-Dinger.«

Lächelnd schließt sie die Ladentür auf. Wie selbstverständlich steuern wir direkt auf das alte Sofa zu. Kerzen an, Licht gedimmt und im Hintergrund die Kundenberieselungs-CD mit Filmmusik aus »Notting Hill«. Könnte zum Soundtrack unserer Liebe werden. Allerdings bin ich immer weniger scharf auf sie, je besser wir uns kennenlernen. Sie ist wirklich hübsch, niedlich, hat eine Menge Humor, eine angenehm weiche Stimme – nur will ich nicht mit ihr ins Bett. Aber auch aus Freundschaft kann ja Liebe entstehen. Wer weiß.

»Ich hab hinten noch was zu knabbern. Warte, ich hol's eben.« Anna rennt in den Raum hinter der Tür mit der Aufschrift »Privat« und kommt mit einer angebrochenen Tüte Erdnussflips und Schokoladenbonbons zurück.

»Geil, süß und salzig. Her damit!«, befehle ich ihr.

»Magst du das auch so gern? Direkt nach ein paar Flips 'nen Schokobon hinterherwerfen?«

»Ich finde, wir sollten heiraten.«

»Ha, ha, so einfach geht das bei dir? Braucht dir eine Frau nur die richtigen Snacks zu bringen, und schon stehst du in Flammen?«

»Wir Männer sind einfach gestrickt.«

»Und leicht zu haben, ich weiß. Aber mal im Ernst: Wir wissen ja beide, warum wir hier sitzen. Wie fandst du den Abend denn bisher?«

»Das ist ja mal 'ne fiese Frage!«

»Wieso?«

»Na, da kann ich ja nur verlieren.«

»Hör auf zu jammern und nimm es wie ein Mann! Also?«

»Also, ich fühl mich schon den ganzen Abend sehr

wohl. Auf dieser Couch ganz besonders. Kaum zu glauben, dass der Abend praktisch schon um ist. Ich find dich auch wirklich hübsch und witzig – aber Liebe auf den ersten oder zweiten Blick war es bisher nicht.«

»Geht mir genauso. Wir sollten das hier trotzdem unbedingt wiederholen, finde ich.«

»Unbedingt. Wer weiß, vielleicht ist es sogar besser, wenn wir uns nicht gegenseitig in unseren Schlafzimmern besuchen. Spart 'ne Menge Stress, und wir können trotzdem zusammen Spaß haben.«

»Du meinst, das hier ist der Beginn einer wunderbaren Freundschaft?«

»Vielleicht.«

»Würde mich freuen. Auf die Freundschaft?«

»Auf die Freundschaft!«

Wir stopfen uns weiter mit Flips und Bonbons voll, lümmeln auf der Couch und unterhalten uns über Gott und die Welt. Der letzte Punkt von Annas Dating-Liste. Manchmal sagen wir auch gar nichts, lauschen einfach nur der Musik und fühlen uns ein bisschen wie Julia Roberts und Hugh Grant in einem kleinen Buchladen in Notting Hill.

Gegen drei Uhr morgens wird es langsam Zeit zu gehen.

»In sieben Stunden muss ich schon wieder öffnen«, stöhnt Anna beim Blick auf die Uhr.

»Du bist die Chefin. Schlaf aus und lass das deine Mitarbeiter machen. Irgendwelche Vorteile muss die Selbstständigkeit doch haben.«

»Schätzelein, im Gegensatz zum kuscheligen Angestelltendasein kann man als Selbstständige nicht schwänzen.«

»Mach ich nie.«

»Natürlich nicht. Vergiss es, hab dich durchschaut.«

»Verdammt, dann geh ich wohl besser.«

Wir räumen schnell zusammen auf, schließen hinter uns ab und gehen zusammen zum Parkplatz. Unsere Autos stehen direkt nebeneinander. Reiner Zufall – ich werde jetzt nicht auf den letzten Metern anfangen, von Schicksal zu träumen. Trotzdem stecken in unserer Abschiedsumarmung eindeutig mehr als acht Stunden Vertrautheit.

Selig fahre ich zurück nach Goslar. Gegen den Verlauf dieses Abends kann selbst Nils nix sagen. Gegen sechs Uhr kippe ich samt Klamotten todmüde ins Bett. Der anbrechende Tag muss zusehen, wie er ohne mich klarkommt.

Connecting People

Gegen Mittag wache ich auf. Der After-Work-Dance beginnt erst ab 21 Uhr. Genug Zeit für einen erholsamen Ausflug durch den Harz. Kopf freikriegen. Einfach ins Auto und los. Kreuz und quer durch die grüne Hügellandschaft und irgendwo anhalten, wo es nett ist.

Die Landstraßen sind angenehm leer. Kaum Lkws oder Trecker unterwegs. Nur die unvermeidlichen Kleinwagen, die offensichtlich bei 65 km/h abgeriegelt werden. Was soll's, ich bin im Urlaub. »Aber auch der ist irgendwann vorbei!«, brülle ich gegen meine Windschutzscheibe. Als ob die Tussi vor mir das hören könnte. Sie kann es noch nicht einmal sehen, da der Rückspiegel so eingestellt ist, dass sie sich ohne Verrenkungen schminken kann. Gott sei Dank biegt sie wenig später ab. Natürlich in Schrittgeschwindigkeit.

»Schätzchen, das is' bloß 'ne Kurve, die tut nix!«, schreie ich meine Windschutzscheibe an.

Noch zwei von denen, und ich bin heiser. Bestimmt geht sie auch voll in die Eisen und fährt rechts ran, wenn ihr ein Rettungswagen entgegenkommt. Obwohl der seine eigene Spur hat und nicht noch mehr Platz braucht! Der wird ja nicht breiter, nur weil das Blaulicht blinkt, nur schneller! Ich muss ruhiger werden. Zeit für ein wenig Klassik-Radio. Hilft immer. Begleitet von wohlklingenden Partituren gleite ich durch Nadelwälder und vorbei an herrlichen Ausblicken. In Torfhaus mache ich Rast und genieße den Blick zum Brocken.

Vor zwanzig Jahren, auf der obligatorischen Klassenfahrt in den Harz, war ich schon mal hier. Fast zwei Jahrzehnte ist das jetzt her, und nichts hat sich verändert. Weder hier noch in meinem Leben. Wie konnten die Jahre so schnell an mir vorbeifliegen? Für Zwölfjährige sind Leute über dreißig vor allem eins: alt. Und erwachsen. Damals dachte ich, dass man's mit spätestens dreißig längst geschafft hat. Was genau, wusste ich zwar noch nicht, aber dass man's geschafft haben würde, war klar. Kein Zweifel. Man würde praktisch nur die Qual der Wahl haben zwischen einer Karriere als Rockstar, Schauspieler oder schlichtweg Millionär. Und was haben die meisten von uns tatsächlich erreicht? Die Gitarre verstaubt auf dem Dachboden, die letzte Bühnenerfahrung hatte man bei der feierlichen Überreichung des Abschlusszeugnisses, und Millionär ist man nicht mal in Simbabwe-Dollars. Nur die Träume sind einem geblieben. Oder die Erinnerungen daran. Alle Zeit der Welt hat man auch nicht mehr. Genau deshalb habe ich schon vor Langem beschlossen, möglichst angstfrei zu leben. Klappt leider viel zu selten. Aber niemanden kümmert es, wie oft ich beim Anbaggern auf die Schnauze fliege. Mir muss gar nix peinlich sein. Solange ich mich dabei lebendig fühle, ist alles in Ordnung. Zwanzig Jahre Warten auf der Couch, in der Hoffnung, dass das Leben an die Tür klopft, sollten reichen.

Deshalb lautet meine Losung für den After-Work-

Dance heute Abend: Gnadenlos anschnacken und anpacken! Im schlimmsten Fall komme ich mit einem blauen Auge davon.

Gegen 20 Uhr beginne ich mit dem Relaunch von Timo Feuer: »Timo Feuer Reloaded! New Version! Jetzt mit noch mehr Inhalt!« In Wahrheit eine Mogelpackung, aber wen juckt's. Keine Stunde später bewundere ich mein Gesamtkunstwerk im Spiegel: Gestylte Frisur, top Outfit, schon jetzt Blasen an den Füßen und ein Kneifen im Schritt. It's showtime! Mit federndem Schritt tänzle ich die Stufen zur Haustür hinab. Dabei stolpere ich meiner Hauswirtin direkt in die Arme.

»Oh, Sie gehen noch aus? Um 22 Uhr ist hier aber normalerweise Bettruhe.«

»Kein Problem. Wenn ich wiederkomme, sitzen Ihre anderen Gäste schon beim Frühstück.«

»Aha, was haben Sie denn vor?«

»Ich gehe zum After-Work-Dance im Music-Club!«

»Ach, ich glaube, da ist meine Enkelin auch hingegangen. Vielleicht treffen Sie sich dort. Wäre doch nett.«

»Und ob!« Wenn sie wüsste, was ich mit ihrer Enkelin gerne anstellen würde, fände es meine Herbergsoma wohl weit weniger nett. Aber da ich nicht weiß, wie ihre Enkelin aussieht, und ich sie bei einhundert Dezibel kaum an der Stimme erkennen werde, ist es wohl auch nicht so wichtig. Von so einem Flirt-Nebenschauplatz darf ich mich nicht ablenken lassen.

Der Club ist noch so gut wie leer. Das kommt davon, wenn man niemanden zum Warmtrinken hat.

Ich suche mir an der Bar einen Platz mit guter Übersicht und bestelle als Aperitif ein Bier mit einem Jägermeister. Der Aperitif erfüllt seinen Zweck und macht Appetit auf mehr. Nach der zweiten Runde bin ich angenehm betüddelt und locker. Die Tanzfläche ist nach wie vor verwaist. Dafür füllen sich allmählich die besten Aussichtsplätze drum herum. Gucken ist eben das Beste in solchen Nächten. Ausgelassen feiern tun die wenigsten. Die meisten sind nur Streuner. Bleibt man lange genug an einer Stelle stehen, laufen dieselben Leute mindestens dreimal an einem vorbei. Einziger Sinn und Zweck dieser Übung: gucken, ob nicht irgendwo mehr los ist. Da mich hier keiner kennt, habe ich mir fest vorgenommen, diesmal als einer der Ersten die Tanzfläche zu stürmen. Natürlich nicht als Allererster, alleine tanzen ist schon trostlos genug. Streng genommen, das Ödeste und Mitleiderregendste, was man sich in einem Club antun kann. Umso mehr sollte man vermeiden, dabei die Augen zu schließen und mitzusingen oder sich kontaktheischend umzuschauen und so zu tun, als gehörte man zu einem Kreis von tanzenden Freunden.

Die Musik wird zunehmend besser und vor allem tanzbarer. Auch wenn ich praktisch keinen der Songs, die der halbe Club mitgrölt, kenne. Wer hört sich schon Club-Hits im Radio oder auf CD an?! Sinnlos. Wie Bassgitarre oder Schlagzeug ohne Band zu spielen. Club-Hits finde ich nur dann gut, wenn ich sie zusammen mit ein paar Hundert anderen Leuten höre. Und zwar oberhalb der Tinnitus-Lautstärke. Hinterher ohne Pfeifen im Ohr einzuschlafen ist wie Döner essen ohne Knoblauchfahne.

Heute Abend jedoch rieche ich einwandfrei bis verführerisch. Wenn man der Axe-Werbung Glauben schenken darf – und selbstverständlich darf man das, ist schließlich nicht von mir –, wird es für mich gleich auf der Tanzfläche mächtig eng. Wundert mich, dass nicht schon längst ein Pulk von willigen Pheromon-Opfern um mich herumschleicht.

Wenn man vom Teufelsweib spricht: Schon zwängt sich eine leckere Blondine neben mich an die Bar und bestellt zwei Drinks. Was mir in meinem Zustand leider nicht ansatzweise verdächtig vorkommt. Stattdessen höre ich mich sagen:

»Hey, du hast mich angerempelt! Dafür darf ich dir jetzt aber einen Drink spendieren.«

Der höllisch gut aussehende blonde Engel schaut mich nur fragend an. »Wie?«, schreit sie in meine Richtung.

»Ich würde dich gern auf einen Drink einladen!«, versuche ich es etwas lauter.

»Danke, aber ich hol schon einen für mich und meinen Freund.«

»Was, er schickt dich los zum Bierholen? Also bei mir gäb's so was nicht.«

»Du sitzt auch nicht im Rollstuhl«, bemerkt sie trocken.

Ich stehe da wie gelähmt. Leicht verwirrt schaue ich in die Richtung, aus der sie gekommen ist – direkt in den prüfenden Blick ihres Freundes. Genau genommen, gucke ich erst in die Augen des Typs hinter ihm und senke dann meinen Kopf. Abfuhren zu kassieren kenne ich mittlerweile. Dabei dermaßen blöd ins Fettnäpfchen zu treten ist dagegen neu. Wieder was gelernt. Danke, Nummer vier. Haken dran und weiter.

Nummer fünf wartet bereits auf der Tanzfläche, weiß es nur noch nicht. Zeit, das zu ändern. Mit einer Hand in der Hosentasche und einem Bier in der anderen wage ich mich auf die Bühne der Paarungswilligen. Zum Glück ist der Laden recht dunkel. Das macht das Tanzen sehr viel angenehmer. Nichts drückt bei mir mehr auf die Stimmung als eine zu helle Tanzfläche. Kann man gleich die zuckenden Scheinwerfer weglassen und die Neonröhren anknipsen. Von der Mitte aus versuche ich mich wie zufällig an Nummer fünf heranzutanzen. Natürlich ohne jeglichen Blickkontakt. Im Gegenteil, ich zeige ihr konsequent die kalte Schulter.

Unerreichbarkeit demonstrieren, nennt das mein Freund David. Wer wie ein hechelnder Hund angedackelt kommt, wird maximal getätschelt und für niedlich befunden, kriegt aber niemals das Leckerli. Denn niedlich ist das Gegenteil von geil. Niedliche Typen sind harmlos und damit ungefährlich, sagt David.

Irgendwann bin ich neben ihrer Fünfergruppe aus drei Mädels und zwei Jungs angekommen. Ideale Voraussetzungen, wenn die anderen beiden Mädels zu den beiden Honks gehören und sie allein mitgenommen wurde. Wie durch Zufall berühre ich mit meinem Rücken ihre Schulter. Leider zeigt sie keine Reaktion auf diese subtile Form des Paarungsverhaltens – das ist ausbaufähig. Im zweiten Schritt wende ich mich ihr für einen Moment mit einer getanzten Viertelumdrehung zu. Der Plan ist, kurz Augenkontakt herzustellen und dabei Sympathie zu signalisieren. Die Weichen für ein näheres Kennenlernen sollten damit gestellt sein. Leider zieht sie die Notbremse und tanzt eines der Hampelmännchen aus ihrer Runde an. Gut, wenn sie es gern noch subtiler möchte – kann sie haben.

Während ich vor mich hintanze und mein weiteres Vorgehen plane, bemerke ich, wie sie mich anlächelt. Sogar ihre beiden Freundinnen haben anscheinend begriffen, was für ein steiler Typ da neben ihnen auf Justin-Timberlake-Niveau sein zeugungsfreudiges Becken kreisen lässt. Klar, Frauen achten darauf, ob ein Mann gut tanzen kann. Schließlich glauben sie, daran erkennen zu können, wie gut derjenige im Bett ist. Sagt zumindest David. Demnach stelle ich mich auf einen flotten Vierer ein. Sie schauen mir sogar direkt zwischen die Beine. Eindeutiger geht's kaum. Ich lächle selbstsicher zurück und schaue nun meinerseits in ihre Ausschnitte, um ein gewisses Gleichgewicht herzustellen.

Leider wird dieses Bemühen nicht honoriert. Statt mich heranzuwinken oder auf mich zuzukommen, zeigt die Brünette links neben Nummer fünf auf meine Hose. Irritiert gucke ich an mir herunter und entdecke einen großen nassen Fleck unterhalb meiner Gürtellinie. Ein Blick in meine fast leere Bierflasche verschafft Gewissheit: Ich hab's mit dem Shaken offensichtlich übertrieben. Meine Geste Richtung Bierflasche hat scheinbar nur wenig Überzeugungskraft. Mit gequältem Lächeln verabschiede ich mich vom lachenden Dreigestirn und flüchte schnellstmöglich auf die Toilette.

Selbstverständlich liegt die genau auf der entgegengesetzten Seite des Clubs, vorbei am Eingang und der hell erleuchteten Garderobe. Alle, die bis jetzt gekommen sind, kann ich demnach abhaken. Die nächste halbe Stunde werde ich so oder so mit dem Trocknen meiner Hose in einer versifften Kabine verbringen. Danach sollte für unwissenden Nachschub gesorgt sein, der die Vorhut allerdings nicht kennen darf, sonst ist die Geschichte schnell rum. Das ist der Nachteil an Kleinstädten. Andererseits gehen auch in Hamburg immer dieselben Leute in die dieselben Clubs. Von daher egal.

Das Klo ist versiffter als in jedem Bahnhof. Ich schließe mich in der Kabine ein, die am wenigsten mit Wasser und Klopapier geflutet wurde. Die Kippen drum herum stören kaum. Viel mehr stört mich, dass der Klopapierspender leer ist, ich aber dringend welches bräuchte, um meine Hose zu trocknen. Was soll's, ich muss es versuchen. Nur noch fünf Mädels bis zu Lenas Brief. In der Nachbarkabine versuche ich erst einmal, die gelblichen Pfützen zu umgehen, und drücke mir lagenweise Klopapier in den Schritt. Nach und nach saugt es sich mit Bier voll und lässt den helleren Farbton meiner Hose wieder erkennen. Könnte also doch noch was werden mit Nummer sechs bis zehn an diesem Abend.

Mann gönnt sich ja sonst nichts

Dreißig unappetitliche Minuten später stehe ich wieder in der Mitte des Clubs und ignoriere gekonnt die Blicke der Fünfergruppe. Auf sie angewiesen bin ich sowieso nicht. Denn vor mir tauchen plötzlich Zwillinge auf. Zwillinge! Blonde Zwillinge! Mehr kann ein Mann in seiner sexuellen Laufbahn nicht erreichen. Zwillinge sind das Einhorn unter den One-Night-Stands. Wahrscheinlich, weil es Einhörner genauso wenig gibt wie Zwillinge zusammen im Bett. Schließlich würde das für sie praktisch Inzest bedeuten. Was uns Männern aber nur peripher bewusst ist und nicht weiter stört.

Ich tanze meine beiden Kandidatinnen Nummer sechs und sieben direkt an, bevor sich ein anderer traut. Wer zuerst kommt, raucht zuerst. Postkoital. Die beiden sind offensichtlich hier, um Spaß zu haben, und nehmen mich in ihre Mitte. Sandwich-Dance mit mir als Füllung. Selbst wenn mich die beiden abservieren, zählt das hier schon als halbe Eroberung. Sogar David würde mir da zustimmen, aber ich befürchte, Nils sähe das anders. Egal. Gelten auch Gesten als frecher Humor? Ich werde es testen und David davon berichten.

Abwechselnd schäkere ich mit der Blonden vor und der hinter mir. Mal mit der berühmten Handbewegung aus »Pulp Fiction«, dann mit angedeuteten Michael-Jackson-Moves. Wobei »angedeutet« hier das entscheidende Wort ist, sonst kippt der freche Humor ins Lächerliche. Obwohl es garantiert uncool aussieht, wenn ich mit drei dicken Longdrink-Gläsern anbalanciert komme, frage ich nach zehn Minuten, im Wissen, dass es tanztechnisch nicht mehr besser werden kann:

»Wollt ihr was trinken?«

»Klar«, antworten beide im Chor.

»Und was?«

»Caipi«, schallt es mir einstimmig entgegen.

»Okay. Sagt mal, kommt ihr eigentlich auch gleichzeitig und stöhnt dann im Duett, oder ist das bei euch im Bett ausnahmsweise anders?«

War wohl etwas zu frech. Die darauffolgende Stille stimmt zumindest nachdenklich.

»Kommt drauf an, welche von uns beiden oben liegen darf«, antwortet die etwas blondere und lacht.

Mir wird schwindelig. Ich bin so gut wie tot. Schöner kann man nicht sterben. Weiterzuleben lohnt sich danach ohnehin nicht mehr. Was soll da noch kommen? Bevor ich vor Euphorie ohnmächtig werde, besorge ich uns drei Caipis. In der Zwischenzeit machen es sich meine beiden Mädels in der Sofaecke am Rand der Tanzfläche bequem. Als ich mit den Drinks dazustoße, rücken sie ein Stück auseinander und lassen mich in ihre Mitte. Ich habe mich geirrt: Selbst wenn ich später einer Doppelbelastung ausgesetzt sein sollte, will ich danach nicht sterben. Denn allein das Gefühl, zwischen den beiden zu sitzen und die tödlichen Blicke der anderen paarungswilligen Männchen im Raum zu spüren, will ich ab jetzt immer wieder erleben. Wir könnten unsere eigene WG aufmachen. Nur ich und die beiden. Und wenn sie nicht gestorben sind, dann vögeln sie noch morgen. Von so einem Märchen haben auch die Gebrüder Grimm geträumt, da bin ich mir sicher.

»Wie heißt du eigentlich?«, will die linke von mir wissen.

»Timo. Und ihr?«

»Ich bin Larissa, und das ist Marissa«, sagt die andere mit einem Kichern, in das ihre Schwester sofort mit einstimmt.

Sie haben sogar dasselbe Lachen. Kann man doppelt verliebt sein?

»Und was machst du so?«, will Marissa wissen.

»Ich bin Werbetexter.«

»Echt?«

Sehr schön. Der alte Hollywood-Effekt setzt wieder einmal ein.

»Und wie würdest du uns beide bewerben?«

»Euch beide? Mit einem Slogan? Hm ...«

Blond ist geil? Zu prollig. Zwei zum Preis von einer? Bloß nicht. Zumal es nicht stimmt, ich musste ja zwei Drinks bezahlen.

»Schwierig, so schnell fällt mir nichts Gutes ein. Ist immer ein langer kreativer Prozess bis zur guten Idee.«

»Und wo kommst du her?«, will Marissa wissen. »Wir haben dich hier noch nie gesehen.«

»Genau, und das soll was heißen. Wir sind nämlich jede Woche hier«, stimmt ihr Larissa zu.

Jede Woche? Die beiden hätten wirklich ein glamouröseres Leben verdient, als sich in dieser Dorfdisco von den immer gleichen Typen anmachen zu lassen. Von Sport-Assen, die es im Leben nie zu etwas bringen werden – im Gegensatz zu denen, die immer als Letztes in die Klassenmannschaft gewählt wurden. Die haben einfach mehr Biss, kämpfen sich durch schwierigere Ausbildungen, machen Karriere und häufen Statussymbole an. Und wozu das Ganze? Um es den früheren Sozialpeinigern zu zeigen? Nein, um ihrer Jugendliebe, nennen wir sie einfach mal Marissa oder Larissa, zu beweisen, dass sie die bessere Wahl gewesen wären und immer noch sind. Denn letztlich träumt doch jeder davon, es wie im schlechtesten Film da draußen zu schaffen und nach Jahren als Held in die Heimatstadt zurückzukehren. Wo einem die ehemals Angebetete sehnsüchtig um den Hals fällt und schluchzt: »Wo warst du all die Jahre? Ich hab mich so nach dir verzehrt. Bitte geh nie wieder so weit und so lange weg. Oder nimm mich mit.«

Worauf man antwortet: »Baby, es ist zu spät.«

Und sie erwidert: »Nein! Sag nicht so was! Es ist nie zu spät! Ich war dumm. Ich war blind. Bitte, nimm mich!«

Seufzend sagt man dann: »Okay, vergessen wir die Vergangenheit. Was geschehen ist, ist geschehen. Lass uns ab jetzt nur noch nach vorne schauen – in eine gemeinsame Zukunft.«

Aber das wahre Leben ist eben nicht immer Hollywood. Kaum einer kriegt seine Jugendliebe. Wahrscheinlich würde das auch nur unnötig Illusionen zerstören. Wer kann schon einem über Jahre aufgebauten und erträumten Ideal gerecht werden? Irgendwann würde auch der Traummensch anfangen, zu nerven, zu nörgeln und zu zicken. Besser, dieser Traum bleibt unerfüllt. Man kriegt den siebten Himmel eben nicht ohne Beziehungshölle.

»Huhu, redest du nicht mehr mit uns?«, stupsen mich meine Zwillinge an. Muss wohl gedanklich etwas länger weg gewesen sein. Ich wünschte, sie würden mich auch auf Facebook anstupsen. Wer dort stupst, will mehr. Im realen Leben kann man sich da nicht so sicher sein. Hier ist mehr Fingerspitzengefühl gefragt, um herauszufinden, was geht.

»Ähm, doch, klar! War nur eben gedanklich woanders. Ihr seid also jede Woche hier? Wird das nicht irgendwann langweilig?«

»Nee, nicht irgendwann. Schon nach dem dritten Mal. Aber was will man hier sonst machen, in Goslar?! Zum Glück ziehen wir bald nach Hamburg.«

Ich bekomme augenblicklich Schnappatmung. »Nach Hamburg?«

»Geht's dir gut?«, fragt mich Larissa besorgt.

»Wie? Alles bestens.«

»Wir wollen da beide studieren. Soziologie und Kommunikationswissenschaften«, begründet Marissa ihre Umzugspläne in meine Nachbarschaft.

Ausgerechnet. Was wird Nils dazu sagen? Egal, wenn er die beiden sieht, ist er sowieso sprachlos. Außerdem sind sie ganz anders als Florentine Lecque. Immerhin spielen sie nicht in einer Vorabend-Soap mit. Für kleine Stars könnten sie sich allerdings schon halten, wenn man ihre männlichen Fans in diesem Schuppen beobachtet, die sich lauernd in unserer Nähe aufhalten und uns wie ein Rudel Wölfe umzingeln. Beim geringsten Fehler springen die mir an die Kehle und zerren mich von den beiden paarungsbereiten Prachtweibchen weg. Ihre Blicke lassen keinen Zweifel daran, dass ich in ihr Revier eingedrungen bin. Bevor ich in ihre beiden besten weiblichen Genpools eindringe, werden sie es zu verhindern wissen. Unwahrscheinlich, dass ich hier lebend rauskomme. Jedenfalls werde ich nicht mehr allein auf die Toilette gehen.

Falls ich diesen Schuppen wider Erwarten so lebendig verlassen sollte, wie ich mich grade fühle, wäre es hingegen spannend, zu wissen, ob Larissa und Marissa doch Ähnlichkeiten mit Tine haben. Andererseits: Wen kümmert's? Das Herz brechen können sie mir nach einem Abend und einer Nacht wohl kaum. Nur blöd, dass ich schon umgezogen bin. Das wäre die ultimative Rache an Lena und ihrem Rammler gewesen. Mit dem zweistimmigen Stöhnen meines doppelten Lottchens hätte ich Frank für einige Zeit zum Schweigen gebracht. Und Lena hätte endlich ansatzweise gewusst, wie das ist.

»Guck mal, Marissa, wer da ist!«, sagt Larissa plötzlich zu ihrer Schwester.

»Ach nee, Frank! Wo kommt der denn her?«

Träume ich? Es ist tatsächlich Frank! DER Frank! Dann kann Lena auch nicht weit sein. Und ich sitze hier zwischen den beiden heißesten Mädels im Club. Der Abend wird eindeutig immer besser! Fragt sich nur, was die hier wollen? Soweit ich weiß, hat Lena in Goslar keine Freunde oder Verwandtschaft.

Als Frank Marissa entdeckt, hellt sich sein blasses Beamten-Gesicht noch weiter auf. Er reißt seinen rechten Arm hoch und kommt auf uns zu. Bis er mich entdeckt. Abrupt bleibt er stehen.

Jetzt reiße ich meinen Arm zum Gruß hoch und rufe: »Mensch, Frank, du hier?«

Er scheint zu überlegen, wie er sich am besten unsichtbar machen soll. Obwohl er das für die meisten hier bereits ist. Wie üblich fällt ihm nichts ein. Was ihm einfiel, mir meine Freundin auszuspannen, sollte ich ihn allerdings endlich mal fragen. Leicht verstört kommt er auf uns zu.

»Hallo«, nickt er unsicher. Marissa springt auf, fällt ihm um den Hals und drückt ihm einen dicken Schmatzer auf den Mund. Jetzt bin *ich* etwas irritiert. Wie jetzt? Der und die? Mit meiner Blondine? Wehe, der hat mit beiden … Larissa gibt er nur freundlich die Hand. Spricht eindeutig dagegen. Wenigstens etwas. Schließlich bin ich an der Reihe. Mit Händen in den Hosentaschen nickt er mir zu.

»Du kennst die beiden?«, frage ich.

»Flüchtig. Ich war neulich auf einem Seminar hier in Goslar.«

»Flüchtig?«, fragt Marissa verwundert. »Das klang vor zwei Monaten aber noch ganz anders. Du hattest gesagt, du meldest dich. Erst nach meiner Telefonnummer fragen und dann nicht anrufen.« Bekomme ich hier grad den Beweis für einen Seitensprung des Seitensprungs meiner Exfreundin auf dem Silbertablett serviert?

»Wo ist eigentlich Lena?«, frage ich investigativ nach.

»Wer ist Lena?«, will Marissa wissen. »Hast du 'ne Freundin?«

»Er hat nicht nur *eine* Freundin, er hat *meine* Freundin. Inzwischen ist sie meine Exfreundin«, erläutere ich.

Frank steht nur da und sagt nichts. »Ich muss weg!«, stößt er dann doch hervor und stürmt quer über die Tanzfläche zum Ausgang.

Einer der umstehenden Wölfe pirscht sich an Marissa heran: »Was war das denn eben? Hat dich der Typ angemacht, oder was?«

»Heute nicht«, schimpft sie.

»Was soll das heißen?«

»Das soll heißen«, kläre ich ihn gerne auf, »dass der Typ vor zwei Monaten was mit ihr hatte. Nur hat er vergessen, zu erwähnen, dass er eine feste Freundin hat. Unglaublich, oder? Gemeldet hat sich das Schwein auch nie wieder.«

Der Wolf, der eher aussieht wie ein Gorilla, nickt seinem Rudel zu und geht voraus. Ich schätze, das nimmt kein gutes Ende für meinen lieben Exnachbarn. Es gibt doch nichts Schöneres als eine gebrochene Nase und ein blaues Auge – und die Frage einer Frau namens Lena, woher beides stammt. Mit meinen beiden Zwillingen wird nach der Nummer natürlich nichts mehr laufen. Schon wieder mit Frank eine Frau zu teilen ist mir zu krank. Bevor mir das Gleiche passiert wie ihm, ist es besser zu gehen. Zusammen mit allen anderen Schaulustigen drängen wir zum Ausgang und beobachten das Ende von Franks Seitensprung. Ich gönne es ihm von gebrochenem Herzen. Bei jedem einzelnen Schlag. Herrlich! Ich nutze den Tumult zwischen dem Wolfsrudel, den Türstehern und ihrem Opfer und verschwinde in der Menge. Es ist fünf Uhr morgens. Frauen sind wahre Zeitmaschinen. Eine ganze Nacht mit ihnen kann schneller vergehen als einer ihrer verführerischen Wimpernschläge. Ein Tag, an dem sie nicht damit rausrücken, was sie eigentlich wollen, fühlt sich hingegen länger an als eine ganze Mathestunde an der Tafel.

Zurück in der Pension, beschließe ich, nach meiner letzten Nacht im Harz nicht zu schlafen, sondern das Frühstück meiner Pensionswirtin zu testen. Angesichts ihrer vorgeschlagenen Time Slots müsste sie jede Minute eintreffen und den Kaffee aufsetzen. In der Zwischenzeit packe ich meine Sachen und entledige mich meines neuen Typs. Die Heimreise kann ich in bequemen Klamotten antreten. So viele potenzielle Kandidatinnen werden mir auf der Autobahn nicht vor den Kühler laufen. Außerdem muss ich mir gut überlegen, wer die glückliche Nummer zehn sein soll. Als Nummer acht und neun muss ich zwei Mädels werten, die ich unbedachterweise auf dem Rückweg vom After-Work-Dance angequatscht habe. Als ob daraus etwas hätte werden können. Aber ich war einfach noch zu aufgeputscht von meinen Zwillingen. Wieder einen gewaltigen Schritt näher herangerückt an Lenas Brief. Umso mehr konzentriere ich mich jetzt voll und ganz auf Nummer zehn.

Mein CD allein könnte vielleicht irren, und mein neuer Freund David auch – aber beide zusammen sind ein todsicheres Ding. Auch wenn ich das mit dem frechen Humor nicht immer beherzigt und die eine oder andere, die mir gefiel, nicht angesprochen habe, nur um nicht zu schnell auf zehn zu kommen. Bei Nummer zehn darf ich mir keinen Fehler erlauben. Ich muss mir die Richtige aussuchen, darf nicht im entscheidenden Moment zögern und sollte zur Abwechslung, wenn sich die Gelegenheit bietet, wirklich einen frechen und witzigen Spruch raushauen. Ich hab wirklich keine Lust, die Wette mit Nils zu verlieren und Lenas Brief aufmachen zu müssen. Immerhin weiß ich schon, wo ich mich umschauen werde, sobald ich zurück in Hamburg bin: im Fitnessstudio! Dem Paarungs-Hotspot schlechthin. Wo sonst bekommt man so detailliert zu sehen, was man gerne hätte. Mit Davids Hilfe muss es einfach klappen, wenn schon der Axe-Effekt nicht die gewünschte Wirkung zeigt. Obwohl ich meinen Oberkörper bereits mehrfach, wie in der Werbung, komplett mit dem Zeug eingenebelt habe. Genützt hat es bisher nichts. Vielleicht liegt es daran, dass Axe jede neue Deo-Sorte, die ich ausprobiere, nach kurzer Zeit wieder vom Markt nimmt. Offensichtlich funktioniert auch bei denen der Axe-Effekt nicht. Statt das an die große Glocke zu hängen, starten die klammheimlich eine Rückrufaktion. Wie auch immer, zu Hause wird mich mein erster Weg ins Fitnessstudio führen.

Vorher muss ich aber auf meine Pensionswirtin warten, die immer noch nicht aufgetaucht ist. Und das obwohl ich den ganzen Heißwasserboiler leer geduscht habe. Halb sieben, und keine 4711-Mottenkugelduftwolke weit und breit. Ob ich ihr einfach das Geld auf den Tisch legen und an irgendeiner Tanke frühstücken soll? Ich wuchte meinen Koffer hinunter in den Frühstücksraum. Keiner zu sehen oder zu riechen. Wenn ich nicht bald etwas zwischen die Zähne bekomme, ist meine Zukünftige mit der Nummer zehn Witwe, bevor wir uns überhaupt kennenlernen.

»Herr Feuer, nanu, Sie sind schon wach?« In den Augen meiner Pensionswirtin flackert ein Anflug von Panik auf. »Ich hab gar nichts für Sie zum Frühstück besorgt. Sie wollten doch erst später aufstehen. Jetzt hab ich nicht mal genug Brötchen.«

Bevor ich gleich Mund-zu-Mund-Beatmung machen muss, unterbreche ich sie lieber.

»Kein Problem. Ich hab nur spontan beschlossen, früher abzureisen. Frühstücken kann ich unterwegs.«

»Hat es Ihnen bei uns nicht gefallen?«

»Doch, doch! Das hat private Gründe. Könnten wir das Finanzielle regeln, bevor Sie Frühstück machen?«

»Selbstverständlich. Da muss ich aber erst meine Kasse und das Rechnungsbuch holen.«

»Keine Eile«, lüge ich. In Wahrheit bin ich am Abreisetag immer total kribbelig und hab keine innere Ruhe.

Meine Pensionswirtin kommt mit einem abgegriffenen Notizbuch und einer abschließbaren Metallbox zurück.

»Sie waren vier Nächte bei uns zu Gast, ohne Frühstück, richtig?«

»Korrekt.«

»Das macht dann einhundertsechzehn Euro.«

Ich gebe ihr einhundertzwanzig Euro: »Stimmt so.«

»Oh, wie nett! Danke schön, Herr Feuer.«

»Ich danke Ihnen.«

»Dann wünsche ich Ihnen eine schöne Heimreise.«

»Danke, die werde ich haben.«

»Ach, sagen Sie, haben Sie eigentlich gestern Abend meine Enkelin beim Schwofen getroffen?«

»Beim was?«

»Na, im Tanzschuppen. Oder wie sagt man heute dazu?«

»Disco, im Zweifelsfall. Oder Club. Wobei ich das Ding eher als Kaschemme bezeichnen würde. Aber immerhin kein Resteficken-Schuppen.«

»Bitte?«

Gott, habe ich das wirklich gesagt? Ich sollte so übermüdet nicht laut denken. Aber Autofahren müsste noch gehen. »Äh, Feste-Schuppen. So, Frau… äh, ich muss los. War schön bei Ihnen, bis zum nächsten Mal.«

Schnell weg hier. Ich poltere so laut wie möglich mit meinem Koffer den Flur entlang, damit auch dieses miese Flitterwochenpärchen im Zimmer über mir von meiner Abreise Kenntnis nimmt. Als ob sie gemerkt hätten, dass ich überhaupt da war. Vom Regen in die Traufe. Zurück in die Realität. Hoffentlich wird es in meiner neuen Wohnung ruhiger.

Teil vier

Merci, dass es mich gibt!

Lies mal wieder

»Na, Casanova, wie lief's mit deinem sensationellen Zehnpunkteplan?«, stichelt Nils durch meine Freisprechanlage.

»Tja, war durchaus interessant.«

»Also lief nix.«

»Es hat mich auf jeden Fall weitergebracht.«

»Hauptsache, es hat dich weiter weggebracht von Lena.«

»Mhm.«

»Und, was steht im Brief?«

»Keine Ahnung.«

»Du hast ihn immer noch nicht aufgemacht? Alter, wir hatten abgemacht, wenn das bis zur Zehnten nicht geklappt hat, machst du das Ding endlich auf.«

»Ich bin ja noch nicht bei zehn.«

»Sondern?«

»Bei neun.«

»Hast du die in Lüneburg mitgezählt?«

»Die zählt nicht. Das war ein Online-Date.«

»Pfff, vergiss es. Die zählt mit. Aber wieso Online-Date?«

»Ja, äh, die hab ich auf einer Singlebörse kennengelernt.«

»Aha! Und wie war das? Auch interessant?«

»War nett. Vielleicht der Beginn einer wunderbaren Freundschaft.«

»Die Freunde-Nummer?! Aus der gibt's keinen Ausweg, das ist dir klar, oder?«

»Ja, ja, ich weiß.«

»Also, nach meiner Rechnung bist du damit bei zehn. Wenn du diesen Brief nicht endlich liest, dann mach ich das, sobald du wieder hier bist. Jetzt ist endgültig Schluss mit dieser Aufschieberei.«

»Wenn ich wissen wollen würde, was die sich alles zusammengeschrieben hat, hätte ich das Teil doch längst gelesen und danach wahrscheinlich in die Tonne gekloppt. Es interessiert mich einfach nicht.«

»Blödsinn! Du schleppst das Ding seit anderthalb Jahren mit dir rum. Mehr Interesse an einem Brief kann man wohl kaum haben. Du hast Schiss, das ist alles.«

»Quatsch!«

»Na gut, dann mach ihn auf, lies ihn und schmeiß ihn weg.«

»Okay, okay, wenn dein Rumgenerve dann ein Ende hat, fahr ich hier gleich rechts ran und schau ihn mir an.«

»Ich erwarte deinen Rückruf.«

»Jaja, du mich auch.«

Bis auf ein paar Lkws ist der Autobahnparkplatz wie leer gefegt. Ich hole den zerknitterten Brief aus der Jacke und atme tief durch. Meine Hände zittern. Mir wird schlecht. Dabei hab ich sowieso keinen Brieföffner im Auto, und ich will den Umschlag ja nicht unnötig kaputt machen. Der war bestimmt teuer. Außerdem ist Holz ein wertvoller Rohstoff. Stichwort: mein Freund, der Baum.

Okay, am besten, ich mache es wie bei Pflastern. Kurz und schmerzlos. Der Klang des zerreißenden Papiers versetzt mir trotzdem einen heftigen Stich ins Herz. Wahrscheinlich nur ein Mückenstich im Vergleich zu dem, was mich nun erwartet.

Lieber Timo,
sorry, dass ich so plötzlich zu Frank gezogen bin. Aber daran hattest auch Du Schuld, das hab ich Dir ja schon versucht zu sagen. Ist echt komisch gelaufen und jetzt auch eine blöde Situation für uns alle. Mein Vater kennt einen Umzugsunternehmer, der Dir sofort einen guten Preis machen würde. Franks Wohnung ist eine Eigentumswohnung. Als Beamter hat er leicht eine Hypothek bekommen. Deswegen können wir nicht einfach ausziehen. Wir würden Dich daher bitten, Dir was Neues zu suchen. Klar ist das nicht so leicht in Hamburg, ich weiß. Aber ich übernehme gern die restlichen Kosten, jetzt, wo ich die Hälfte Deiner Miete spare. Anbei deshalb die Visitenkarte des Umzugsunternehmers (er freut sich auf Deinen Anruf) und fünfhundert Euro in bar. Es ist, glaub ich, das Beste für Dich.
Liebe Grüße
Lena

Ist die bekloppt? Im Umschlag stecken tatsächlich fünf Hunderter, die mir beim Öffnen vor lauter Aufregung gar nicht aufgefallen sind. Die Visitenkarte fingere ich zwischen Sitz und Handbremse wieder hervor. Das ist das

Allerletzte! Erst betrügt sie mich, dann lässt sie mich mit der Miete im Stich, und jetzt soll ich der sein, der auszieht? Nur damit sie ihr schlechtes Gewissen beruhigen kann? Ich hätte diesen verdammten Ablassbrief schon viel früher aufmachen sollen. Schätzungsweise in dem Moment, als Lena ihn unter meiner Tür hindurchgeschoben hat. Keine Sekunde hätte ich der noch hinterhergetrauert. Ich schwanke zwischen Empörung und absoluter Erschöpfung. Meine Gedanken rasen. Am besten mache ich kurz die Augen zu, um mich zu beruhigen, bevor ich weiterfahre.

Ich bin doch blöd!

Nach einer Stunde wache ich total gerädert auf. Kopfschmerzen. Herzschmerzen. Ich will nur noch ins Bett. Die restliche Rückfahrt verläuft problemlos. Doch kurz hinter Braunschweig stellt sich mir ein altes Problem in den Weg: Hier beginnt das Sendegebiet von Morning-Martin und seinen Schergen. Dank der frühen Stunde ist die Bande sogar auf Sendung.

»Jo, Leute, schon wach? Raus aus den Federn, es ist halb neun, und hier ist der lustige Morning-Martin.«

»Und der verrückte Heinz!«

»Und die nette Anette.«

»Nette Anette«, hört man wieder Morning-Martin, »du hast gleich eine absolute Hammerstory für uns, oder?«

»Absolut, Martin! Da zieht's euch die Schuhe aus«, orakelt sie.

»Ich hab meine Schuhe schon längst ausgezogen. Viel bequemer«, flachst der verrückte Heinz.

»Ach, und ich dachte die ganze Zeit, das wäre dein Käsebrötchen, was hier so riecht.«

»Kinners, ihr macht mich fertig«, prustet Morning-Martin. »Also, bleibt dran, gleich die Hammer-Super-Mega-Story von Anette. Vorher übernimmt Heinz noch schnell den Verkehr, und Anette das Wetter.«

»Verkehr? Mit Anette?«, gluckst der verrückte Heinz.

»Das is' ja wohl …«, ereifert sich die nette Anette.

»Leute, etwas seriöser, bitte«, ermahnt sie Morning-Martin. Ausgerechnet.

»Okay: Auf der A7, Hamburg Richtung Kiel, liegt ein Teil auf der Fahrbahn. Und auf der A20, Lübeck Richtung Rostock, laufen Personen auf der Fahrbahn. Bitte hier äußerst vorsichtig fahren«, berichtet Verkehrspilot Heinz.

Wenn's nach mir ginge, würde der als Erster fliegen. Für einige Sekunden herrscht totale Ruhe. Sehr angenehm.

»Aaaneeette!«, durchbricht Morning-Martin die Stille.

»Oh, bin ich schon dran? Das Wetter für die Region: Morgens kommen ein paar Wolken auf und bringen Regen. Nachmittags kommt dann starker Wind aus Nordnordost dazu, der fast so heftig bläst wie die Lewinsky.«

Kurzzeitig stockt mir der Atem. Hat die das grad wirklich gesagt? Ein Blick zum Fahrer im Wagen neben mir verrät, dass er denselben Sender hört wie ich. Hab mich wohl nicht verhört.

Nach kurzer Sendepause fängt sich Morning-Martin offensichtlich als Erster.

»Tja, Leute, da hätte ich mich jetzt fast verschluckt. Haha. So is' sie, die Anette. Erzähl uns lieber die Super-Dooper-Geschichte. Sonst spielen wir, äh, was? Bin ganz durcheinander. ›Blowing in the Wind‹?«

»Nee, ›Wind of Change‹«, vermutet der verrückte Heinz.

»Ach, ihr Spinner. Dass man euch mit einem harmlosen Spruch so aus dem Konzept bringen kann. Jetzt läuft ›Candle in the Wind‹.«

Elton John erlöst mich und alle anderen Hörer von diesen Granaten-Gags und trauert gewohnt schmalzig um Prinzessin Diana. Währenddessen trauere ich meinen CDs hinterher, die leider im Kofferraum liegen. Nachdem Elton, Gevatter Tod oder wegen mir auch die nette Anette die Kerze endlich ausgeblasen hat, kommt die Hammerstory.

»Also, Anette, was hast du uns Spannendes zu erzählen?«, fragt Morning-Martin.

»Haltet euch fest! Anschnallen! Ich schau gestern Fernsehen, ›Desperate Housewifes‹, meine absolute Lieblingsserie. Normalerweise gehe ich in den Werbepausen auf die Toilette, hol mir was aus dem Kühlschrank oder zappe durch. Aber aus irgendeinem Grund hab ich das gestern nicht gemacht, sondern bin bei Pro7 hängen geblieben. Ich guck da also den Werbeblock ...«

»Jetzt komm auf den Punkt! Mach's nicht so spannend!«, bettelt Morning-Martin.

»Ja, jetzt kommt's ja auch: Also, da läuft also dieser Werbespot für Fußpilzcreme, echt witzig, und da knutscht also dieses Pärchen rum und geht sich an die Wäsche ...«

»Und da hast du gedacht: Wahnsinn, blasend geil!«, haut Morning-Martin raus. Der verrückte Heinz prustet seinen Schluck Kaffee direkt ins Mischpult.

»Blödmann! Quatsch, aber der Typ – ich dachte sofort, den kennst du doch! Was soll ich euch sagen: Das war der Typ mit der geklauten Hundekacke! Der uns hier den dicksten Beutel vorbeigebracht hat, obwohl er keinen Hund zu Hause hatte und anscheinend echt sammelnd durch die Stadt gelaufen ist und alle anderen Mitspieler beschissen hat, um mal sprachlich im Bilde zu bleiben.«

Geschockt steige ich voll in die Eisen. Ich bin erledigt. Schluss, aus, Ende, vorbei. Ab jetzt bin ich nicht nur der Typ aus der Fußpilzwerbung, sondern auch der, der Scheiße sammelt und sie zum Radio bringt. Ich sollte wohl gleich mal googeln, was eine Gesichts-OP im Ostblock kostet. Einen anderen Ausweg sehe ich nicht. Oder ich fahre zurück nach Goslar, gehe den beiden Zwillingen mitten auf der Tanzfläche an die Wäsche und lasse mir die Visage vom Wolfsrudel neu modellieren. Aus der Nummer komm ich nicht mehr raus. Lena hört das bestimmt auch. Nur deshalb höre ich schließlich diesen nervtötenden Sender. Weil ich weiß, dass er auch bei ihr läuft und ich auf die Weise ein bisschen an ihrem Leben teilhaben kann. Stellt sich die Frage, warum ich ihn immer noch höre. Aus Gewohnheit wahrscheinlich. Wird Zeit für was Neues.

»Das gibt's doch nicht!«, brüllt Morning-Martin ins Mikro. Der verrückte Heinz ringt entweder um Fassung oder wischt seinen Kaffee aus dem Mischpult.

»Dieser Typ? Der spielt in 'ner Fernsehwerbung mit?« Morning-Martins Stimme überschlägt sich. Meine Lautsprecher kommen an ihre Leistungsgrenze.

»Das muss ich mir gleich auf YouTube reinziehen. Leute, in spätestens zwei Minuten steht der Link dazu auf unserer Webseite. Draufklicken und reinschauen. Und anrufen, wenn ihr den Typen kennt. Schließlich wollen wir den näher kennenlernen. Der ist ja noch verrückter als unser verrückter Heinz!«

»Richtig. Der Kerl könnte glatt hier arbeiten«, stimmt der ihm zu.

»Was spielen wir bis dahin? Oder kommen jetzt die Flitzer-Blitzer? Kinners, ich bin völlig durch den Wind. Das ist ja wohl der Oberhammer!«

Ich fahre auf den nächsten Autobahnrastplatz und versuch's mit einer Urschrei-Therapie. Am besten decke ich mich sofort mit Tiefkühlkost ein und verbarrikadiere mich in meiner Wohnung. Genug Resturlaub für ein paar Tage Isolation habe ich noch. Danach hat sich der Sturm bestimmt wieder gelegt. Wenn ich mich bis dahin nicht auf der Straße blicken lasse, haben die bald hoffentlich genug davon, jeden Morgen dazu aufzurufen anzurufen. Wer sollte auch anrufen, wenn ich niemandem die Chance gebe, mich zu erkennen. Und bei denen, die mich bereits kennen, baue ich darauf, dass sie nicht Elb-Radio hören. Die nette Anette und Co sind zum Glück nicht hip genug. Gut, Lena hört das. Aber die würde mich wohl trotz allem nicht verpfeifen. Hoffe ich. Und zwischen Frank und mir herrscht nach dem kurzen Intermezzo in der Disco ein Gleichgewicht des Schreckens. Ein Anruf von mir, und Lena zieht sofort aus. Einen günstigen Umzugsunternehmer kennt sie ja. Ich muss positiv denken. Und unbedingt einkaufen. Vorher wird's aber noch schlimmer.

»Hier Morning-Martin und seine verrückte Morning-Crew, wer ist am Telefon?«

»Florentine Lecque.«

»DIE Florentine Lecque? Aus dieser Soap?«

»›Zeiten der Liebe‹, genau.«

»Wahnsinn!«, grunzt der verrückte Heinz. »Du bist der absolute Hammer, wenn ich das ganz offen sagen darf.«

»Darfst du.«

»Spielst du nicht auch mit in diesem Werbespot?«, will die nette Anette wissen.

»Die Hauptrolle.«

»Weißt du, wer dieser Typ ist?« Morning-Martin verliert gleich die Fassung.

»Ja. Der Typ ist nicht ganz dicht. Der wollte mir echt an die Wäsche.«

»Kann ich gut verstehen«, gibt der verrückte Heinz zu.

»Schön für dich. *Ich* hatte dafür kein Verständnis. Außerdem hat er versucht, mich umzubringen!«

Die nette Anette: »Was?«

»Ja. Beim Küssen hab ich fast keine Luft mehr gekriegt.«

Morning-Martin: »Aha. Wie heißt der Typ denn nun?«

»Woher soll ich das wissen?«

Immer noch Morning-Martin: »Ja, wie jetzt? Ich dachte, deswegen rufst du an?«

»Nee. Ich finde nur, die Öffentlichkeit hat ein Recht, zu erfahren, was der mir angetan hat.« Tine fängt an zu schluchzen. Schauspielerisch hat die wirklich nix drauf.

»Gut, äh, was hältst du davon, wenn wir den nächsten Song nur für dich spielen? Als Trost, sozusagen. Hast du irgendeinen Wunsch?«, versucht Morning-Martin sie zu beruhigen.

»›I Will Survive‹.«

»Wie passend. Dann wünschen wir dir alles Gute.«

»Darf ich noch jemanden grüßen?«

»Bitte?«

»Ich grüße meinen Manager. Danke für diesen tollen Werbe-Job. Du bist gefeuert!« Damit legt sie auf.

»Ja, gut. Dann kommt jetzt erst mal ›I Will Survive‹ für Florentine.«

Die Frau ist komplett irre. Zum Glück. Der glaubt keiner.

In Hamburg angekommen, steuere ich direkt meinen Stammsupermarkt an. Jetzt wird der Einkaufswagen vollgemacht. Sobald ich ein Eineurostück finde. Wer den Mist eingeführt hat, gehört an die Wand gestellt. Aber vorher könnte mir derjenige noch einen Euro schenken. Mal gucken, ob irgendwer sein Wägelchen stehen lässt.

Tatsächlich finde ich einen Wagen hinter den Glascontainern. Geht doch. Dann kann es ja mit meinem Hamsterkauf losgehen.

Strategisch klug beginne ich mit den schweren Getränken und arbeite mich zu den leichten Sachen wie Obst und Knabberkram durch. Ungefähr in der Mitte lade ich die Vorratspackung Klopapier in meinen Wagen. Widerstand gegen Belagerung scheitert oft an den kleinen Dingen. Als ich noch zufrieden auf mein dreilagiges »Extra zart« mit dem schönen Namen »Happy End« schaue, biegt eine Schönheit von Ende zwanzig um die Ecke, die ebenfalls das Prädikat »Extra zart« verdient hätte. Die wäre wirklich ein Happy End. Der Inhalt meines Einkaufswagens macht selbiges mit ihr allerdings sehr unwahrscheinlich. Denn was gibt es Uncooleres und Abtörnenderes als einen Typen, der grade eine Riesenpackung

Klopapier kauft? Wenn es wenigstens die Vorratspackung Kondome wäre. Die würden zumindest auf ein reges Sexualleben hindeuten. Aber auf was deutet schon die Vorratspackung Klopapier hin – auf eine rege Verdauung? Einen elektrisierenden Augenblick lang zögern wir beide. Was auch damit zusammenhängen könnte, dass es für ihren Weg durch diesen Gang nur drei Gründe geben kann: Klopapier, Kondome oder Damenhygieneartikel. Wir lächeln uns kurz an und gehen diskret unserer Wege. Die fällt als Nummer zehn also flach. Obwohl ich eigentlich dringend meine eigentliche Nummer zehn klarmachen müsste. Denn wenn erst mal alle die Geschichte der netten Anette und meines Spots kennen, ist mir der Spott sicher. Lena wieder in die Augen zu schauen wird dadurch auch nicht leichter.

»Hallo, Timo.« Lena! Wenn man von der Teufelin spricht.

»Hi, was ist denn mit dir los? Geht's dir nicht gut?«, frage ich, ehrlich überrascht.

Total verheult schaut sie mich an. »Ich hab mit Frank Schluss gemacht.«

»Warum das denn?«

»Das weißt du ganz genau. Ich sag nur Goslar!« Mit scharfem Blick taxiert sie meine Reaktion. Jetzt bloß nicht grinsen. Andererseits, wieso nicht?

»Wegen Goslar?«

»Du hast Frank in dieser Disco getroffen und ihm nicht geholfen, als diese Typen auf ihn los sind!«

»Das hab ich gar nicht mitgekriegt!«

»Wenn du es nicht mitgekriegt hättest, hättest du jetzt

gefragt, welche Typen, und würdest dich nicht verteidigen. Und schon gar nicht grinsen!«

Mist! Aber ging nicht anders. Meine tief empfundene Freude wollte einfach ans Tageslicht.

»Ist auch egal. Scheinbar weißt du ja bestens, um wen es da ging. Ich finde es, ehrlich gesagt, ziemlich krank, dass du jetzt schon mit der zweiten rummachst, mit der Frank was hat. Oder hatte.«

»Bitte? Ich krank? Langsam drehst du durch, oder?« Die ersten drehen sich nach uns um.

»Und die Sache mit dem Radiosender? Und die mit diesem völlig bescheuerten Fußpilzspot?!«

»Das mit dem Radiosender war Notwehr! Und bei dem Spot hatte ich keine Wahl! Außerdem hat das überhaupt nichts damit zu tun, dass Frank dich betrügt. Aber jetzt weißt du, wie sich das anfühlt.«

»Das meinst du nicht ernst.«

»Und wie ich das ernst meine! Was du mir angetan hast, lässt sich mit Worten gar nicht beschreiben. Jede Nacht hab ich mir die Ohren zugehalten, nur um nicht dein Gestöhne oder das Gequietsche von eurem Bett zu hören.«

»Hast du meinen Brief denn nicht gelesen?«

»Oh doch, das habe ich. Aber wann ich wo ausziehe, das entscheide immer noch ich! Du bist echt emotional behindert! Ist mir unerklärlich, wie ich's so lange mit dir aushalten konnte. Und wieso ich dir so lange hinterhergetrauert hab, erst recht. Mach's gut, Lena.«

Ich lasse sie neben meinem vollen Einkaufswagen stehen und laufe im Stechschritt nach draußen. Wenn sich mir jetzt einer in den Weg stellt, gibt's Tote. Wenn ich mich jetzt hinters Steuer setze, erst recht. Also renne ich los. Aber diesmal laufe ich nicht weg, sondern auf etwas zu: auf mein neues Leben in meiner neuen Wohnung, weit weg von Lena, Viviane, Florentine und allen anderen unerfüllbaren Träumen.

Heute ein Kaiser

Völlig durchgeschwitzt erreiche ich meine rettende Wohnung. Das T-Shirt klebt dermaßen am Oberkörper, dass ich es mir kaum vom Leib reißen kann. Lena, dieses Miststück! Erst war ich schuld an ihrem Seitensprung, und nun soll ich es auch noch an seinem sein? Völlig wahnsinnig, die Frau. Was hat mich da bloß geritten? Gut, Lena. Aber jetzt ist endgültig Schluss. Ich schließe mich hier ein, komm wieder klar, und dann geht's ab in mein neues Leben. Blöd, dass ich den Einkaufswagen hab stehen lassen. Der Kühlschrank und die Gefriertruhe waren schon vor dem Urlaub leer geräumt. Noch blöder ist, dass mein Auto auf dem Supermarktparkplatz steht. Jetzt zurückzugehen wäre zu riskant. Lena könnte noch dort sein. Außerdem kaufen mitten am Tag zu viele Leute ein. Ich gehe lieber heute Abend kurz vor Ladenschluss hin. Dann sind nur Rentner unterwegs.

Gegen 21 Uhr mache ich mich zu Fuß auf den Weg. Die Dunkelheit ist mir lieber als das helle Neonlicht der U-Bahn. Gute Gelegenheit, noch mal Frischluft zu tanken, bevor ich mich eingrabe. Im Supermarkt ist wie erwartet nicht mehr viel los. Da ich immer noch keinen Euro dabeihabe, suche ich nach meinem Einkaufswagen. Und tatsächlich: Lena muss ihn zwar mit dem Fuß weggestoßen und die drei Cola-Flaschen kräftig durchgeschüttelt haben, aber er ist noch da. Ich überprüfe, ob alles drin ist, und gehe direkt zum Weinregal. Die Tatsache, dass ich mich Lena endlich gestellt habe und ein für alle Mal über sie hinweg bin, muss gefeiert werden. Überhaupt verdient der endgültige Auszug aus meinem Schneckenhaus einen würdigen Abschluss. Auch wenn ich an der Frauen-Front bisher keinen Sieg erringen konnte. Irgendwann läuft mir mein Schicksal über den Weg – ich muss nur weiter darauf zugehen. Wenigstens weiß ich jetzt, dass Körbe nicht tödlich sind. Sie führen nicht mal zu besonders schweren Verletzungen. Da hatte mein CD ausnahmsweise recht. Mit offenem Visier durch die Welt zu laufen bringt offensichtlich mehr. Hätte ich den Brief gleich aufgemacht und die Sache mit Lena geklärt, wären mir fast anderthalb Jahre seelische und akustische Qualen erspart geblieben. Und wenn ich mich eher getraut hätte, andere Frauen anzusprechen, wäre ich vielleicht längst bei Nummer zehn gelandet. Ich fang noch mal ganz neu an. Ab nach Hause und direkt an den Schreibtisch: Kündigung schreiben.

Mit vier Plastiktüten und der Packung Klopapier zwänge ich mich ins Treppenhaus. Eigentlich müsste ich noch in den Briefkasten gucken. War ja fast eine Woche lang nicht da. Andererseits dürfte noch niemand meine neue Adresse haben. Und wenn doch? Verdammte Zwangsvorstellung. Also runter mit den Tüten, Po-Papier an die Wand gestellt und aufschließen. Schweinebauchwerbung ohne Ende – diese Supermärkte finden einen echt überall. Kann zusammen mit dem Anzeigenblättchen direkt in die Tonne. Wenn's zur nächsten Ladung

»Happy End« recycelt wird, kann's wenigstens sinnvoll genutzt werden. Mit einem satten Dreipunktewurf landet der ganze Müll in der offenen Altpapiertonne neben der Eingangstür.

Nur ein Teil, das ich übersehen habe, segelt wie in Zeitlupe zu Boden und landet direkt vor meinen Füßen. Ein Brief. Mit der Rückseite nach oben. Absender: Viviane. Ist das ein neuer Trend? Hab ich irgendwas verpasst? Sind E-Mails schon wieder out? Oder »whatsappen«? Oder meinetwegen simsen? Schreiben neuerdings alle wieder Briefe? Die ich dann auch noch aufmachen muss? Ich will nicht! Wieso hab ich das Zeug nicht in die Tonne gestopft? Dann wäre der Brief jetzt so gut wie auf dem Weg in irgendeinen Abfluss. Da, wo er hingehört.

Ich stopfe ihn in eine der Tüten und kämpfe mich nach oben. Betont sorgfältig verstaue ich alles im Kühl- und Gefrierschrank. Spart enorm Platz, wenn man es rechtwinklig ausrichtet. Leider sind die vier Tüten irgendwann leer. Nur der Briefumschlag ist noch voll. Erst mal was trinken. Doppelter Wodka. Ruhig noch einen zweiten zur Beruhigung. Der dritte geht aufs Haus. Wahrscheinlich ist es gar nicht so schlimm. Noch mal eineinhalb Jahre Qual wegen so eines Briefs wäre auf jeden Fall Quatsch. Aufreißen, Drüberfliegen, und weg damit. Ein Mann der Tat.

Lieber Timo,
ein Brief wirkt im ersten Moment sicher etwas komisch, erst recht in Zeiten von E-Mails und Handys. Aber auf meine Nachricht hast Du mir ja leider nicht

geantwortet, Dich anzurufen traue ich mich irgendwie nicht, und eine E-Mail wird dem, was ich Dir gern sagen würde, nicht gerecht. Unser Gespräch im Park lief leider nicht so, wie ich es mir erhofft hatte. Okay, es lief beschissen. Genauso hab ich mich hinterher auch gefühlt. Du sicherlich auch. In der Agentur sind wir uns danach ja immer aus dem Weg gegangen. Ich muss Dir aber unbedingt noch etwas sagen. Persönlich. Bitte. Schreib mir einfach, wann und wo wir uns treffen können, und ich werde da sein.
Liebste Grüße
Deine Viviane

Meine Viviane? Wohl kaum. Wenn sie mir gehören würde, wäre sie hier und nicht bei ihrem Romantik-Legastheniker. Eigentlich müsste ich den Brief zusammen mit Lenas verbrennen. Gesagt, getan. Ich hole mir einen alten Kochtopf und ein Feuerzeug aus der Küche und Lenas Brief aus meiner Jacke. Zusammen mit Vivianes Bittbrief bringe ich alles auf den Balkon.

Lena ist als Erste an der Reihe.

»Brennen sollst du, du Hexe!«, rufe ich in die Nacht und zünde ihr Geschmiere an. Ich hätte es nie für möglich gehalten, aber es ist tatsächlich eine Befreiung. So kann es weitergehen.

Noch einmal überfliege ich Vivianes Zeilen. Will sie sich wirklich nur dafür entschuldigen, dass sie mir falsche Hoffnungen gemacht hat? Das hätte sie auch gleich schreiben können! Was soll's, die Frage stellt sich jetzt nicht mehr.

Doch irgendwie schaffe ich es nicht, das Feuerzeug an den Brief zu halten. Es fühlt sich einfach nicht so richtig an wie bei dem von Lena. Vielleicht sollte ich ihn nur zerknüllen und wegwerfen. Oder erst mal in meine Krimskrams-Schublade legen. Läuft mir ja nicht weg. Außerdem habe ich für Gefühlsduselei im Augenblick keine Zeit. Ich muss mich um einen ganz anderen Brief kümmern. Also ab an den Rechner.

Hallo Chef,
ich kündige. Fristlos.
Beste Grüße
Timo

Gut, daran könnte man noch ein wenig feilen. Als ich gerade damit anfangen will, klingelt es an meiner Tür. Interessiert mich grade aber absolut null. Hab Wichtigeres zu tun. Wie heißt mein CD noch mal mit Nachnamen? Richtig:

Sehr geehrter Herr Alt,
...

Es klingelt schon wieder. Meine Fresse! Da will man einmal in Ruhe ein neues Leben beginnen …

»Wer ist da?«, rufe ich entnervt über den Flur.

»Ich bin's. Viviane.«

Wie lange kann man eigentlich ohne Puls überleben? Was mach ich denn jetzt? Bestimmt nicht auf!

»Hallo? Timo? Ich würde wirklich gern mit dir reden.«

Sie jetzt vor der Tür stehen zu lassen wäre Kindergarten de luxe. Obwohl jede Faser meines Körpers versucht, mich von der Wohnungstür fernzuhalten, schleppe ich mich über den Flur und mache auf. Bei Vivianes Anblick vergesse ich schon wieder das Atmen.

»Hallo. Kann ich reinkommen?«

Ich nicke und trete einen Schritt zur Seite. Wir stehen in meinem Flur und wissen nicht, wohin mit unseren Blicken.

»Störe ich?«

»Woher hast du überhaupt meine neue Adresse?«

»Ich kenne eine aus der Personalabteilung. Die haben deine Daten.«

»Aha. Und? Was möchtest du mir denn so gern persönlich mitteilen?«, frage ich, obwohl ich es schon längst ahne. Wahrscheinlich kommt jetzt eine von diesen schwachen Entschuldigungen, die kein Mensch braucht. Ist wirklich blöd gelaufen, es liegt nicht an dir, es liegt an mir, blablabla.

»Hast du meinen Brief gelesen?«

»Ja. Eben grade. Bin heute erst aus dem Urlaub zurückgekommen.«

»Oh! Wo warst du denn?«

»Im Harz.«

»Und, war's schön?«

»War okay. Willst du also nur ein paar Urlaubstipps von mir?«

»Nein, ich will dir was sagen: Ich hab mich von meinem Freund getrennt.«

Damit hatte ich jetzt nicht gerechnet.

»Aha.«

»Ja, zum einen hatten wir schon seit Längerem Probleme. Das mit Venedig war wohl das beste Zeichen dafür. Ich meine, wer kündigt seinen Antrag denn bitte an? Und macht ihn dann auch noch in Venedig!«

»Mein Reden. Und zum anderen?«

Sie zögert.

»Zum anderen will ich dich.«

Ich glaube, mein Kreislauf schmiert ab. Kann derjenige, der grade so heftig an der Erde dreht, mal bitte kurz damit aufhören?

Vivianes Mund bewegt sich weiter:

»Die Zeit mit dir hat mir gezeigt, was ich seit Jahren vermisst habe.«

»Nämlich?«

»Herzklopfen.«

Fünf Sekunden später fallen wir wie ausgehungerte Tiere übereinander her. Auf dem Weg zum Schlafzimmer reißen wir uns die Klamotten vom Leib und lassen uns dort auf mein Bett fallen.

»Sag mal«, keucht sie, »willst du die Socken etwa anbehalten?«

»Halt die Klappe!«

Wir lachen, küssen und lieben uns – länger, als es Lena und ihr Frank jemals getan haben. Noch nie hat sich etwas so richtig angefühlt. So intensiv. So geil. So gut.

Als wir uns nach mehreren Stunden erschöpft in den Armen liegen, frage ich sie:

»Weißt du, was ich grad machen wollte, als du geklingelt hast?«

»Nee, was denn?«

»Kündigen.«

»Bei der Agentur?«

»Ich brauche einfach eine Luftveränderung.«

Sie nickt: »Ich auch. Lass uns doch zusammen kündigen.«

»Wirklich?«

»Wirklich! Und was hältst du zum Beispiel von südfranzösischer Luft?«

»Wieso?«

»Mein Onkel hat ein eigenes Weingut in Südfrankreich. Der meinte immer, ich soll ruhig mal für länger vorbeikommen und ausspannen.«

»Kann ich da so einfach mit?«

»Klar. Genug Platz hat er auf jeden Fall, ein riesengroßes Haupthaus und ein kleines Gästehaus am Ende des Parks. Da gibt's sogar einen Pool. Der ist allerdings schon etwas älter und zugewuchert. Aber den könnten wir ja wieder flottmachen.«

»Klingt super! Das Weingut heißt aber nicht zufällig Château Dupont, oder?«

»Nee, wieso?«

»Ach, der Wein hat mir vor einiger Zeit dabei geholfen, über meine Ex hinwegzukommen – und hat mich sogar zu einem Lied inspiriert, das ich quasi zusammen mit Eric Clapton geschrieben hab.«

»Wie bitte?«

»Erzähl ich dir irgendwann in Ruhe. Dann schreiben wir jetzt unsere Kündigungen, packen morgen meinen Alfa voll und stecken die Briefe auf der Fahrt irgendwo in den Briefkasten. Oder noch besser: Wir rufen jetzt gleich unseren verehrten CD an.«

»Mitten in der Nacht?«

»Mitten in der Nacht«, antworte ich und greife entschlossen nach meinem Handy.

»Alt?«, krächzt eine verschlafene Stimme am anderen Ende der Leitung.

»Moin, Chef. Hier ist Timo.«

»Timo? Weißt du, wie spät es ist?«

»Nein, aber ich schau gern nach: kurz vor drei.«

»Ich glaub's nicht.«

»Doch, der Wecker ist brandneu. Weshalb ich anrufe: Ich kündige. Viviane auch. Wir wollten Ihnen das gern persönlich sagen.«

»Wie, kündigen?«

»Das heißt, dass wir ab morgen nie wieder zur Arbeit kommen werden.«

»Ich weiß, was das bedeutet. Aber ihr habt immer noch so was wie eine Kündigungsfrist.«

»Richtig, genauso wie uralte, aber immer noch unbezahlte Überstunden. Ich würde vorschlagen, wir verrechnen das Ganze und ziehen einen Strich drunter.«

»Das kannst du mir nicht antun! Dr. Scheiler hat schon gefragt, wann du aus dem Urlaub wiederkommst. Wegen der neuen Kampagne. Der will dich weiter als Testimonial haben, für den nächsten Spot.«

»Schätze, daraus wird nix.«

»Timo, wir verlieren den Etat!«

»Dann steigen Sie in Zukunft einfach öfter in der Jugendherberge ab, Chef. Die in Dresden kann ich sehr empfehlen. Ich muss Schluss machen. Ach, und Viviane lässt Sie ganz lieb grüßen. Machen Sie's gut!«

»Timo …!«

Ich lege auf, lösche seine Nummer aus meinem Speicher und mache das Handy aus. Eng an Viviane gekuschelt, schlafe ich langsam ein. Dass es eine Frau gibt, bei der ich dazu überhaupt fähig bin, ohne mir sehnlichst ein Einzelbett zu wünschen, hätte ich niemals gedacht. Mit dem letzten Blinzeln schaue ich aus dem Fenster. Der Halbmond scheint direkt ins Schlafzimmer. Zum ersten Mal erinnert mich dieser halb verdunkelte Haufen Geröll an ein Smiley. Vielleicht ist da oben endlich jemand auf meiner Seite.

Danksagung

Wie heißt das Zauberwort? Abrakadabra. Diese zauberhaften Menschen haben jedoch ein anständiges Dankeschön verdient: Ich danke meiner Familie, für ihren jahrzehntelangen Zuspruch. Svenja, für ihr erstes Probelesen und fürs Motivieren. Jeff Bezos, für die Selfpublishing-Plattform von Amazon. Einer Handvoll Literaturagenten, für konstruktives Feedback. Lars Niedereichholz, für die Entdeckung seines Lebens. Herrn Thomas Tebbe, für die beste Entscheidung seines Lebens. Florian Fischer, für ein perfektes Lektorat. Bibi und Fritsche, für den Sprung in die Werbung. Jung von Matt und Mercedes-Benz, für die bezahlte Gelegenheit, meinen eigenen Schreibstil entwickeln und perfektionieren zu können. Daniela, für die guten Tipps beim Copy-Schreiben. Carsten Köthe, für die entscheidende Promo-Power. Meinem Englischlehrer Herrn Schwarze, für seine Bestärkung: Schreib auf, was dich beschäftigt! Sowie allen, die mir auf die Nerven gehen und damit auf absehbare Zeit nicht aufhören werden – für einen nie versiegenden Quell der Inspiration.